歪打正緣 2

風 文創 894

畫淺眉 著

目錄

第十一章

要了胡姬的一間廂房，馮纓點了兩壺酒，徑直坐下。

女子一進門，二話不說先跪地伏下了身子。「奴到半路便遭人哄騙，失了錢財，奴又無一技之長，思來想去，還是回來謀生。」

「謀生？」

嬌娘直起身，滿臉苦澀。「姑娘，如今該稱呼姑娘為夫人了。夫人，奴就是一妓子，除了這身皮肉，還能做些什麼營生？」

見馮纓不贊同的皺眉，嬌娘又笑了。「夫人放心，不管是之前的事，還是如今，奴都是自願的，奴如今在幫著長公子做事。」

竟然是魏韞！馮纓吃了一驚，轉眼打量起跟前的嬌娘來。

她才情、容貌、身段都是極佳，男人會喜歡全然是情理之中的事，不過沒料到，魏韞那般正人君子模樣的傢伙，竟會偷偷……

嬌娘咯咯笑。「夫人放心，奴不是伺候長公子的。」

她笑著，手指翹起，捲了捲耳邊的垂髮。「奴收了長公子的錢，奉命纏著魏二公子。」

話說到這，馮纓總算明白，跟前的嬌娘就是近日魏旌養在外頭的那個……外室了。

「妳，是長公子找來的？」

嬌娘放下手，正經道：「奴回平京後，想過要找家花樓繼續舊營生，是長公子的人找到奴，問奴是願意一條玉臂千人枕，半點朱唇萬人嘗，還是只與一人糾纏一段時日，得了錢財，另謀出路？奴想著，上回既已幫著夫人做過一回，倒是一回生兩回熟，便應了下來。左右長公子並不是要害人，只是想叫二公子損些錢財，吃點苦頭。」

聽到這些，馮纓生出了點興趣。「吃什麼苦頭？」說完，她擺擺手。「要是不方便透露，妳也可不必回答。」

嬌娘笑道：「長公子早有吩咐，若是夫人哪日撞見了奴，讓奴儘管交代。長公子是想叫奴先纏著二公子，等二公子情濃，奴再驀地抽身離開。」

她還以為是多高明的招數，這一招，不就是她讓嬌娘用在朱家、牛家身上的嗎？

馮纓臉上清清楚楚寫了「失望」。

她望著嬌娘，重重嘆了口氣。「罷了，他要妳這麼做的目的是什麼，我也不問了，等事成之後，妳來找我。」

「夫人？」

「我雖不能保證將來能幫妳找一位不嫌棄妳出身的夫君，不過倒能保妳日後有個好的營生，既能照顧妳，又能讓妳免於再做這些傷身的皮肉生意。」

馮纓話音落，嬌娘一雙眼睛頃刻亮了起來。

「奴不求什麼夫君，奴這些年來遇見過太多男人，思來想去，唯有金銀才是不變的好物。夫人若是肯幫奴，奴一定給夫人做牛做馬！」

馮纓嚇得擺手，她才不要什麼牛啊馬的。

最後，馮纓是帶著一身酒氣回了棲行院。

魏韞還未歸來，她坐在屋簷下覺得無趣，又見碧光嫌棄她身上的酒味，只好起身回屋沐浴更衣，免得回頭薰著她那體弱的夫君。

等她從屏風後換好衣裳出來，往半開的窗外一抬眼，就看見外頭樹枝顫巍巍地落下一片葉子。

「要入冬了。」碧光在鏡前伺候她重新上妝。「姑娘再不好好搽這些香膏，入了冬，皮膚就容易乾裂。」

「知道啦，知道啦。」馮纓閉著眼，由著碧光在自己臉上塗塗畫畫。「妳姑娘我平日裡也是個會保養、會護膚的人哪。」

想她當年在學校裡，雖然不是什麼大美人，可也是深受學生歡迎的漂亮老師，各類護膚品也是擺了一桌面的。

就是到了河西，整日風吹日曬，不敢用那些不大好的妝粉，她也沒忘記得空搽點護膚的香膏，要不然，早曬得和她那些舅舅們一般黑、一般糙了。

綠苔這時突然出了聲。「可上回在河西，姑娘還嫌棄塗塗抹抹太麻煩，把東西都塞給了小丫她們。」

「那是……那是帶兵伏擊的時候，不好搽得身上噴香！」

主僕三人鬧成一團，外頭那些稍顯得清冷的陽光照在她們身上，都變得溫暖了起來，更是襯得馮纓那張臉越發明豔，漂亮得讓人挪不開視線。

魏旋推搡開攔門的下人，滿臉惱怒走到門前，一眼就看見了她的笑容，一時間，他甚至生出埋怨，馮纓要是早幾年回京，何至於讓他錯過這樣的美人，偏偏還把人嫁給了魏韞那種廢人。

要是他娶了馮纓，美人在懷，哪還有其他女人什麼事，說不定早早就有了孩子。

如果真是這樣……

魏旋越想越覺得自己錯過了太多，可一轉念，又想到了不見蹤影的宋嬌娘，頓時怒火中燒。

「嫂子玩得可開心？」

「魏旋？」馮纓聞聲回頭，眼裡閃過一絲詫異。

「嫂子看樣子是真覺得開心啊。瞧嫂子和兩個下賤的丫鬟都這般要好，卻連連拒絕我，難不成嫂子其實……喜歡女人？」踹開門口作勢要阻攔的幾個丫鬟，魏旋大步邁進房內，趾高氣揚地看著她。

而在他近前的一瞬，碧光和綠苔已經將馮纓擋在了身後。「二公子這是要做什麼？二公子別忘了，這裡是棲行院，是長公子的地方！」

誰不曉得魏旌是個什麼貨色？棲行院底下那些下人們不敢招惹他，可姑娘帶來的人卻不像魏家下人這般畏畏縮縮，連正經主子是誰都看不清，要不是胡笳等人正巧被姑娘派了出去，哪裡輪得到他站到跟前？

魏旌是怕魏韞，整個魏家小輩當中，沒有人是不怕魏韞的。那是個病秧子、廢人，可那人背後有慶元帝、有太子，說實話，沒人不怕他。

可這會兒，惱羞成怒的魏旌哪裡管得了壓根不見身影的魏韞，反而冷笑起來。

「嫂子，妳要是喜歡女人，妳儘管從了我，我房裡女人無數，不像大堂哥連個暖床的通房都沒有。大堂哥是個不成事的，只會虧待了嫂子，嫂子不如與我生個孩子，也好給大堂哥留個後，到時候嫂子就是喜歡女人也沒什麼，對了，嬌娘是不是被嫂子妳藏起來了？她在哪兒？」

「二公子請自重！」聽出魏旌話語裡的輕蔑，碧光惱怒。

綠苔嘴笨不說話，卻直接張開雙臂，一副不准任何人上前的姿態。

出人意料的是，馮纓聽著魏旌的話，沈默了一會兒，然後就順手扯過襻膊綁住袖子，露出修長漂亮的手臂。

「嫂子這是想通了？」魏旌挑起嘴角正要再說話，卻見馮纓繞過綠苔、碧光徑直走到面前，迎面一巴掌，乾脆俐落地打在他臉上。

「啪」！

世界安靜了。

馮纓滿意地收回手，轉身接過綠苔遞上的帕子，仔細到連手指都一根一根擦了去。

她這一巴掌給得太乾脆，饒是碧光已經有了心理準備，卻還是被嚇了一跳。至於魏旌，一時間懵了，等回過神來簡直氣炸。

他出身魏家，雖然不是長房嫡子，可也是從小被長輩捧在手心裡寵大的。他身邊的人，從奴僕到女人，再到結伴的朋友，誰不是捧著他？他什麼時候受過這等對待？

魏旌氣得臉紅，半邊臉被打得很疼，火辣辣的疼，手剛捂上臉，立馬就發覺腫了起來。

上回腫了幾天？好像也是近幾日才消腫！

「妳個賤人！」魏旌氣瘋了。「居然敢打我？妳以為妳是什麼東西？妳就是個被抬進門給魏韞沖喜的賤人！魏韞他現在護得了妳，等他死了，妳以為誰護得住妳？是妳爹，還是妳那些死鬼舅舅？」

「大膽！陛下已封夫人為清平縣主！」碧光呵斥道。

「縣主算個什麼東西？就是魏韞在這裡，我也敢當著面罵妳家主子是賤人！賤人！賤人！混跡軍營，那麼多男人，說不定早就不是個處子了，萬人騎的婊……」

「碧光，讓開。」

馮纓的聲音帶著濃濃的不耐煩和厭惡。

碧光不得已往旁邊退讓一步，聽她語氣不對，有些擔憂。

綠苔氣鼓鼓的，這會兒倒是乖巧聽話。「妳放心吧，姑娘心裡有數。」打不死這混帳東西的。

「碧光、綠苔，妳們都出去。要是胡笳她們回來，叫人都守在院子裡，除了長公子，誰也不准放進來。」

馮纓冷著臉吩咐，魏旌卻咧開嘴笑。「怎麼，想通了？妳打我兩巴掌的事，妳以為我會這麼簡單就放過妳？」

兩個丫鬟前腳才出去，後腳魏旌就變了臉色，擺出一副你就是跪下求饒我也不會放過你的高傲嘴臉。

可馮纓打從一開始就沒想求饒。

求個鬼！

「你把剛才說過的話都嚥回去，嚥回去，再道個歉，我就當沒聽見過。」站在距離魏旌稍遠的地方，馮纓嫌惡地看著男人。比起魏旌自以為是的高傲，她看起來就好像在看一隻發著脾氣的癩皮狗。

「妳這是什麼態度？」魏旌被激怒，幾步走上前狠狠抓住馮纓的手腕，試圖把人拉到胸前。「馮纓是吧？我勸妳聰明一些，陛下封妳做縣主，沒什麼了不起的。」

「是沒什麼了不起的，可我還是遊騎將軍。」馮纓手腕一轉，輕鬆從他手中掙脫開。

魏旌惱怒。「姓馮的，妳最好搞清楚妳現在的身分！一個女人當什麼將軍，妳以為我不知道，外頭傳的那些個名聲，都是妳的死鬼舅舅們故意讓給妳的軍功？女人當將軍，笑話！」

馮纓皺起眉。

她當然知道外面那些雜音，可人就是這樣，一方面忌憚她的名聲，一方面又覺得她的所有都不過是舅舅們故意捧出來的。

不是親眼所見，沒有人會信。

所以，她不在意外面的人是怎麼形容自己，但被質疑到跟前，沒理由給任何好臉色。

馮纓生得明豔，可也因著長年軍營生活，帶著一股旁人難以企及的英氣。她此刻的一臉不耐，越發顯得英氣逼人。

魏旌一瞬間忘了嬌娘，不由的軟下來說幾句好聽的話哄哄，可還沒等他再往前邁出一步，他下意識伸出去的手已經被馮纓直接抓住。

一抓，一拉，一摁，一踹，魏旌整個人被甩了出去。

屋子也就那麼大，人飛出去，直接撞上了屏風，屏風受力，被人帶著往後倒，又「咣當」一聲，砸進了後頭還沒來得及倒水的浴桶裡。

「瘋女人！這是什麼東西？」魏旌猛地喝了一口水。

「你姑奶奶我的洗澡水。」馮纓能動手，也能動嘴，要不是在屋子裡怕碰著魏韞的東西，她更願意把人摁在地上多打幾拳。

馮纓這頭把魏旌揍得哭爹喊娘，那頭剛從如意坊出來的魏韞就得到了消息。說宋嬌娘遇上馮纓後，不知說了什麼，然後就從魏旌外置的宅子裡消失不見了，魏旌得知消息已經衝回魏家去找馮纓的麻煩了。

魏韞一開始就告訴過馮纓，如果魏旌有什麼動作，她可以隨意動手揍，無論出什麼事，他都能幫忙擔著。

但另一方面，他還是會擔心她受傷。

「長公子，以夫人的功夫，應該受不了什麼委屈。」渡雲低聲道：「公子身體剛好些，還是慢些為好……」

「回去！」魏韞冷淡回應。

他一直覺得對馮纓有愧疚。她即便被召回平京，即便慶元帝哪日當真想要為她賜婚，多半也會看在盛家的面子上，為她精挑細選，這親事怎樣也落不到他的頭上。

可既然成了夫妻，哪怕只是名分上的夫妻，他總歸要護著她，免她受魏家那些牛鬼蛇神的侵擾。

「那個宋嬌娘是怎麼回事？」對於自己安排的人，魏韞多少記得名字。

長星從旁道：「宋嬌娘遇上了夫人，所以提前了計劃，現下人被夫人安排了起來，我們的人一時半會兒也查不到她究竟去了哪裡。」

「她在河西這麼多年，並未養出冰冷的心腸。」魏韞語氣突然溫柔，嘆了口氣。「罷了，她想怎麼做就怎麼做，有什麼爛攤子，我收拾便是。」

一行人從如意坊出來，腳程極快，恨不能立即趕回魏府。

終於趕到了地方，不去管沿路那些問安的下人，又打發長星去應付過來請人的魏老夫人的丫鬟，魏韞徑直入了棲行院。

院子裡，名喚胡笳和阿嬗的兩個女衛領頭帶人守在四周，碧光、綠苔則護在門前，神色雖都有些不好，卻遠比瑟瑟發抖想要奔出去傳消息的幾個丫鬟婆子要鎮定得多。

「人在哪？」

「長公子。」

「姑爺！」

碧光看到魏韞，頓時臉色稍稍好看了一些，綠苔則直接叫了起來。「姑爺！人在屋裡！」

話音剛落，就聽見屋裡頭傳來「砰」的一聲。

渡雲驚了。「這是什麼聲音？」

「長公子快去看看吧！」碧光咬咬牙，別叫她們姑娘真把人給打死了。

渡雲忙看向魏韞。「長公子，我去。」

魏韞眉頭微蹙，徑直一腳踹開了緊閉的房門。

魏韞。「……」

他素來喜歡乾淨，屋內不愛擺放那些奢侈的金銀玉器，即便宮內偶有賞賜，也大多收進庫房，儘管如此，屋裡還是擺了一些東西的。

只不過眼下，各類擺設被砸得七零八落到處都是，他房內為了照顧馮纓新換的屏風倒在浴桶兩邊，已然砸爛了。

至於魏旌，被馮纓用布堵住嘴，拿膝蓋頂住後腰，整個人壓趴在地上動彈不得，再看那張臉，原本還算得上長得不錯的面孔，鼻青臉腫，眼淚鼻涕都掛臉上，看著真與豬頭沒什麼兩樣了。

反觀馮纓，一隻手把魏旌的兩條胳膊反扭到背後，膝蓋承著身上的重量狠狠頂住後腰，另一隻手抓著把扇子，啪啪啪往他後腦勺上不住地拍打。

一邊打，她還一邊冷笑。「你不是很囂張嘛，倒是囂張起來啊！」

魏旌被堵住嘴，除了「嗚嗚嗚」哪還發得出別的聲音，掙扎間看到魏韞，一時便兩眼放光，恨不能撲上去抱住他的大腿就哀號起來。

然而馮纓哪裡會放他走？她轉頭看了進門的魏韞一眼，挑了挑眉，抬手就是不客氣地啪了一下魏旌的後腦勺。

「你之前說他什麼來著？」

「唔！」

「現在啞巴了？剛不是還很囂張說了一堆話嗎？」
「唔唔！」
「我在河西什麼人沒見過，你算個什麼東西？你哪裡來的條件囂張？」
「唔——」
「叫你小小年紀不學好！」
「啪」！
「叫你玩女人！」
「啪」！
馮纓嘴上說一句，手裡乾脆俐落往下打一記。魏旌被壓趴在地上，只能「唔唔」求饒。
魏韞看著馮纓，心中莫名一顫，隨後咳嗽兩聲道：「妳堵著他嘴了。」
馮纓頭一低，撇撇嘴。「忘了。」
嘴裡的東西被拿走，魏旌頓時嗷嗷叫了起來。「哥！哥！救我！」
跟魏韞一道進門的渡雲正要上前，旋即被魏韞掃了一眼，當下神色一冽，退後一步，乖巧地關上了門。
「妳起來。」魏韞上前，托著馮纓一條手臂，把人扶起。
馮纓施施然起身，順手撩了把汗濕的鬢髮。「你放心，看不出多少傷。」
魏韞下意識往魏旌的豬頭臉上看，後者已經連滾帶爬地從地上爬了起來，一邊爬，一邊嘶嘶地倒吸氣。

「大堂兄、嘶！我們是一家兄弟，你難道就這麼眼睜睜看著一個外姓人在家裡欺負你同宗兄弟？休妻，你必須休妻！」

魏旌吼完，疼得又是捂臉又要捂肚子，瞪著馮纓的樣子似乎還想說些什麼，還沒張口，衣領一緊，緊接著就被一股巨大的力氣直接提起來，從突然打開的門往外丟了出去。

「砰」的一聲，魏旌結結實實地仰面砸在了院子裡。

一院子的人頓時沈默了下來，饒是胡笳、阿嬗她們，這時候也都望向了敞開的房門。

門內，馮纓呆愣愣地站在那裡，吃驚地看著正在咳嗽的魏韞。

她好像……嫁了個其實挺厲害的……男人？

魏韞直接將魏旌扔回二房，親自丟到了荀氏面前。

荀氏疼愛這個兒子，見魏旌鼻青臉腫、面如豬頭，不由大驚，撲上去就是一頓檢查。

「天哪！含光，這是怎麼回事？」

「三叔母不如問問繼章他都做了些什麼？」魏韞垂下眼簾，看了眼被荀氏抱著哼哼呼痛的男人。「三叔父在朝中謀事不容易，三叔母再疼愛繼章，也是時候讓他老實點了。」

魏韞說完就走，荀氏想要追上去問，可才動了下，就聽見兒子痛得嗷嗷叫，趕忙心疼地低頭直哄。

「你小子跑去招惹他做什麼？你都幹了什麼，怎麼被打成這個樣子？」

荀氏心疼得不行，眼淚都快掉下來了，趕忙讓丫鬟去請大夫，又喊來婆子把人抬到床上。

婆子手重，一不留神摁到傷處，魏旌頓時疼得滿床打滾。

「滾！滾！娘，疼死我了！好疼啊！」

荀氏急得直跺腳，宋氏這時候聞訊趕了過來，一進門還沒來得及開口說話，就被荀氏一把拉到床前。

「快，快，快給繼章揉揉！」

宋氏應聲，可魏旌疼得打滾，她壓根不知道從哪裡下手，只好勸道：「夫、夫君，你別動了，你別動，讓我看看……」

她伸手去碰他的胳膊，才放下，魏旌痛得立馬大叫一聲，猛地甩開她的手。

宋氏被嚇得往後退了一步，魏旌自己則把胳膊摔上了床沿，「咚」一聲，聽得荀氏都叫了起來。

大夫很快被拉了過來，見狀忙讓幾個人摁住亂動的魏旌給他解開衣裳。

魏旌不肯聽話，一邊掙扎，一邊疼得嗷嗷叫，丫鬟們費了好一番工夫，終於把他的衣服解開，露出了一身細皮嫩肉。

「除了臉上，看不出哪裡有傷，莫不是……莫不是得了臆症吧？」大夫看了好一會兒，實在看不出什麼問題，只好擦著汗告辭走人。

「沒用的東西！」

荀氏急惱，又瞪了宋氏一眼。方才魏旌掙扎的時候，氣急敗壞地給了宋氏一巴掌，男人的手勁從來不小，她這會兒半張臉上還留著紅印子。

「兒啊，你別光喊疼，你快告訴娘，究竟是誰把你打成這樣子的？你身上……身上是不是很疼啊？」

魏旌撒潑似的鬧，聽到荀氏心疼的詢問，終於喊了一句。「是馮纓！」

「她打你了？她怎麼敢打你！」荀氏尖叫，哪裡還有半點平日裡的端莊。

魏旌疼得聲音都喊啞了，幾句話說了自己外頭女人不見，跑去找馮纓麻煩結果被打的事。

「瘋女人，她簡直就是個瘋女人！她怎麼能打你！女人怎麼能打男人！」荀氏頭一次感受到女羅剎的威力，氣得眼前一黑，差點昏了過去，又追著問兒子都打了他哪裡。

魏旌一聽到這，覺得身上更疼了。

「哪裡都打了……疼，娘，真的好疼啊！」

「乖兒子，不疼，不疼啊！娘回頭幫你教訓那個瘋女人，娘幫你教訓！咱們也不要她給你生兒子了，不要了，就讓瘋子跟病秧子在一塊！」

荀氏又氣又急，見魏旌還在喊疼，氣得拽過宋氏就往她身上打。

「都是妳的錯，要不是妳沒用，懷不上孩子，繼章用得著看上那個瘋女人嗎？還有妳出的臭主意，什麼借腹生子，害得繼章被瘋子打傷了，都是妳的錯！」

宋氏挨了婆母好幾下打，可照著從前的經驗，她敢反抗，敢喊疼，他們母子倆就會越用力打。宋氏只好咬著唇忍，眼眶紅通通的，咬死不敢掉下眼淚。

「不行！娘，我要她！我要她趴在地上伺候我！我要她給我生兒子，生不出兒子就打，狠狠地打！」

「好，好！娘都答應你，娘答應……」

「閉嘴！」

房門口，魏謙怒氣沖沖邁步走了進來。

荀氏趕忙迎上前。「老爺……」

魏謙惱怒地甩開荀氏的手。「都說慈母多敗兒，妳看看妳把他都慣成了什麼樣子！」

他身後跟著的是長子魏然和三子魏捷，父子三人此時此刻都一臉不贊同地看著荀氏。

「繼章哪裡被慣壞了？」荀氏急道：「兒子這段日子收斂了不少，難道你沒發現嗎？」

魏謙怒極反笑。「行，那妳就繼續嬌慣他！有本事等我被罷官後，妳還繼續慣著他！」

「老爺胡說些什麼？老爺如今在工部做得好好的，怎麼會、怎麼會被罷官？」

魏謙不語，他回頭看著宋氏，視線停留在她帶著掌印的半張臉上，良久嘆了口氣。

「妳回去歇著，這裡有丫鬟婆子伺候他，妳不必留著。」

宋氏低頭，輕輕應了聲「是」。

等魏韞從二房回來的時候，馮纓已經帶著人把屋裡都收拾乾淨了，渡雲在旁把打碎的擺件一一登記造冊，越寫眉頭皺得越緊。

「長公子。」

他把冊子呈到魏韞手邊，魏韞掃了一眼。「照這些，送去三叔父那。」

這是要從二房拿賠償的意思了。

馮纓摸摸鼻子，想到自己揍人到後頭沒忍住，到底還是砸了不少東西，心下愧疚。

不過轉念想起魏韞最後提著人直接丟到院子裡的那個動作，馮纓瞇了瞇眼，光明正大地打量起魏韞來。

她之前說他是扮豬吃老虎，他笑而不答，現在看來，多半是真的。

他病弱是真，不是尋常人也是真。

「魏旌怎樣了？」馮纓問。

魏韞答。「有三叔母照顧他，多半養幾日就好了。」

馮纓斜睨了他一眼，目光中帶了些意味深長。

魏韞和她對視，溫柔地笑了笑。「纓娘，妳是怎麼做到除了臉打腫了，身上不見一塊傷的？真厲害。」

馮纓挑眉聽他誇獎。

「我小舅舅教的。」馮纓回道：「河西不是個太平地，外頭的人想打，自己的人會鬧，就連軍營裡也不全都是忠心耿耿的同袍，小舅舅負責軍規軍律，凡違背了國法軍規的，都交由他處置。我打魏旌，用的就是小舅舅私下揍人的那一套。」

聽大舅舅說，小舅舅剛負責軍規軍律的時候，因還年輕，不少士兵並不服他。一起普通的士兵違反軍律被打軍棍的事，被有心人鬧到了州府上頭，事情解決後，小舅舅就自己琢磨出了這個主意。

「舅舅們覺得這個法子不好，一直約束小舅舅不准他濫用。小舅舅實在憋不住，就教了我怎麼能既把人揍得嗷嗷亂叫，又看不出哪裡有傷。」

馮纓大大方方的解釋，然後拍拍桌子。

「來，夫君，咱們坐下好好聊聊嬌娘的事。」

她突然喊夫君，叫魏韞愣了一瞬，接著反應過來，哭笑不得地坐了下來。

畢竟不是真夫妻，私下相處的時候還從沒用過「夫君」、「娘子」的稱呼。她這突然一叫，倒是叫他有些反應不過來。

馮纓自個兒先坐了下來，用新換上的茶具給魏韞斟了一杯茶。

「那回在府衙遇到妳後，我便讓人查了下那樁案子，順道也知道了宋嬌娘。」魏韞道。

馮纓問：「所以她後來又回到平京，準備操持舊業，你就叫人給了她這趟活？」

魏韞頷首。「幼安把二房母子的打算都告訴我了。」

幼安是魏捷的字。魏捷小的時候常往棲行院跑，纏著魏韞玩，相對而言關係便也更親近些。那日同馮纓說完事，魏捷糾結輾轉了一夜，第二天偷摸著還是把事告訴了他。

儘管魏韞早就知道了二房荀氏母子的打算，可仍舊感謝他的沒有隱瞞。

「魏家能到今天並不容易，不管是二房還是三房，都是魏家人，都得珍惜自己的羽翼。三叔母驕縱繼章，早晚有一天會讓繼章犯下大錯，到時牽連三叔父，甚至全家。」

馮纓沈默了一下。「你做得對。」

「但是世事難料，他還是來找妳了。」

「其實也沒什麼，就是沒嬌娘的事，他早晚也會跑來找我，唯一的差別就是我什麼時候揍他。」

魏韞笑。「我原本打算等事成之後，給宋嬌娘一個清白出身，送她去外頭謀生。她現在可是在妳那兒？」

馮纓也不瞞著，重重點了頭。

魏旌那邊鬧了整整兩天。

馮纓一拳一腳地揍，儘管現在看起來他身上沒有一片瘀青，可稍稍一動就疼得厲害。

荀氏找了好幾位大夫，不是被罵沒用，就是挨了魏旌的打逃出去的。荀氏又氣又急，對著丫鬟們更是沒了好脾氣。

用膳的工夫，她甚至還遷怒地拿盛了熱湯的碗砸向宋氏。

「夫人、夫人，都這樣了，妳怎麼還要去找那個大夫？」小丫鬟急得眼眶發紅。明明、明明有問題的可能是二公子，可偏偏吃苦的是她們夫人，這也就算了，二公子自己胡鬧被人打了，他們母子怎麼還遷怒人、動手打人呢？

宋氏低頭摸了摸側臉。「沒事的……我再去吃幾副藥，一定就能懷上孩子了。」等有了孩子，婆母和夫君就不會再這麼對她了。

大夫還是上次給她開調理藥的大夫。得知了宋氏的來意，他瞇了瞇眼，伸手號脈。「夫人這脈象看著是越發的好了，不過想要懷孕，還得扎幾次針。」

「扎針沒關係，我不怕疼。」宋氏滿臉喜悅。「是不是扎了我就能懷上了？」

「扎過針後回去同房幾次，然後到了下月，妳再過來扎。等懷上了，就可以不必再來，安心養胎。」

「都聽大夫的，都聽大夫的！」宋氏感激地差點跪下磕頭。

大夫忙哎喲兩聲，把人扶起來。「這樣吧，夫人妳隨我來，咱們準備準備就可以扎針了。」

宋氏忙不迭點頭，順從地跟著大夫進了裡屋。

屋子裡飄著一股草藥味，她在那兒坐了一會兒，出門的大夫端著一碗溫湯回來。

「夫人，先喝藥，喝完了扎針的時候不會疼。」

戴介海就是個土郎中。

他種過地、殺過豬、當過坑蒙拐騙的假道士，總之就是沒學過治病救人。他這個土郎中，假的。

假歸假，他手裡頭倒是真有幾副調理身體的方子，無功無過，藥不死人，至於能不能把人治好……

治不好。

他自從有了這些方子之後，一個地方坑蒙拐騙一段日子，就跑去另一個地方，騙得多了，膽子就跟著肥了起來。

這回，他跑到平京城，天子腳下，滿心想著再騙上幾筆，就買幾個女人回老家生兒子去。

見宋氏聽話地喝下藥，戴介海又好聲好氣說了會兒話，然後就見宋氏慢慢閉上了眼睛，軟綿綿地躺在了床上。

「夫人，妳好好睡，睡醒了，針就扎過了……」

戴介海說著話，伸手就索利地開始解自己的衣裳，沒有經過鍛鍊的身體，覥著肉墩墩的肚子。

扎針是騙人的，他哪會扎什麼針？從前就是靠著這一套睡了不少富家太太。

一次懷不上就兩次，兩次懷不上就三次，喝下迷藥，醒了就是剛扎過針，等人有了身子，他就假模假樣地走了。至於孩子生下來幾時發現問題，那就不關他的事了。

宋氏長得不錯，戴介海從頭一回見她起就動了心思，恨不得立馬把人辦了，眼看事就要成了，他興奮得手都開始顫抖起來。

手指顫啊顫的就要碰上宋氏的衣襟了，這時院子裡傳來奇怪的聲音，戴介海愣了一下，轉身扒拉窗戶往外看。

什麼東西也沒有。

「真是，浪費我的工夫。」戴介海啐了一口，轉身要繼續。

還沒等人走到床邊，房門「砰」的一聲被人從外頭重重踹開！戴介海嚇了一跳，張嘴就要喊，卻已經被人一拳頭打在臉上，直接摔倒在地。

「你、你什麼人？」

「要你命的人！」

馮纓進門，身後的女衛一擁而上，胡笳直接拉起戴介海狠狠給了幾巴掌。

阿嬗扶起宋氏。「姑娘，二夫人被餵了藥！」

「找解藥！」

「是！」

戴介海下的就是普通的迷藥，藥效上來睡過去後，無知無覺地被人做了什麼都不會察覺。這種藥也沒什麼解藥，只能等藥效過去了，讓宋氏自己醒過來。

馮纓沒讓宋氏留在院子裡，她一面叮囑了胡笳、阿嫵把戴介海送去見官，一面帶著還在昏迷中的宋氏回魏府。

等到宋氏醒來，人已經躺在了棲行院裡。

小丫鬟跪坐在床前，哭得眼淚嘩嘩的流。

宋氏動了動，正要說話，屋外傳來了熟悉入骨的聲音。

「這種不守婦道的女人，妳帶回來做什麼……不行，我不能要她了，我要休妻！……妳說沒事就沒事？誰知道她之前有沒有被人碰過了……髒死了，我不要！」

那聲音，一字一句，將她不省人事時發生的事說得清清楚楚、明明白白。

魏旌的聲音一聲比一聲高，馮纓冷眼看他，只想狠狠再把人揍一頓。但顯然荀氏也在防著她動手，這會兒二房好些人擠在院子裡，分明是來護著魏旌的。

「她是為了你才去吃那些苦頭的，也才會被人騙。」魏韞不贊同道。

魏旌撇撇嘴。「是她自己沒用，和我有什麼關係？」

馮纓掃了他的胳膊一眼。「人已經好好回來了，你們夫妻倆的事合該你們夫妻之間好好聊聊，不至於鬧到要休妻的地步。」

「呸！」魏旌用力吐了口唾沫。「誰知道她是不是還跟別的什麼人有一腿！萬一她懷了野種然後說是我的兒子怎麼辦？」

馮纓回來的時候就是怕發生這種狀況，所以小心把宋氏先帶回棲行院，想等她甦醒後再說。

結果沒料到，魏旌有個得寵的妾最近也正找戴介海助孕，前後腳發現馮纓從戴介海的院子裡抱走了宋氏，這才發覺自己可能遇上騙子。

她轉念一想，把宋氏同戴介海的事添油加醋告訴了魏旌。於是，棲行院就熱鬧了。

「你在外頭那些女人，如果哪天捧著肚子告訴你懷了你的孩子，你會不會興沖沖把人抬進門？」

馮纓已經快按捺不住打人衝動的時候，宋氏猛地推開房門，由小丫鬟扶著，站在了門口。

荀氏皺眉訓斥。「胡鬧！妳平日裡就是這麼沒規沒矩地和繼章說話的？」

「婆婆，我只問，如果真有人捧著肚子上門，你們會不會把人抬進來？」

「自然會！」魏旌脫口而出。「我自己的種，我自己清楚。」

馮纓嗤笑，魏旌羞惱。「妳、妳笑什麼？」

「魏繼章。」宋氏慢慢走到院子裡，藥效才過，她身體還有些無力，說話的語氣都強勢不起來。「你說你要休妻對不對？」

「我當然要休妻！妳一不能給我生孩子，二還和別的男人有了一腿，我怎麼可能還要妳！」

魏旌說話毫不客氣，連著荀氏都滿臉怒氣，馮纓清清楚楚地看見宋氏飛快地轉身擦了下眼淚，然後回過身，繼續道：「你要休妻，可以，不過你得答應我一個條件。」

「妳想把嫁妝都要回去？」荀氏插嘴。

「要我走，嫁妝自然是要帶回去的！我是要你們二房去請大夫來，好好給魏繼章診斷一次！」

荀氏大怒。「胡鬧！好好的請什麼大夫？」

「請個擅治不孕的大夫，看看到底是誰不能生！」

宋氏的聲音幾乎是嘶吼出來的，棲行院一下子寂靜了下來。

良久，魏旌勃然大怒。「放屁！」

饒是荀氏和魏旌再不樂意，母子倆已經把事情鬧得整個魏家都知道了，魏老夫人氣急，當下召了魏陽，讓他親自去城裡請擅治不孕的大夫過來。

荀氏始終是不信兒子身體有問題的，嘴裡不停念叨著。「這些年看了那麼多大夫，也沒聽誰說過繼章身子不好……」

大夫很快過來了，是宮裡的叢太醫，專門給後宮妃嬪們助孕，同時也會為慶元帝調理男人的一些狀況。

有了這位太醫在，荀氏和魏旌哪敢再說什麼話？

等到叢太醫下診斷後，母子倆直接瘋了——魏旌精氣不足，極難令女子懷孕。

簡單的說就是，魏旌不能生。

「這不可能！」荀氏尖叫，滿臉震驚的看著叢太醫。

「叢太醫的身分和醫術都擺在這裡，三叔母難道還不相信到底誰有問題？」馮纓立即護住宋氏，有些擔心荀氏和魏旌瘋起來會傷到人。

宋氏抹了把眼淚。「婆婆，我嫁給繼章這麼多年，如果是我的問題，那為什麼院子裡到現在還沒個孩子？」

魏旌一院子的女人，沒有一個懷孕的，現在想想怎麼會是她們的問題？

「不可能的，我兒子怎麼可能有問題！」荀氏大喊。

魏旌也惡狠狠地瞪圓了眼睛。「我前幾天才看過大夫，我怎麼不知道我不能讓女人懷孕？」

看到魏旌這副模樣，馮纓心底頓時生出一股火，抬腳就要踹人，魏韞的動作卻比她更快，已經一腳踢中他的膝蓋。

魏旌登時慘叫一聲，單膝跪地。

叢太醫捋了捋鬍子，淡然道：「這世上那麼多的病，並不是每個大夫都很擅長，有人擅長治風寒，有人擅長治跌打，本人不才，就擅長男女不孕。」

畢竟是為慶元帝調理的太醫，魏家人怎會不信？之後的事便簡單了起來。

不能生的那個人是魏旌，荀氏清楚宋氏一旦走了，以後就不一定能給兒子娶到這麼逆來順受的妻子，當下變了嘴臉、軟了態度。

沒想到宋氏卻強硬了起來，咬牙和離。

和離書前腳拿到手，後腳她跪在了馮纓的面前。

看著面前哭得滿臉是淚的女人，馮纓長長嘆了口氣。說實話，知道借腹生子的主意是宋氏先提出來的時候，她真的憎惡過這個女人。

可到眼下，她又忍不住同情。

多可悲。

幾年苦心求子，為的就是想要夫妻和睦，少一些婆母的訓斥，少一些妾室們的拉踩鄙夷，可折磨到最後，分明錯不在宋氏。

「妳往後要去哪裡？」

「回家……我想回家去。」

「那，我送妳。」

「多謝……」

宋家不在平京城內。路上，馮纓才知道宋氏之所以一直忍著婆母和丈夫的刁難，是因為從前只比魏家差一些的宋家前幾年出了事。

她爹被貶官，成了小小的一縣之令。她家本就沒兒子，爹娘感情極好，幾十年下來只有她和妹妹兩個女兒。

家中生變後，她被婆母嫌棄，妹妹被未婚夫退親。她不忍再給家裡增加麻煩，只好忍耐，報喜不報憂。

等到了宋家，馮纓見到了宋家夫婦和小妹宋沄。

宋母抱著女兒嚎啕大哭，宋沄站在邊上一邊抹眼淚，一邊憤憤地叱罵魏旌。

「那個混帳，他怎麼能這麼對待阿姊！」

「活該他生不出孩子！」

「他一屋子的女人，怎麼弄不死他！」

罵到後面像是才注意到馮纓，宋沄的臉騰地紅了。

馮纓笑笑，將出發前魏韞交代的事，同宋家夫婦都說了一遍。

夫婦倆心疼女兒，聞言連連點頭。

說話間，馮纓不動聲色地打量著院子。宋家雖然敗了，可依舊保留著宋氏出嫁前的小院子，不管什麼時候，總是打掃得乾乾淨淨，彷彿隨時都在等著女兒回娘家。

馮纓和夫婦倆說話的時候，姊妹倆已經進了屋。

不過眨了眨眼的工夫，屋子裡的宋沄忽然尖叫了一聲，馮纓和宋家夫婦一驚，急忙轉身奔了進去。

不多時，馮纓在屋子裡喊：「阿嬗，去請個大夫過來！」

「我們去請，我們去！」宋家的丫鬟急匆匆跑出去。

「阿嬗，跟著去，快一些！」馮纓又喊了一聲，阿嬗應了一下，當下追上丫鬟的腳步，似乎是覺得她動作有些慢，手臂一托，抓著人的胳膊直接跑了起來。

不一會兒，一個白鬍子老大夫便被人揹到了屋裡。

「妳們、妳們這哪是請大夫啊……」老大夫直喘粗氣。

宋家夫婦滿臉是汗，連聲道歉，老大夫擺擺手。「罷了罷了，知道你們是心急，快讓開些，讓我瞧瞧病人。」

宋氏就斜靠在床頭，聞聲還衝老大夫笑了笑，笑完這才望向爹娘說：「我沒事的。」

「沒事怎麼突然就昏倒了？」宋夫人滿臉擔心。「咱們家雖然沒落了，可養閨女總是養得起的，妳身子要是有什麼不好，別藏著不說，快讓大夫看看。」

馮纓詢問老大夫。「是不是身上有什麼不好？」

老大夫與宋家多有來往，認得宋氏，當下鬆開診脈的手，道：「小丫頭，妳這是有孕了。」

屋裡幾人登時愣住。

「妳這身子脈象瞧著強健，底子卻有些不好，平日裡是不是沒少胡亂吃藥？瞧瞧，要不是身子虛，哪會懷了一個多月的身孕，還一點兒都不曉得。」

宋氏雙唇翕動，不敢置信。她吃過那麼多的方子，見過那麼多大夫，雖然人人都說她身子無恙，是能懷上孩子的，不能有孩子的可能是魏旌，可她總抱著「萬一呢」的想法，一次次偷摸吃藥，一次次按著日子和魏旌行房。

等到終於證實，其實不能有孩子的那個人是魏旌之後，她被氣急敗壞的魏旌休棄的現在，卻突然有人告訴她，她懷孕了？

馮纓望了眼宋氏的臉色，再次開口詢問道：「大夫，幾個時辰前我們才請人診過脈……是真的有了？」

她絲毫不覺得叢太醫會瞧不出宋氏身上有孕。如果看出來了，卻還是隱瞞不說，只怕是早就知道魏家這筆糊塗帳，有意幫宋氏和離。

「她這脈象的確容易讓人錯看，可千真萬確，小丫頭是有身子了。」說完，老大夫看向宋家夫婦。「我聽說……所以這一胎要嗎？」

出嫁的閨女突然帶著嫁妝回了娘家，不是和離就是被休棄了，再加上這一家人的反應，自然也能猜到一些。

可這一胎，畢竟是好不容易才懷上的……

宋家夫婦面面相覷，一時也不知如何是好。

一屋子的寂靜裡，馮纓聽見宋氏輕輕嘆了一口氣。「大夫，麻煩開一副墮胎藥吧。」

「元娘，這……」宋夫人看了看丈夫，又看了看小女兒，問：「這孩子好不容易才……妳真的捨得嗎？」

馮纓蹙眉，她並不覺得宋夫人是想要外孫，只怕是擔心宋氏去了孩子後又生出悔意來。

宋沄握緊了姊姊的手。「阿姊，這個孩子不要是對的。妳生下來咱們家是養得起，可萬一那個混帳東西又纏上妳怎麼辦？」

宋氏輕輕頷首。「我明白。」

馮纓沒想過要勸，生與不生都是宋氏自己的選擇。宋家當然養得起一個孩子，可宋家的女兒禁不起再被魏旌折騰了。

她沒立即回去，而是留下陪宋家姊妹說了一會兒的話，等到藥煎好了送進屋，馮纓就看著宋氏拿過碗，平靜地喝下。

藥聞著很腥臭，想必味道也不會好到哪裡去，可宋氏喝完，嘴邊卻揚起了笑。「妳看，明明兩種藥的味道都是差不多的，可我怎麼覺得，喝完這個，我才真正活過來了？」

第十二章

宋氏藥效發作的時候，馮纓已經走在了回魏家的路上。

馬車進城前，在城門外進城人群後頭稍稍排了一會兒隊，她想了很多人和事，再想到宋氏今日種種，忍不住嘆了口氣。

她嘆完氣，覺得心口悶得慌，索性掀開簾子往車外看。

馬車外，都是排隊等待進城的男女老少，她往那一張張表情鮮活的臉上看，大多都帶了對生活的憧憬，偶有幾個神情麻木的，卻也看起來不那麼頹廢。

馮纓往人群裡多看了兩眼，然後望見了城牆腳下正在拉扯的一對男女。是季母和朱老大兄妹倆。

看情景，是朱老大在一邊拉扯季母手裡的東西，一邊數落她。季母唯唯諾諾，不多會兒就鬆了手，只捂著臉似乎是在哭。

「夫人，要去幫忙嗎？」阿嬗走在馬車邊問。

馮纓看了一會兒，放下簾子。「不必了。」

那是季母自己的選擇，選擇和傷害自己、傷害兒女的兄弟繼續來往。畢竟不是人人都能像宋氏那樣，一朝醒悟，果斷地斬斷過去。

所以，她一個外人，難道還能管季母一輩子？

馮纓是踩著落日回了魏府。

她還沒走進棲行院，遠遠就看見院門外站了許多人，一個個低著頭畏畏縮縮，十分害怕的模樣。

「這是怎麼了？」馮纓心下一沈，快步往前走。

「喲，咱們的長公子夫人回來啦？人送到了，怎麼也不留妳吃飯呢？」岳氏站在邊上，天涼了，她手裡卻還拿著一柄團扇遮著笑，卻沒遮住她眼裡的譏誚。

馮纓瞟了她一眼。「四叔母在這做什麼？」

岳氏咯咯笑。「自然是看我那好大嫂難得出來教訓下人一回了。」

棲行院裡，伺候的丫鬟婆子以及僕役都跪在地上，就連長星、渡雲也沒能倖免。

康氏手裡捏著珠串，神情急躁，不住地轉著珠子。

「母親，這是出了什麼事？」馮纓走到跟前問。

康氏開口。「要不是今日我來看看，你們夫妻倆是不是不管出多大的事，都想瞞著我？」

馮纓慢慢轉動脖子，望向屋子。魏韞就坐在窗邊，見她看過來，微微頷首。

岳氏這時候笑著開口。「大嫂，這小夫妻倆才成的家，哪知道這院子裡的下人是得管著、打著、罵著，才知道該聽誰的話。」

言下之意分明是說魏韞和馮纓夫妻倆什麼都不懂，連伺候的下人都管教不好，失了規矩。

岳氏笑笑。「這二房都鬧到棲行院來了，我聽說當時滿院子的下人都躲了起來，纓娘帶來的那些倒是聽話，可惜就是不知道規勸自己主子，跟著瞎胡鬧。」

她嘲諷地輕笑了一聲。「妳看，好端端的，繼章的媳婦沒了。」

康氏本就忍著火，聞言抬手，作勢要給馮纓一巴掌。

「母親。」

魏韞突然出聲。

「母親何必惱怒纓娘？」

魏韞不知是什麼時候從窗口離開，走到屋外的，他來得及時，正好攔下了康氏的手。

馮纓微微抬頭，見魏韞向自己看了一眼，當下垂下眼簾，往他身後站了站。

康氏不可思議地看向魏韞。「含光，你覺得鬧了這麼大的事，她一點錯都沒有？」

「母親，纓娘有何錯？」魏韞看著康氏，放在身後一側的手被人從後頭輕輕握住。「纓娘救了宋氏。執意要休妻的是繼章，選擇和離的是宋氏，鬧得不可開交的是三叔母，母親，這裡頭，纓娘做錯了什麼？」

「含光！她才嫁給你多久，你就要為了一個女人鬧得家宅不寧不成？」

「從前就聽說過娶了媳婦忘了娘，大嫂，妳看看哪，這才多久，大嫂妳的話含光他就不聽了。」岳氏在邊上煽風點火。

馮纓皺了眉頭。

「含光……」康氏伸手指著馮纓，氣得連佛珠都不轉了。「她不過就是嫁進門來給你沖喜的！等你身子好了，有的是名門閨秀想要嫁給你！」

「秋月！」魏陽突然從院外走了進來。「妳在胡言亂語什麼！」

他怎麼都沒想到在棲行院裡鬧事的，竟還會有康氏一份。

「這裡是棲行院，你們這麼多人在這裡做什麼？你們不知道長公子喜靜，不能受吵鬧嗎？」

魏陽掃視一圈，視線最後落回到康氏身上。

「都起來吧。」他看著康氏，卻是對著旁人道：「不必再跪著了，日後若再怠忽職守，就都趕出去自謀生路。」

「都給我跪著！」康氏大聲道：「我好歹也是當家主母，你們連我的話都不聽了？」

滿院子的下人你看看我、我看看你，不敢起身。

馮纓垂著眼，藏在袖子裡的右手緊緊握拳，康氏真正想要跪的人，其實是她……她不由的抬眼去看魏韞，他始終如山一般擋在自己身前。

感受到康氏怨懟的目光，馮纓大大方方地抬頭看了回去。

雖然她不大明白，明明聽說康氏從前長年幽居佛堂，連丈夫魏陽都不怎麼見面，可自她嫁進門後三不五時就能見上一回。她不明白康氏這是想通了，還是怕她「勾著」魏韞，害了她兒子？

「秋月，妳既然多年不管府中事，如今也就別管棲行院的事情了。」魏陽嘆了口氣。他多少知道妻子不喜馮纓的原因。可無論是因為什麼，這門親，是他求來的，慶元帝又有意為這個孩子做臉，誰都沒理由因「沖喜」兩個字去踩上一腳。

一個清平縣主、遊騎將軍，現在外頭誰人不說這門親結得巧妙？魏家和皇家的關係，分明也更顯親近了起來。

想到縱子胡鬧的二房，魏陽頭疼不已。「棲行院日後還是同從前一般，旁人不許插手此處，夫人，妳也不行。」

「你——」康氏惱怒。

「送夫人回去！」

膽大的婆子急忙起身，將惱怒的康氏往外「請」。

康氏惱怒地瞪向馮纓。「妳是那個人派來搶我兒子的……妳是他派來搶我兒子的！」

「還不送夫人回去！」

「是！」

康氏突然近乎癲狂的言語，以及魏陽分明帶著遮掩的舉動，都叫馮纓心下一沈。

還不等她理清楚頭緒，就聽見魏陽命人起身，而後同魏韞道：「這段日子你母親為了你的事牽腸掛肚，身心疲累，難免情緒上有些不好，你別將你母親的話記在心上。」

他說完，又看馮纓。「纓娘嫁進門已經數日，合該開始學著怎麼掌家了。往後，別光顧著外頭的事，好好照顧含光。」

「是。」馮纓垂著眼睛，低聲答應。

於是幾息工夫，嘈雜的棲行院登時只剩小貓兩三隻。

岳氏跺了跺腳，沒好氣地轉身走了，嘴裡還在罵。「都是群沒用的東西，連點能耐都沒有。」

馮纓見不得幾個小丫鬟在院子裡哭哭啼啼抽鼻子，索性讓碧光把人都帶下去安慰，自己轉身跟著魏韞進了屋。

「宋家如何？」

他不問宋氏，只問宋家的情形。

馮纓道：「宋家夫婦看起來精神還不錯，只是看到女兒成了那副模樣，難免哭了一場。」

她嘆氣，抬手拍了拍額頭。「我們請了大夫，宋氏她……喝了一副藥，這會兒應當把肚子裡的孩子墮下來了。」

魏韞愣了一下。「竟然……這時候懷上了？」

「興許這都是命。」

魏韞頷首。「這個孩子拿掉了也好。魏旌那樣的性子，一旦知道那個孩子可能是他這輩子唯一能有的獨子，說不定又要和宋家鬧上一場。」

他頓了頓，道：「宋氏曾經出過那樣的主意，妳不怨她？」

「怨？怨她有什麼用？她既已吃了苦頭，我心裡就已經痛快過了。」馮纓瞇眼笑，突然想到康氏的話，問道：「對了，你母親說的那個人……是誰？」

「一個讓她痛苦不已，但是又沒法報復的人。」

魏韞說這話時，唇角帶笑，只是馮纓一時間辨別不清，不知道他究竟是出自真心在笑，還是譏誚。

這一日，馮纓徹底想了一番，覺得魏陽說得沒錯，她嫁進魏家已經好一陣子，魏韞的身體也好了許多，她的確該開始理家、熟識家務。

起碼，棲行院該由她親自打理起來了。

第二日，馮纓和魏韞夫妻倆先去給魏老夫人請安，之後又去佛堂給康氏請安。

康氏的情緒在一夜之後似乎仍未完全平復，只讓身邊伺候的嬤嬤出門回應了他們。

馮纓有意看了看魏韞，越發覺得他們母子的關係透著古怪。

等回到棲行院，魏韞帶著馮纓進了書房。

「魏家共三房，三房各有自己的營生。我母親身子不好，長年念佛，從不過問府內庶務，所以主持中饋的一貫都是父親身邊的管事，但眼下，妳嫁進門來，只要我還活著，妳還留在魏家，這些事就得轉交到妳手裡。」魏韞認真道，他風采出眾，一身錦衣華服，即便不說話，神色間也透著一種成熟的內斂穩重。「首先，從棲行院開始，我會全部交到妳手裡。」他頓了頓。「包括我的人。」

這最後一句話頗有深意，馮纓忍不住多看了他兩眼。「你放心？」

他笑。「我信妳。」

「棲行院的田畝帳目還有其他銀錢，以往都由我親自管著，往後交給妳，我也好鬆口氣。」

魏韞捧來一個盒子，盒子裡都是地契、房契，還有不少店鋪帳本，馮纓看得目瞪口呆，上上下下直把人打量了幾個來回。

「這些……都是私產？其他人都不知曉？」

魏韞目露笑意，正打算說話，馮纓繼續道：「這麼多鋪子，這麼多田產，魏含光，我該不會嫁了一個有錢人吧？」

魏韞坐在她身前，看她滿臉歡喜，尤其是捧著一家鋪子的帳本翻來覆去地看，忍不住笑出聲。「算是吧，妳很高興？」

「當然高興，怎麼著我也能蹭點你的財氣。」馮纓莞爾。

魏韞搖頭。「棲行院裡的下人不多，所有的身契都在我這兒，妳拿過去管著，如果有發現問題的，妳直接處置了，不必問我。」

他並不常讓人伺候，所以整個院子裡的下人，也不過寥寥，和他的房契、地契比起來，下人的身契只有薄薄幾張。

然而除了這幾張身契外，魏韞突然遞出了一本不薄的名冊。

「這些都是我手底下的人。」魏韞見馮纓沈默下來，道：「除去這些，還有一些人，但我不能告訴妳他們的姓名、身分。」

他看馮纓看了過來，彎了彎唇角。「我早晚會死，但不妨礙我想活，更不妨礙這些年下來，我手裡養了一批只聽我命令的人。」

馮纓放下手裡的名冊，想了想，認真問道：「所以，你真的在扮豬吃老虎？」

她面龐皎潔，尤其是離了軍營，這段日子嬌養下來，更顯得膚白面嫩。魏韞看著，沒忍住，屈指彈了一下她的腦門。

「我好歹也是太子侍講，又兼任了史館修撰。」

他們這一整天就待在書房裡，一人說，一人聽，寫寫畫畫，翻翻看看，直到天色近黃昏，這才將棲行院所有的事都理順了。

晚膳在自己房中用，用過後魏韞便獨自一人又回了書房，門開著，馮纓探頭看去，依稀能瞧見他在書案上鋪設了一桌子的卷宗，取筆蘸墨，不時在上頭圈寫著什麼。

「姑娘。」綠苔懵懵懂懂問：「姑爺在書房裡忙，連門都不關，是不是想讓姑娘妳過去那什麼紅什麼什麼香？」
馮纓回頭，不客氣地戳了戳綠苔的額頭。「那叫紅袖添香。」
魏韞的這個舉動，哪有什麼紅袖添香的示意，不過是為了證明他的坦誠和信任。
這樣也挺好的，一個肯坦誠的合作夥伴，總比一個可能會在背後插刀的好上許多。
魏韞在書房裡忙，馮纓便索性趁著人暫時不回房，讓人燒了熱水，好好地洗了一回澡。
魏韞回屋時，馮纓已經沐浴完，穿著月白底子的寬鬆寢衣半靠著桌子，一邊吃著小廚房送來的茶水、果子，一邊翻看帳冊清單。
屋裡點著三盞宮燈，亮堂堂的，映在她露出的腳踝上，顯得格外白皙，更不提她本就明豔的容貌，燈火下，越發玉面桃腮，分外好看。
馮纓應當是還沒注意到他，看得累了，忍不住坐直了身子，伸了一個大大的懶腰。隨著她的動作，背後的衣料貼上她的背脊，顯出她纖細美好的腰身來。
魏韞甚至能夠想像到，那被衣料包裹住的身段，究竟會如何美好。
不過這般想像，未免有些不夠正人君子。
「你回來了。」
伸過懶腰後，多年養出的警惕敏感很快叫馮纓覺察到身後有人，她回頭見是魏韞，沒忍住，又打了個哈欠。
袖口寬鬆，沒留神就往下滑，露出一小截嫩藕般的手臂。

「妳倒是曬不黑。」魏韞不慌不忙地走到桌旁。

馮纓一手撐著桌案，一手往嘴裡丟了枚果子，挑眉。「我娘給的這身皮肉，旁人羨慕不來。」

他們兄妹倆，一個像爹，一個像娘。她娘就是盛家唯一一個曬不黑的，一身皮肉，任憑怎麼跟著父兄在外風吹日曬，總也是白白淨淨，像極了雪。

魏韞笑笑。「這些東西一時半會兒也看不完，還是早些休息，後頭有的是時間看。」

「不成哪。」馮纓捏了捏鼻梁。「我還有很多事要做。」

「什麼事？」

「很多很多，要帶我娘的屍骨回家，給碧光、綠苔找合適的人家，還有做我所有力所能及的事情，」馮纓眨眨眼。「比如幫舅舅們看著，保證平京城裡沒有人斷咱們邊關百姓的生路……」

掌家從來都不是一件容易的事，這裡頭涉及到太多太多的方面，尤其是幫魏韞掌家，看著是體弱多病的魏家長房嫡子，朝廷的俸祿也好，賞賜也罷，多數還是要經過公中，二房三房也是如此。

魏韞手裡的那些，大多都是背地裡私置的產業，而且還不少。

馮纓有時候甚至忍不住懷疑，自己嫁的這個人之所以身體不好，原因就出在財神附體上。要不然怎麼平京城裡會有那麼多大商行，實際都是他的鋪子？

這一看、一查，加上棲行院裡裡外外的一打理，馮纓就花了近半月的工夫。

而就這十幾天的工夫，二房的魏旌又出了事。

「病了？」馮纓一愣，有些吃驚。「不是前幾天還聽說他精神抖擻地在花樓裡一擲千金，鬧得三叔父被御史臺參了好幾本？」

已經入了冬，今天氣溫尤其低，起早的時候還落了點雪。見魏韞坐在床邊咳嗽，馮纓忙起身關窗。「我還以為這麼鬧騰，是仗著底子好，不怕傷身，怎麼這一回竟然病倒了，真不是跟人搶……被人揍的？」

魏韞哭笑不得。「還真不是被揍的。」

喉頭發癢，他忍不住又低頭咳嗽，再抬頭，馮纓遞了一杯茶水在眼前。

他接過杯盞。「他昨天夜裡突然發熱，身上還起了些疹子，他那個花樓裡的相好怕他出事，連夜讓人把他送了回來。」

宋氏和離後，魏旌院裡就由最得寵的一個姨娘當家。那姨娘本身就是花樓出身，一朝得了點權勢，便整日裡作威作福好不得意。饒是如此，那姨娘還是格外注意討好魏旌，生怕他的心被外頭女人纏得解不開，冷落了自己。

於是魏旌一回來，她便纏了上去，也不顧他身上還病著，先同人廝混了一場。等到天亮，滿院子的人都醒了，她方才發覺躺在身邊的男人有些不對勁。

「所以，是什麼病？」

魏韞扯起一側嘴角。「花柳病。」

事情鬧大了，他三叔父自然得到消息，大發雷霆。

尤其是荀氏，更是將所有人都訓斥了一遍，那只顧著勾人的姨娘甚至被壓在院子裡，當著眾人面扒了衣裙，狠狠打了一頓。

三叔父顧不上什麼臉面，命人請來大夫，詢問魏旌的病情。

那大夫卻是一看，立即搖了頭。

花柳病啊！簡單來說，在現代還能治好，可到這裡，恐怕不大好治。

馮纓尷尬地仰頭望著雕梁畫棟的屋頂，咳嗽兩下。「這病好像……好像跟亂那啥有關係吧？」

魏韞聞聲，見她難得露出這般神色，不由笑了一聲，到底考慮到她還是個黃花大閨女，沒將話說得太直白。

「繼章不認為沒有孩子是自己的問題，所以他去了外頭，想證明自己……是能讓女人懷孕的。」

不過顯然，魏旌證明的方式和對象極度有問題。

馮纓倒吸一口氣，當即捶了下手心。「這病好像不是得了就立即發作！那宋氏會不會也？」

魏韞看著馮纓，搖頭。「不會。大夫說得很清楚，就是在差不多一個多月前，那個時候，宋氏應該還在調理身體，繼章自己也正好沈迷在他房裡新開臉的幾個小丫鬟。」

「那還好。」馮纓鬆了口氣。

魏韞笑笑，低頭喝茶。

馮纓突然問：「那這人現在怎麼辦？能治嗎？」

魏韞肅了容，目光落在杯盞裡澄澈的茶水上，良久道：「不好治。」

馮纓抿了抿唇，沒再接話。

魏韞的話不假。魏旌的病的確不好治，甚至於二房的人心也跟著混亂了起來。

二房夫婦倆到這時才知曉，他們這個兒子竟不知不覺間又把手伸到了他們夫妻身邊，幾個年紀不大的丫鬟和不得寵的通房都被他勾得做過渾事。

這一回，饒是荀氏也對這個兒子生出了怨懟和後怕。

夫婦倆商量了幾日，轉眼便將人打包，趁著外人還不知道出了什麼事，直接把人送去了鄉下的莊子。

一起被送走的，還有滿院同他關係親近的姨娘、丫鬟。

可事情到這一步，卻並沒有結束。

約莫是年末的時候，出了件轟動朝野內外的大事——

戶部尚書之子趙九思、邕王八子李端死於花柳病，與之有過接觸的女子，多達十數人。

而這十數人中，又有約莫一半以上的女子，乃是操持皮肉生意的花娘。

事情鬧大了。

慶元帝當著滿朝文武的面大發雷霆，京兆尹更是被提出來，跪在朝中瑟瑟發抖，躲在朝臣中的邕王被慶元帝一個眼神掃過去，頓時掐著胳膊低下頭動也不敢動。

還是太子安撫地看了看幾位被點名的大人，道：「父皇，此事影響極大，勢必要集朝野內外眾人之力，方能遏制情況變得更加嚴重。」

慶元帝命人把幾位太醫請到殿中，詢問此等惡病的具體病症和治療方法。

韓太醫等人說了幾種發病癥狀，又言此病雖不會如瘟疫般引起全城恐慌，可也極易通過混亂的男女關係，一一傳開，且有的人得病十幾二十天後就出現病症，有的則可能要數月。

這看似安全、事不關己的數月，極有可能會出現新的病人。

太醫們這麼說，便是朝中與此事並無關聯的大人們也開始緊張起來。

在場的官大人們即便自己潔身自好，可家中兒孫卻不定什麼時候也同那些人有過來往。

一旦這麼想，便都人心惶惶了起來。

慶元帝嘆口氣，事已至此，說什麼都無濟於事，只能先將與戶部尚書之子趙九思、邕王八子李端有過來往的花娘都找到，再藉由她們，找到更多與她們有過露水情緣的男人，和不知情下可能染上髒病的男人的妻子們。

這一事，事關重大，誰都不想哪天醒來，身邊的男男女女突然都得了這種病。

慶元帝當下就命京兆尹、太醫署、戶部上下親自督查此事，怕他們人手不足，還另外將翰林院的人手也借調給他們。

一時間，平京城內亂成一片。

這廂先從幾個花樓裡帶走了十數個花容月貌的女人，有的看著並無大礙，有的捲起的袖子裡，手臂上起著一顆一顆皰疹，似乎是怕嚇到客人，還仔細拿脂粉遮蓋，手指一擦便露出本來的痕跡。

那頭，京兆尹派了人一一訊問，竟只從她們口中問出了十來名恩客，再「請」來花樓的鴇母，才知竟是因為有的花娘並不是行首，所以接的恩客南來北往、三教九流皆有，有時一日便會接上三、五回，自然就記不住名字。

這麼一來，想要把所有與她們有過來往的男人都找到，便成了十分困難的事情。

京兆尹愁得頭髮都白了，怕再出事，索性帶著人先把城內所有花樓盤查了一遍，盤查完，不顧是否有問題，先統一關門歇業。

等到翰林院幫著戶部將花樓裡的花娘戶籍全部翻查過後，京兆尹那頭才又找到了百來人，另還有不少商旅、船工早就遠遊，也不知何時能歸。

光是做這些事，就幾乎花了十來日。在這十來日裡，太醫們果真在找到的眾人中又發現了數十人陸續發病。

最早發現得病的一個花娘到底沒熬過去，身上的皰疹被抓得到處都是膿血和潰爛的傷口。

有與她相熟的得知消息，要麼嚎啕大哭，要麼嚇得給太醫們連連磕頭。

一個、兩個、三個……一直到大年初一都過去了，才最終確定下來有多少染病者。

不多不少，整整七十又三。

這七十三人中，有街頭巷尾最尋常的行腳商、靠著跟船跑南洋掙錢養家的船工，也有窮得只剩下錢的紈袴。

閻王面前，沒有階級，只有生死。

有底子好的熬過去了，帶著一身疤搖頭說再也不胡來；有雖然出身富貴，可早就掏空了身子的，發病沒多久，就因為一場高燒直接沒了性命。

與此同時，因為所有花樓不准開門營業，平京城內的巷子裡偷偷摸摸地多了不少暗娼。

正所謂，撐死膽大的、餓死膽小的。儘管城中髒病的事鬧得風聲鶴唳，可仍舊有人捨不得那些溫香軟玉，願做那牡丹花下死的風流鬼。

「你說，我爹他怎麼膽子這麼大，都這時候了，還捨不得外頭的相好？」

大年初二，雪下得很急，不一會兒的工夫，馮纓就看著面前光禿禿的樹上堆滿了白皚皚的積雪，嘴裡說著想不通的話。

照舊俗，大年初二是女兒回娘家的日子，馮纓雖不願意回馮家，到底還念著梅姨娘的好。

魏韞陪她回了馮家，招待他們的只有神情尷尬的馮澈，和凍得恨不能再把自己裹上三、四層的馮瑞、馮荔兄妹倆。

問了才知道，她那便宜爹半個月前又在外頭看上了一個女人，聽說才十七、八歲，比她都小，原先是花樓裡剛調教好準備日後當行首的，結果遇上了那些「亂七八糟的事」，於是只能藏在巷子裡等有緣人相會。

她爹就在半個月前成了這個「有緣人」。不顧祝氏怎麼擔心、怎麼反對，就是一心一意撲在了那個女人身上，據說夜夜笙歌，只差將那暗門當成另一個家住了。

魏韞被風吹得忍不住咳嗽了兩聲。「總是有什麼特別的地方。」

馮纓轉身拿了手爐往他懷裡塞。「有時候我都忍不住懷疑，魏旌跟我爹才是一家人。」

她撇撇嘴。「牡丹花下死什麼的，我看他們英勇得很。」

魏旌的事，原本還能瞞下，只當是得了病送去鄉下休養，日後再尋個理由帶回來或者抬回來埋了。

可平京城裡的事一出，中間查來探去，自然也將魏旌的名字翻了出來，說到底還是這小子平素在花樓裡太過出名，在哪都能找到相好，自然容易被鴇母們記住出身名姓。

等到事情再往後查，魏旌的病果真同那些人一樣，是來自花樓。

只可惜，太醫們幫著醫治了數日，在掐死了一個同樣染病並且相識的花娘後，魏旌最終還是自戕了。

也因此，魏家今次的年過得格外沒有滋味，全府上下都換上了素色衣裳，不帶絲毫笑顏。

「妳呀。」魏韞屈指，彈她腦門。「我要進宮一趟。妳想先回去，還是同我一道？」

馮纓搖頭。「我去找嬌娘，回頭我去宮門外接你。」

魏韞彎了彎唇。「好。」

馮纓說接，便是真的接。有時他進宮，突降大雨，出宮時她只要無事就一定會帶著傘在宮外等。他要是與舊友有約，宵禁前方回，她定會等在大門外，一盞燈，一件披風，時不時還與上了年紀的門房就近來街上最好吃的點心鋪聊上一會兒。

他那些舊友們都說他沖喜沖到了一個好媳婦，甚至有人說她那些「女羅剎」、「女殺神」的凶名一定是謠傳，他這媳婦兒分明溫柔賢惠又貼心，叫人多看一眼都恨不能捶胸頓足，怎麼沒早點上門提親，白白錯過好姻緣！

每每到這時，魏韞面上雖只是笑笑，心下卻多有歡喜。

那歡喜並非是雀躍的，而是帶著點點波瀾。他過了近三十年單調乏味的生活，不求生，不求死，喜怒平平。

然後突然有一天，多了一個人。

魏韞其實有些無法形容他和馮纓眼下的關係，像是她偶爾嘴裡說的「同居室友」，又像是合作夥伴，或是夫妻。

但起碼，每天睜開眼的時候，他已經習慣了去看緊閉的門口，去等她推開門，帶著一身汗和紅撲撲的臉龐，回屋衝他問：「你醒啦？」

魏韞先讓馬車將馮纓送到她要去的地方，而後他才進宮。

馮纓一下車便聞著了熟悉的酒香，胡姬正扭著腰，手指戳在一個身材魁梧、肌肉壯碩的男人身上。

男人一雙健壯的胳膊十分搶眼，拳頭一握，上臂的肌肉就隆了起來，不必擦什麼健美比賽用的油也格外亮眼。

馮纓忍不住多看了幾眼，然後才看向胡姬。「阿索娜。」

被叫到名字，阿索娜收回手，瞟了男人一眼，扭過腰，見是馮纓，當即笑了起來。「妳怎麼來了？」她伸手，撣了撣馮纓肩頭的雪。「這大冷天的，妳家男人倒是捨得讓妳在外頭跑。」

「他去忙他的正事，我來這兒看看，順便蹭兩壺酒。」

「去妳的，又來騙我酒喝。」

兩人嘻哈笑鬧著，倒是把一邊的男人給忽略了。

馮纓往邊上看了兩眼，低聲問：「這人從前沒見過，是妳家新來的夥計？」

「妳上回才將嬌妹子放我這當夥計使喚，我哪還需要人手。」

「那這人？」

「前幾日搬來的一個鐵匠。我瞧著他那屋冷清清的，連個炭火都沒，就送了一些過去，後來便常往我這邊來，今天不知從哪裡撿了個髒兮兮的小丫頭丟給我，人正在後頭讓嬌妹子幫著洗呢。」

阿索娜這話說的，彷彿嬌娘這會兒正在洗的不是大活人，而是流浪狗、流浪貓。

那鐵匠見人顧不上他，便也沒多留，臨走時還瞪跑了一個試圖趁人不備摸阿索娜屁股的混帳。

阿索娜沒留意這些，正挽著馮纓往後院走，倒是馮纓把鐵匠的那些舉動都看在了眼裡。

後院裡，本應該充當洗澡工的嬌娘，這會兒正抱著個五、六歲模樣的小丫頭嚎啕大哭。

「怎麼了怎麼了，好端端的，怎麼就號起喪來了？」阿索娜連聲哎喲，從嬌娘懷裡拉過小丫頭，摸著她身上那東一條西一條的傷痕，心疼道：「這孩子，難不成是從哪裡逃出來的？」

「是花樓吧。」馮纓給嬌娘遞了帕子，自己半蹲下身，與小丫頭平視。「不過妳這傷看起來還挺新的，應該不是在花樓裡留下的吧？」

小丫頭畏縮地躲進阿索娜的懷裡，只留出一隻眼睛，偷偷的望著馮纓。

馮纓也不介意。「花樓已經有些日子沒開了，沒有生意，她們就不會調教新來的小丫頭，所以，妳是從哪條巷子裡的……逃出來的？」

她不說那個字，但可以確定，這個小孩多半就是從現在的哪家暗門裡逃出來的。

小丫頭盯著馮纓，然後把頭一轉，埋進阿索娜的懷中。

阿索娜忙把孩子抱緊了。「小羊怕是嚇壞了，可憐見的。」

「能逃出來都是好的。」馮纓抿抿唇，看著小孩身上青青紫紫、深深淺淺的傷痕，打算再管一次閒事。

這麼小的孩子……她免不了想到自己過去的那些學生，雖然年紀要比這小孩大了一輪，可偶爾提起自己家裡的弟弟妹妹們，大多時候眼睛裡總是亮晶晶的充滿了歡喜。

如果是他們的弟弟妹妹……她很難想像會是怎樣的情景。

「是誰帶妳去那種地方的？」見小丫頭又朝自己看過來，馮纓耐著性子慢慢問道。

阿索娜和宋嬌娘雖然心疼孩子，可也明白馮纓這是打算管孩子遇到的事了，忙一左一右連聲哄著。

好不容易，名叫小羊的小丫頭終於開了口。

「是爹爹……」

小丫頭的聲音有些不正常的嘶啞。

馮纓看了嬌娘一眼，後者心疼地直抹眼淚。「是殺千刀的鴇母讓人打出來的，不肯聽話就打，這個年紀的小孩打疼了就哭，越哭越打，嗓子壞了不算什麼，喊成啞巴了也無妨，只要不死，最後都能用。」

「她還這麼小。」馮纓皺眉。

「小有小的好處。」嬌娘顯然有很多想說的話，最後顧念到小羊還在身邊，便不多說了。「小羊這個年紀，大多都是家裡窮得揭不開鍋了，所以才會被賣掉。要是賣給那些大戶人家為奴為婢，也不過就是多了張身契，可賣給了花樓或者暗門，那就……是另一番日子了。」

馮纓看著小羊，小丫頭肯說話已經是壯起了膽子，但問她是從哪個巷子裡逃出來的，她卻是怎麼也回憶不起來，只記得那巷子裡有條禿尾巴的老狗，偶爾會蹲在後門口，然後被鴇母她們拿掃帚趕跑。

為了能從小羊嘴裡問出更多的消息，馮纓就這麼一直蹲在酒壚裡，前頭酒香四溢，卻怎麼也勾不起她肚子裡的饞蟲，她滿心滿眼只想著怎麼幫小羊，以及更多像小羊一樣，並不願意做那些事情，卻無奈陷在娼門動彈不得的人。

只是小羊到底年紀小，剛逃出來又驚又怕的，回憶起來都是被打的事。

她記得一個叫月亮的小女孩，因為月亮和她都不肯聽話，想逃跑，所以抓起來一起挨打，被打得耳朵直流血。

她還記得一個叫大福的小姊姊，因為爹娘說跟著鴇母能享福，所以十分聽話，很討鴇母的歡喜。後來鴇母給大福改了名字，叫春熙，說要帶她去見貴客，回頭就能過好日子。

「後來呢？」馮纓摟著小羊坐在屋簷下。

小羊已經不像之前那樣怕她了，依偎在她的懷裡，揪著她衣襟，輕著聲音回答。「後來……後來春熙姊姊就不見了，她們都說，她去享福了，好多人……好多人問嬤嬤能不能讓她們也去，嬤嬤說、嬤嬤說……」

她打了個哆嗦，馮纓忙把人又摟了摟。

「嬤嬤說她們還不夠資格，得乖乖聽話，以後才能享福。可是我明明、明明聽見嬤嬤跟狗子哥說，春熙死了，那位貴客弄死了春熙，還給了嬤嬤好多錢……」

馮纓有點不忍心再讓小羊說下去了，忙摟著人哄，哄著哄著，懷裡的小丫頭呼吸漸漸平緩，竟然睡了過去。

她低頭看著睡得香甜、臉上沒了惶恐的小丫頭，輕輕嘆了口氣。

「小羊睡了？」嬌娘從前頭回來，見狀儘量放柔嗓音問道。

馮纓點點頭。

嬌娘伸手。「我抱她回去睡吧。」

馮纓有些遲疑，到底還是讓嬌娘抱走小羊，也好鬆鬆胳膊。

安置好小羊，嬌娘從屋裡出來，才剛在馮纓身邊站定，就忍不住又開始掉眼淚。

「我還沒問過妳，妳……是怎麼進的花樓？」馮纓想了想問。

她沒查過嬌娘原本的出身，魏韞那時為了設計魏旌，給嬌娘安排了一個惹人憐惜的身世，可那只是為了騙人。

嬌娘擦了擦眼淚，笑道：「我家窮，我上頭有個哥哥，底下還有兩個妹妹、一個弟弟，那時候家裡為了給哥哥娶媳婦，選擇把我賣給來村裡收人的人牙子換錢。」

人牙子收人，總有各種賣出去的地方。

要麼是賣給那些大戶人家為奴為婢，要麼是賣進花樓或是暗門，當然也有人家是專門挑漂亮的小姑娘買回去自己養，教授琴棋書畫，養出滿腹才氣，然後再賣給一些高門大戶做妾。

後面這種，就是所謂的瘦馬了。

「那時候和我一道的小姊妹，大多都是被家人賣掉的，也有人是日子過不下去了，走投無路，自己賣身。可到底，沒幾個是自願入這行的。」

嬌娘說到後面，眼淚已經止住了，神情也自然了不少。

「但說實話，紙醉金迷的日子過久了，倒是許多人都沈迷其中。只要在那扇門裡，恩客的情意都是真的，給的金銀首飾也都是真的。」

馮纓清楚，嬌娘說的還真是實話。

小舅舅在春風樓裡相好的青娘，據說曾有個很要好的小姊妹，兩人是一道被輾轉賣到河西，姊妹倆被鴇母捧著，養了許久，才終於拉出來亮相。青娘被小舅舅看中，小姊妹則被當時途經河西的胡商買去了頭夜。

比起容貌不算突出，性情也不積極熱情的青娘，小姊妹很快就成了那家花樓的行首。甚至就連軍營裡，都有人攢上幾個月的俸祿，就為了去捧她一次場。

那時候聽說她甚至還勸過青娘，應該聰明一點，同那些捨得出錢的恩客們往來，沒必要跟著小舅舅苦哈哈地過日子。

「總有人願意生活在那樣的環境底下，可也有人是不情願的。」

馮纓瞇了下眼。

「夫人決定怎麼做？」嬌娘問：「暗門……夫人真的能救出那些人？」

「我……不知道。」

馮纓是真的不知道。

她不過就是一個人，清平縣主的身分還不足以讓她做那麼多的事，哪怕動用了她手裡的所有力量，也不過只能強行突破一家暗門。

她真的……能做到嗎？

馮纓第一次懷疑起自己的力量來，這一懷疑，她甚至忘了要去宮門口接魏韞的事。

等她回到魏府，迎面來了魏老夫人身邊的一位老嬤嬤。

「小夫人，老夫人請妳過去。」

魏老夫人授意的稱呼分明就是故意不給馮纓臉面，明媒正娶的夫人，卻被加了個「小」字，怎麼聽都像是在喊一個妾室。

馮纓眉頭一蹙，想說先回棲行院更衣，稍後再過去，那老嬤嬤卻笑吟吟的，說什麼都不行。

她沒法，只能先跟著過去。

魏老夫人一見馮纓進來，立即皺了眉頭。「含光呢？怎麼只有妳回來了，不見含光？」

馮纓一愣，旋即想起自己答應過的事，可不等她回答，魏老夫人「砰」一下拍了桌子。

「妳跪下！」

馮纓一愣。

魏老夫人恨聲道：「我讓妳跪下！」

馮纓不動，岳氏就坐在老夫人的下首，掩唇就笑。「纓娘呀，長輩讓妳跪下，妳就乖乖跪下認錯，何必嘔氣呢。」

「可我不知自己做錯了什麼，令祖母非要我跪下認錯？」

「妳不知道？」魏老夫人盯著馮纓，她生得並不慈眉善目，這樣盯著人看，總會讓人忍不住心裡發毛。

只是馮纓見多了沙場上那些帶著怨毒的目光，魏老夫人的視線，並沒有讓她受到什麼影響。

「是的，我不知道。」

魏老夫人冷笑一聲。「呵，妳倒是臉皮厚，妳從前在外頭怎麼胡來都沒關係，妳既已嫁給了含光，是我們魏家的人了，就少出去亂晃！」

她緊緊盯著馮纓，嘴角緊繃，嘴邊的法令紋如同刀刻。

「纓娘，我知道妳習慣了以前那種自由自在的日子，可在平京城裡，還沒哪個嫁了人的夫人會像妳這樣到處跑的，傳出去，只會叫人笑話我們魏家娶了個沒規矩的！」

見馮纓默不作聲，魏老夫人冷冷道：「這個家裡還有沒娶妻、沒出嫁的，妳要謹言慎行，別叫外人非議，讓咱們魏府沒法在世家跟前抬起頭來！」

馮纓還是不吭聲。

魏老夫人沒了耐心，邊上的岳氏立即接腔。「纓娘，妳現在和過去可不一樣了。妳是我們魏家的人，是含光的妻子，哪能再像從前那樣滿世界撒歡地跑，不過妳跑也沒什麼，左右大哥大嫂不惱妳，含光也不攔著，那我們這些長輩又能說些什麼？可妳怎麼……怎麼能和那種人來往呢？」

岳氏露出一副很難堪的表情，掩著唇，嫌惡道：「那酒壚裡賣酒的胡姬，怎麼看都不是個正經女人，聽說從前有過丈夫，年紀比她大了許多，但打從丈夫一死，她身邊就沒少過男人。還有她酒壚裡聽說最近多了個女人，還是花樓出身的，前些日子鬧出了多大的事啊，纓娘，妳怎麼能和這種人來往，妳就不怕沾上髒東西，害了含光嗎？」

「哪種女人？」馮纓突然開口。

岳氏噎住，只好看向魏老夫人。

老夫人怒不可遏。「下賤、骯髒的女人！魏家從不和那種人有來往！」

「那二公子的那些女人又算什麼？既然從不來往，為什麼那些女人會出現在後院裡？」

馮纓張口就道。

她實在不理解，明明長房才是魏老夫人親生的，明明魏韞才是她的嫡孫，老夫人是怎麼做到忽視長子嫡孫，把所有的好投放在非親生的二房三房，把魏旌那樣的混帳東西捧在手心裡？

就因為魏旌嘴甜，而魏韞身體不好？

「祖母，其實含光他不是妳的親孫子吧？」

要不然，她怎麼捨得讓一個那麼好的人在這個偌大的家裡住最冷清的院子，說出「這個家裡，等著我死的人有很多」這樣的話？

馮纓彷彿看到了那個小小的魏韞，獨自一人坐在空蕩蕩的院子裡，望著日升日落，望著滿地飄零的黃葉。

她好像看到一個團在被子裡，凍得瑟瑟發抖，卻怎麼也哭不出眼淚來的小孩。

魏老夫人漲紅了臉，氣得發抖。「混帳！混帳！妳、妳胡說八道什麼！」

岳氏眼見著老夫人捂上胸口，顧不上再裝模作樣，慌張地跑上前，和丫鬟嬤嬤一道又是捧茶，又是輕撫心口，嘴裡不忘回頭說上兩句。

「纓娘，妳怎麼能對祖母說這些荒唐的話？」

馮纓保持著站立的姿勢沒變，魏老夫人的動靜並沒有令她改變半分神色，只冷冰冰道：

「是我的錯，祖母見諒。」

魏老夫人最是見不得小輩在自己面前擺出這副姿態，她那兒子當初非要娶康氏那個狐狸精，後來為了康氏又死咬著不肯納妾的時候，擺出的都是這副模樣。

她氣得好一會兒才喘過氣來，冷聲道：「果然是有爹生沒娘養的東西。」

馮纓驀地睜大了眼。

「祖母！」

魏韞邁過門，幾步走到了馮纓身前，仗著身高，將人嚴嚴實實地擋在了身後。

魏老夫人面色微沈，當著魏韞的面不願再教訓馮纓，可又煩躁這個孫媳婦的言行舉止，重重咳嗽一聲。「回來了？」

魏韞行禮。「孫兒回來了。」他側過身，伸手從跟在後頭的長星手裡接過食盒。「這是陛下賞賜的點心，孫兒特地帶來給祖母嚐嚐。」

魏老夫人冷哼一聲。「非年非節的，陛下怎麼會想到賞賜點心，莫不是賞給你媳婦的，你拿來糊弄祖母了吧？」

這話魏韞自然不會去接。

岳氏終於忍不住出聲。「含光，你們夫婦倆怎麼不是一塊兒回來的？」

「我偶爾進宮，同陛下與太子殿下有不少事要說，難免會費些時間，所以便叫纓娘不必等我。」

「含光，不是四叔母要說什麼難聽的話，就是你這媳婦兒吧，實在是有些……太隨意了些。」岳氏有些扭捏地開口。

魏老夫人聲音立刻高了起來。「什麼叫太隨意了些？她哪是隨意，簡直就是沒把咱們魏家放在眼裡！」

馮纓想發怒，可手腕被魏韞按住，只能憋著一肚子的氣，別過臉去一聲不吭。

魏韞垂眸。「祖母息怒。」

他只說息怒，卻是半字不說一個馮纓的不好。

岳氏有心再挑上兩句，卻見魏韞突然看了過來。「四叔母，妳怎麼有空閒在這，聽說柳姨娘身邊那個叫金鈴的丫鬟有身孕了，妳不去看看？」

「什、什麼？」岳氏驚叫，惱怒地跺了跺腳。「怎麼可能？難道他騙我？明明說有給那個小賤人餵藥的！」

岳氏這麼一鬧，當下即便是魏老夫人，也沒了心思再去管教馮纓，瞪了岳氏一眼，斥道：「胡鬧！三房就一個兒子，妳作為妻子理該為丈夫開枝散葉，妳不能生了，就該把男人讓出去，讓別的女人給他生！」

「可是……」

趁著魏老夫人的注意力全集中在岳氏身上，魏韞當即告退，帶著馮纓回了棲行院。

第十三章

一路上，夫妻倆誰也沒說話。

直等到屋裡只餘夫妻二人，魏轀這才開了口。

「妳行事有些過激了。」

「我做了什麼？我從外面回來，連歇個腳、喝口茶的工夫都沒有，直接就被拉到了祖母面前，四叔母煽風點火，恨不能叫祖母把我好好教訓一番，到頭來你覺得是我行事過激了？」

馮纓沒打算同魏轀吵架，可見魏轀張口便先來了這麼一句，她心頭壓著的那團火陡然竄了起來。

魏轀吐出一口氣，有些無奈。「纓娘，我不是讓妳服軟……」

「你在指責我做錯了。」

馮纓的表情變得越發冷淡。

「可我做了什麼？我只是同我認為可以來往的人來往，阿索娜當壚賣酒有什麼錯？嬌娘花樓出身又有什麼錯？三叔父、四叔父在外與花樓女子相好，抬她們進門。魏旌流連花街柳巷，最後染上髒病。既然連這些魏家都忍了，怎麼到我這，就成了不對？」

魏韞沒說話。

他們相處的這段日子，他多少知道自己的妻子究竟是個什麼脾氣。

她可以很好說話，但也很固執。

「魏含光，其實你現在的身體已經不要緊了。」馮纓別過臉。「如果你願意，我們可以結束合作關係。你大可以按照長輩的心意，再去挑選一位門當戶對、溫柔賢淑的妻子，魏家需要一位能令家裡面上有光的長公子夫人，而不是特立獨行、會有損魏家名聲的兒媳。」

「纓娘，妳誤會……」魏韞擰眉，試圖解釋，可直接被馮纓打斷。

「我很抱歉，沒能遵守約定去接你。」她頓了頓，扭過臉。「你早點休息，我今晚去別的地方睡。」

馮纓說完就走，身後的魏韞沒有追上，良久後捂住嘴，重重地咳嗽了起來。

馮纓很快鑽進了碧光、綠苔的房間，裹著綠苔的被子，團在床榻上動也不動。

「姑娘……妳餓不餓？」綠苔蹲坐在床榻邊，手裡捧著自己好不容易攢下來的小點心，既心疼自己，又心疼自家姑娘。

馮纓蒙著頭不說話，綠苔「唉」了一聲，扭過頭可憐巴巴地望向碧光。

碧光剛把鬧著要找姑爺問個清楚的胡笳安撫好，這會兒進門站在床邊，低聲問：「夫人，姑爺生妳氣了？」

大團被子就臥在床上，沒個聲響。

良久，從裡頭傳來了馮纓悶悶的聲音。

「沒有，他沒生我氣。」

就是沒生氣她才覺得生氣。

「我以為，他是懂我的……」

「我以為，她能明白我的意思。」魏韞靠坐在床上，微微閉著眼。「我沒怪她，魏家……原本就不適合她。」

長星端著湯藥，聞聲不悅地撇嘴。「長公子何必這麼護著馮二姑娘？」

他話音落，瞧見自家公子看過來的眼神，忙改了口。「夫人的性子同平京城裡的姑娘多有不同，可老夫人說得對，既然夫人已經嫁進門來，總要遵著規矩行事，不然豈不是叫人說三道四？」

「你也覺得她不該和酒壚的胡姬還有那個宋嬌娘來往？」

長星硬著頭皮道：「魏家到底是簪纓世家，怎能和那樣的人有來往……」

他話沒說完，魏韞又開始咳嗽，好久才止住。

渡雲想去請大夫，被魏韞攔住。

「喝了藥就好了，別叫她擔心。」

這個她，除了現下躲在丫鬟房裡的馮纓，不作他想。

長星惱得給自己打了個嘴巴子，撲通跪下來。「公子，是小的不會說話，公子別氣壞了身體。」

魏韞擺擺手。「不是你的錯，是這個世界與她格格不入。」

越相處，他越發清楚地感受到，馮纓的世界就好像從來就沒有那麼嚴苛的高低階級，她能用平等的態度去看待身邊每一個友好的人，所以她能和賣酒的胡姬、脫了賤籍的花娘成為朋友。

同樣的，她也會用黑白分明的態度，去面對那些試圖同化她、試圖……壓垮她的人。

但是這個世界不是這樣的。

規矩、階級、身分，所有的東西都套在看不見的枷鎖裡。

「是我告訴她，如果這個府裡有誰敢動她，她可以打回去。也是我答應的，我不能做的事，她盡可以替我去做。」

魏韞閉上眼，咳嗽堵在喉間，胸膛震動。

都是他答應的，沒做到的也是他。

她提出結束合作，合情合理，可他……有些捨不得。

「給夫人多送兩個炭盆去。」魏韞垂眸。

渡雲應了一聲。

不多時，碧光就見到了新送來的炭盆。

她把炭盆往床邊挪了挪，望著還蜷縮在被子裡的姑娘，長長嘆了口氣。

都是冤家……

這一晚的棲行院，氣氛有些古怪。

一直到第二天天明，誰也沒見魏韞和馮纓再有什麼接觸，相反地，馮纓還早早就又出了門，一院子的女衛跟著走得乾乾淨淨。

阿索娜的酒壚內，馮纓托腮坐在窗邊，望著由胡笳她們陪著在院子裡玩老鷹捉小雞的小羊。

有人疼愛的小孩，不過一天一夜的工夫，精神已經大變樣，奔跑間時不時咯咯笑，即便是撲騰摔倒了，也能揚起灰撲撲的臉，笑嘻嘻撲進阿嫿的懷裡。

季景和接到綠苔送來的帖子，按照約定的時間來了這家不起眼的酒壚。

他剛跟著人走進後院，就看到馮纓趴在窗上，衝著院裡的小孩勾了勾手指。

小孩咯咯笑，噔噔跑到窗前，伸手去抓她的手指，抓著了立即笑得更加開心。

今日馮纓穿了一身紅色胡服，如雲烏髮做了個男子髮髻，簪了一枚乾淨的碧玉釵，看起來就像是漂亮俊逸的美少年。

季景和心頭一動，正要說話，馮纓已經看到了他，站起身繞過門窗走到院子裡。

「季公子。」

季景和行禮，道：「魏夫人。」

他心下遺憾，只好收斂心緒，鎮定地望向面前的女人。

從她出嫁後，他就再沒面對面與她說過話，偶爾在路上遇見，她總與那位魏長公子在一處。

他們夫妻之間，看似沒有新婚燕爾的甜蜜，可自有一種旁人無法介入的親近。

今早見到來送帖子的綠苔，他無法否認，心底其實有一瞬的激動。可看到了人，亂跳的心慢慢回歸正常。

「還沒恭喜季公子升官了。」馮纓抱拳拱手。「如今，該稱呼季公子為右曹郎官了。」

因為在朝廷這次重查花樓一事上出了不少力，季景和意外被戶部尚書看中，從翰林院裡直接挑了出來，過了明路調進戶部五司之一的戶部右曹。

儘管看起來翰林院更容易被慶元帝看見，但按照原書的情節，季景和本就不會永遠只當一個待詔，他會一路向上，拚盡全力地走到最高點，成為首輔。

所以，從翰林院到六部，顯然是他邁出的第一步。

季景和謙虛地受了馮纓的恭喜，餘光瞥見窗下的小孩畏縮地躲到了她的身後，不由地看了過去。

馮纓注意到他的視線，伸手摸了摸小羊的頭。「去找姊姊們玩。」

小羊嗯了一聲，扭頭跑了出去，撲進阿嫿的懷裡就不肯抬頭。

「這孩子……」

「一個可憐的小孩。」馮纓頓了頓，張口就問：「季公子聽說過暗門嗎？」

大啟並不禁文人雅士「賞風賞月」，因此也引得不少官員會入那些花街柳巷春風一度。便是尚在追求科舉名利路上的書生學子，往往也會有樣學樣，跟著當地人探一探那些花樓，既試過了風月，也算舒壓，摸到了日後仕途的小邊邊。

季景和常在平京，自是明白那些所謂風月之地究竟是什麼模樣，更何況，他因徹查那些地方還得以從翰林院入了戶部。

「聽說過。」他頓了下，不解地看著馮纓。「妳為什麼問這個？」

馮纓看向小羊。「那孩子，就是從那種地方逃出來的，然後被好心人撿到，送到酒壚暫養。」

季景和擰眉。「這麼小的孩子……」

馮纓冷哼一聲。「這和多小沒關係，小能養大，不聽話能打怕。」她嘆氣道：「聽這孩子的意思，她逃出來的地方還養著不少同她差不多大的小姑娘，也有更大一些的，已經在接……待客了。」

季景和愣了片刻，直視馮纓，年輕的面孔表情凝重，目光銳利。「魏夫人的意思是？」

馮纓沒有讓步，迎著季景和的目光，反問道：「難道朝廷不應該管嗎？」

季景和別過臉。「如何管？」

因髒病引起的朝野動盪，不僅僅是因為那些大人們害怕自己及家人也染上那些髒病，更有對於花樓被關導致私產沒有收益的懼怕。

那些花樓，哪一家背後沒有在朝大臣在撐腰？慶元帝一句徹查，就令底下人暫關了全部花樓，他們這些幫著查戶籍的，更是一邊要面對各種問題戶籍，一邊還要被人威脅，單就這樣，已經難得差點無法向陛下交代，又怎麼去管突然竄出來的暗門？

「那些暗門，本就隱在暗處，他們一無牌匾，二無門面，外觀看起來就和尋常宅院差不多，即便他們內裡當真養著年輕女子，他們大可以說是自家女眷，屆時，魏夫人，妳什麼也查不到。」

這樣的地方，爛腳巷就有。

哪怕是再差勁的地方，總有人為了生存去做這種營生，那家人甚至還找過他娘，想買走小妹。

「所以呢，明知道存在卻不管，放任自流，等到那種地方成為……」馮纓想到小羊還在院子裡，只好咬了舌頭，嚥下話。「你們不能因為難，就放棄那些可憐的小姑娘，誰家沒有這般年紀的女兒、妹妹，難道明知道她們在泥潭裡掙扎，你們還要冷漠旁觀嗎？」

馮纓的手指在抖，季景和看得清楚，扭頭再去看小羊的時候，免不了就會想到自己的妹妹。如果那時候不是他湊巧回家拿遺落的東西，是不是小妹就會像這個孩子一樣，流落到那種……地獄般的地方？

「夫人請我來，是想做什麼？」季景和垂眸，問道。

馮纓眉頭輕皺。「花樓怎麼查，就請麻煩你們再怎麼查暗門。」她說完，抱拳拱手，鄭重地行禮。

季景和往旁邊躲了一下，嘆道：「魏夫人為什麼不讓長公子幫忙？」

馮纓沈默，良久，道：「他身子不好，何必讓他操心這些。」

「前幾日，我無意間聽到了陛下與長公子的對話。」

馮纓看他。

季景和道：「長公子跟陛下提起了夫人，說夫人有顆待人赤忱的心，從不介意身邊的人是什麼身分，販夫走卒皆可來往，只要心善。」

他頓了下，說：「魏夫人，在下覺得妳運氣很好，妳出生時馮家已有爵位，不是鄉間地頭的農戶，盛家又有顯赫軍功和家世，妳去河西，日子雖苦，可有盛家庇護。妳回平京，上有天子為舅，下有女衛左右，即便是看起來並不合適的親事，也無人質疑魏長公子的能耐。妳真的運氣很好，以至於時至今日，妳仍舊活在一個充滿了自我夢想的世界裡。」

「所以，因為出身，我成了最沒資格多管閒事的人？」馮纓突然問。

季景和低頭。「這件事，我會與趙尚書說的，最終能不能查，只能看大人們的意思。」

馮纓也不強求，應聲過後，便讓綠苔送人出門。

季景和走了幾步，回頭看，如今已經梳上婦人髻的女子，正蹲下身給小丫頭擦手。

他不後悔說那些話。

本就不是人人都會感激她的「多管閒事」，他會，可他娘就不會，甚至他娘至今還在怨憎，至今還在偷偷給舅舅們送貼補的銀錢。

如果受不了遭人怨懟的可能，不如一開始就什麼都別做。

「夫人，季公子的話切莫放在心上。」碧光站在一旁，小羊仰頭看她，學著她的樣子同馮纓把話重複了一遍。

馮纓笑笑，直起身。「我沒放在心上。我要做的事，就會想盡各種辦法試著做到，哪怕不成功，總要試一試。」

她說著摸摸小羊的頭，小羊仰起臉瞇著眼笑，冷不丁鼻子一皺，重重地打了個噴嚏，馮纓愣了一瞬。「都怪我，忘了這天氣最容易得風寒，快些進屋休息去吧。」

她示意小羊先進屋，自己卻驀地想起了昨夜送到碧光屋裡的兩個炭盆，不用說也知道，那必是魏韞的吩咐。

他其實……是真的懂她的，而昨晚，分明是她一直打斷他要說的話。

也不知道昨晚他睡得怎麼樣，今日她一早就出門，與他連面都沒見著，馮纓抿了抿唇。「該回去了。」

「夫人？」

「回府，順便路上給長公子帶些點心回去。」

回魏家的路上，會經過一家百年糕餅鋪，裡頭的糕餅馮纓時常在棲行院見到，她吃過幾回，味道不錯，想來也是魏韞喜歡的口味。

她前腳進店買了幾種糕餅，後腳出店就撞上了縱馬疾奔的長星。

「怎麼回事？」

「公子發病了！」

馮纓愣怔，旋即命身邊的胡笳跟著長星一塊去請大夫，自己則跟餘下的人先趕回去再說。

馮纓單騎回府，本以為行動會快速一點，內心已經夠焦急了，卻未料到今天不知怎麼回事，竟被堵在街口。

明明這條街她經常走，再加上這裡離皇城不遠，是許多世家大宅、王侯府第所在之處，平日鮮少有人聚集，今日一大群人卻嚴嚴實實地堵著，男女老少皆有，好像半個平京城的人都擠在了這裡，再仔細一看，都是平民，還有牽著騾馬、挑著貨擔的。

阿嬗帶著人往裡頭擠了幾步，就有人高聲呼喊起來。「別擠，別擠！胡大人說了，人人有份，人人有份，都不要擠啊！」

馮纓騎在馬背上，聞聲問道：「前頭怎麼回事？」

「姑娘，是住在東頭的王大人在給百姓分發米糧。」

「怎麼湊巧在這個時候？」馮纓翻身下馬。

阿嬗問了消息後回報道：「聽說昨日就放了消息，說是王大人新納的小妾生了兒子，王大人老年得子，高興得不得了，才有今日在家門口免費贈糧之舉。」

住在東頭的王大人年過六旬，前後娶過兩位夫人，納過五、六個小妾，生了一院子的閨女，最大的女兒如今已經為人祖母，一年前新納了一房嬌妾，不過幾個月，就有了身子，昨日孩子出生的時候，胡家高興得整條街都知道了。

「算了。」馮纓把馬韁和鞭子丟給阿嬗。「我另外繞路走，妳們想辦法從前頭走，若是見著長星和大夫，幫忙把路疏通一下，別耽誤了時間。」

她說完，直接跨下馬，轉身鑽進路邊的一條小巷，不見了人影。

巷子七彎八繞，也不知轉了幾個彎，馮纓終於在一面矮牆前站定。

這裡正是魏府後院一處偏僻的角落，馮纓站在圍牆外頭，正在想該怎麼躍過牆進入後院，這時注意到牆邊堆了不少廢棄的磚塊，可惜大多都裂了，不能承重。她左右打量了一下，抬手摸出腰間藏著的匕首，脫鞘，在牆上試著插了幾下。

牆面斑駁，她匕首落下，就留了一個印子。

馮纓鬆了口氣，抓緊匕首往後退了幾步，然後猛地加速衝過去，藉著匕首插上牆面的力道，縱身一跳，躍上牆頭。

牆裡頭有一棵大樹，積雪如雲籠在樹上，馮纓就近攀住一根樹枝，踩著粗壯的枝幹直接跳到樹上，枝幹一顫，撲簌簌地落下不少積雪。
「什麼聲音？」
下方不遠處突然傳來聲音，馮纓往枝幹中間躲，望向聲音傳來的方向。
「什麼聲音？沒聲音，你少自己嚇唬自己。」
「可我真聽到了聲音……」
「夠了！這地方能有什麼人來！」
「那應該是我聽岔了……」
「快些把東西埋了，快點！」
兩個看來頗為面生的小廝鬼鬼祟祟，東張西望地從拐角處跑到樹下，其中胖一些的小廝靠著樹，還沒喘上幾口氣，就先被瘦一些的跳起來一巴掌打了後腦勺。
「你快點！磨蹭什麼呢！」
「等、等一下。」
從馮纓的角度看過去，胖子搓了搓手，掀開衣裳，掏出一包東西給瘦子。
「這東西臭死了，你先拿著，要不是主子交代了非得找地方埋起來，我真想直接丟進馬糞堆裡回頭一塊收拾出去。」
瘦子齜牙咧嘴地道：「少囉嗦！快點挖坑把東西埋起來，長公子病倒了，萬一被人查出什麼端倪，咱們誰都吃不了兜著走！」

馮纓擰眉，聽出其中的不對勁來。

那胖子吭哧吭哧地還在喘。「哎呀，其、其實不用害、害怕……」

「我才不怕。這東西往土裡一埋，不用幾天就沒了，根本不會有人發現，而且主子說了，等長公子一死，就會給咱們一筆大的，再送咱們去外地享福。我瞧棲行院今天的架勢，再用上幾次，估計就成事了，等老子拿了金銀財寶，看那時還有誰找得到咱們。」

胖子喘夠了，不說話了，蹲下身就在樹底下扒拉。

馮纓索性就躲在樹上看他們在搞什麼鬼，越看越覺得樹底下的一胖一瘦像極了兩隻過冬前藏食的熊。

胖子挖了好一會兒，終於挖出了一個不大不小的坑，瘦子把手裡的東西往坑裡一丟，兩人緊接著把邊上的土往坑裡埋，一邊埋一邊還往周圍看，生怕被誰撞見。

見埋得差不多了，兩人這才縮著脖子，又鬼鬼祟祟地往回走。

馮纓在樹上看得仔細，那瘦的在牆拐角探頭探腦看了一會兒，見左右無人，撒腿就跑。胖子走得慢，一會兒揉揉肚子，一會兒撓撓屁股，跟瘦子差了幾步遠，最後往另一條路轉了過去。

等確定兩人都走遠了，馮纓這才從樹上跳了下來，穩穩落地。

被重新埋上的地面隆起一個不起眼的小土堆，馮纓半蹲下身，二話不說，直接翻開土堆，從地下挖出了被埋起來的東西。

葉。

包裹的布被裡頭的東西浸濕了，在土裡才埋了沒多久，外頭已經沾上了髒兮兮的土和枯

馮纓揭開包裹查看裡頭，只見黑漆漆的一大團，扒開了依稀能辨認出有草葉的痕跡，像是藥草渣子之類的，除此之外，她什麼都看不出來。

馮纓皺眉，把土堆原樣填回去後，迅速拿著東西離開。

她疾奔回棲行院，遠遠看見院子裡擠了很多人，丫鬟婆子們進出的腳步都是急匆匆的。

「現在長公子的情況怎麼樣……」馮纓心裡一沈，邁步快走往院子裡去。

「大嫂！」魏捷站在院子裡，急忙走了過來。

「喲，你嫂子在外頭忙得不亦樂乎，總算知道要回來了。」岳氏坐在院子裡，聽見聲音才站起身懶洋洋地走過來。

她身上披著一件紅通通的毛絨斗篷，手裡捧著個熱乎的暖手爐，身後還跟著幾個伺候的丫鬟，不緊不慢，不急不躁，不見半分擔心。

岳氏看著馮纓的目光是幸災樂禍的，沒忍住還哼笑了一聲。「我說纓娘啊，妳別總覺得我們做長輩的欺負妳，妳看看，魏家娶妳，是為了讓妳給含光沖喜的，妳不安分地待在家裡，成日往外跑，這喜豈不是要沖沒了？」

馮纓心裡有一種不好的預感，岳氏的話再難聽，她此時也不想去追究，只抿了唇，疾步邁進門。

魏府的女眷們都聚在廳中，唯獨康氏不見身影。

和上次一樣，魏韞病倒，整個魏家就都動了起來。所有人都聚在這裡，看起來臉上掛滿了擔心，可實則眉角眼梢似都帶了淡淡的笑意，就好像這一次，他們有一種莫名的篤定？

馮纓問：「含光怎麼會突然又病倒了？」

荀氏冷著臉不語。

魏苒開口。「含光是忽然昏倒的，我們也不知究竟發生了什麼事，下人來通報，一下子亂成一團，我們連忙來看看究竟怎麼回事。」

魏苒是魏陽這一輩裡最小的庶妹，也是魏韞的長輩，但論年紀，還比魏韞要小上幾歲，還有一起長大的情誼在。

馮纓慢慢望向裡屋的方向，魏韞頎長俊逸的身影一時間浮現眼前。

她還沒道歉呢，怎麼就又病倒了？

是因為昨晚她鬧脾氣的事氣壞了，還是真的跟她找到的那些藥渣子有關？

魏苒看了馮纓一眼，走到跟前，握住她的手，拍了拍。

「妳嫁過來也有些日子了，含光的病妳也知道，時好時壞的，總歸……要有點心理準備。」

言下之意是在告訴馮纓，魏韞的病好一時壞一時，但最後肯定還是要繼續壞下去，活不了太久的。

說到底，沖喜不過就是一種願景，盼著人能好。可人的好壞，哪是身邊多一人少一人能改變的？起碼眼下，魏家人不覺得多了一個馮纓，魏韞就多了一條命。

馮纓無法接受這種可能性，面上逐漸浮現出悲傷，哀怨地望向裡屋。

魏苒忍不住嘆氣。「妳……也別難過，人總有一死，含光只是可能會比我們走得都要早一些。」

岳氏從外頭走進來，她笑笑，走到馮纓身邊，伸手拍了拍她倆的手背，說道：「我前些日子就說了，這人呀，能活多久都是閻王爺早就算計好的，我們這些凡人哪能改得了這麼大的事。」

她說完，衝馮纓笑。「纓娘，妳說是不是這個理？」

「嫂子怎麼能這麼說。」魏苒皺了皺眉頭。

馮纓猛地看向岳氏，後者「哎呀」一聲，往後退了一步。「怎麼了妳這是？瞧著凶巴巴的，難不成我說錯了什麼，又惹著咱們縣主大人了？」

馮纓不打算在岳氏身上浪費時間，正打算繞過岳氏進裡屋，沒想到康氏正好從裡屋走了出來。

她走得快，徑直就來到了馮纓身前。

一屋子的人看她出來了，頓時變了臉色，忙肅著臉，擔憂地望了過來。「含光怎麼樣了？」

「大夫怎麼還沒來？」

岳氏輕笑了一聲。「聽說胡大人贈糧，估計路上都堵著了，一時半會兒來不了。」

馮纓再也忍不住，霍地抬起手來。

魏韞無故病倒，這裡人人都有嫌疑，她分辨不出誰是背後指使者，可岳氏這股藏都不打算藏的喜色，越看越讓人躁得慌。

「啪」！

一聲耳光清脆響亮。

岳氏被打懵了，踉蹌了兩下要往後倒，幾個丫鬟尖叫著撲上來，手忙腳亂把人扶住。

一屋子的人都震驚了，就是荀氏，在一時愣怔過後，也騰地站了起來。

「康氏！」

馮纓不可思議地扭頭看向康氏。

她還沒收回手，掌心發紅，但一雙眼睛更顯通紅。「岳湘湘！妳再胡言亂語，信不信我弄死妳！」

岳氏捂著發疼的臉頰，尖叫。「康氏妳發什麼瘋！」

康氏抹了把眼睛，狠狠瞪著岳氏。「岳湘湘，妳平時沒規沒矩說那些不三不四的話也就罷了，我不與妳一般見識，可妳少拿含光說事！妳心底那些鬼主意，妳以為我不知道？含光的身子就是再不好，也輪不到你們三房得意！」

康氏的嗓音不尖，拔高了才顯得驚人。

荀氏上前有意想要拉開康氏，卻被她一把甩開手。

「妳……」岳氏伸手指著康氏，氣得手指發顫。「妳少潑髒水！」

「湘湘！」荀氏把人扒拉開。「妳少說兩句！」

岳氏氣不過，還要再鬧，荀氏已經指示幾個婆子把她往外頭拉出去。

康氏惡狠狠瞪著，頭一扭，就對上了馮纓。

馮纓心下一突。「母親……」

「妳又跑去了哪裡？妳是太閒了嗎，天天往外頭跑，妳是想害死含光是不是？」康氏滿腔怒火，要不是手疼，馮纓相信她下一刻能立即再甩上一巴掌來。

「妳看看這些人，她們都在等含光死，她們都盼著含光死，妳是不是也跟她們是一夥的，是不是？」

感受到康氏的憤怒，馮纓閉了閉眼，愧疚地握緊了拳頭。

康氏欲哭無淚。「我就這一個兒子，我求求妳別害他好不好，妳別害他……」

康氏說著，緊緊抓著馮纓的雙臂，當即就要跪下來。

馮纓嚇了一跳，忙去扶她。「母親！」

這世上，哪有做長輩的給晚輩跪的道理！

「夫人身體不適，還不送夫人回去？」魏韞的聲音突然傳來，沙啞的，透著病態的疲憊。

馮纓驀地扭頭，魏韞正被人扶著從裡屋艱難地走出來。

他臉色難看極了，每走一步，都要費力地喘上兩下，再走，額間便流下汗來。

「含光……」

康氏話音未落，突然有人從院外進來，朝魏韞拱手行了個禮，而後一言不發地從馮纓手中接過人，不容拒絕地送她回屋。

這些人身材高大、神情冷峻，竟從未在府中出現過，一時間荀氏、岳氏全都愣怔住。

「含光，他們、他們是什麼人？」魏苒六神無主，慌張地問。

魏韞吃力地走到馮纓身邊，伸手攬住她的一側肩膀，沒有回答，只是說：「小姑姑，妳們也該回去了，我沒事，這裡有纓娘照顧就行了。」

魏苒性子柔弱，聞言不好意思再留下，只好帶著自己的隨身丫頭離開，荀氏、岳氏也不敢多留，匆匆帶著各自的人走，一邊走一邊還忍不住回頭看，這才發現棲行院門口不知何時已經換上了以前沒見過的幾個人高馬大的神秘男子在把守。

等眾人前腳出了院子，後腳長星帶著韓太醫，身後跟著一隊女衛總算趕回來了。

院內，不相干的人一走，魏韞很快支撐不住，整個人壓上了馮纓，渡雲忙不迭伸手去扶，卻見馮纓兩臂一伸，猛一下將魏韞抱了起來，衝進裡屋。

韓太醫眉頭緊皺，雙唇緊抿，看上去神情十分凝重，良久，收回號脈的手。

「怎麼樣？」長星焦急地問。

「情況不太好。怪了，明明之前已經養了很久，怎麼會突然又倒下了？」

「長公子今早起來的時候，臉色就不大好，後來吃了點東西，突然就吐了一口血。」渡雲還算冷靜，當即回答道。

韓太醫問：「吃了什麼？」

長星忙將收起來的一盅乳釀魚端了出來。

魚已經涼透了，湯上頭凝了一層油脂，看著就有些膩人。

韓太醫毫不在意地拿小拇指沾了一點，放在舌尖嚐了嚐。「這菜沒什麼問題。」那就是排除中毒的意思了。長星、渡雲鬆了一口氣。

韓太醫搖搖頭。「看來還是只能養。我先給長公子扎一針，然後重新開一副方子，你們親自去抓藥，別讓底下人以次充好，壞了長公子的身體。」

馮纓聽到長星應了一聲是，然後急匆匆地奔出去等藥方，渡雲也沒久留，幫韓太醫收拾好東西，帶著藥箱到前頭等，一會兒和長星一道送韓太醫回去兼抓藥。

一時間，屋裡就只剩下她和床上沈睡的魏韞。

魏韞尚在昏迷中，呼吸很沈，饒是如此，額頭還在不斷出汗，馮纓忙伸手去擦，是涼的。

她轉頭去看屋裡的炭盆，像是怕把人凍壞，炭盆擺了好幾個，暖得叫她後背生出汗意來。

「冷，好冷……」

男人低啞的嗓音，渾渾噩噩間吐出幾個字。

馮纓蹲坐在床邊，良久，站起身來解開外衣，鑽進被子裡，閉著眼，牢牢的抱住男人的一條胳膊，緊緊挨著。

魏韞在半夢半醒之間感覺到有人摟住了他的胳膊，有什麼柔軟貼近身體，帶著淡淡又熟悉的皂角香味。

他過了好一會兒才緩緩睜開眼，身側不知何時多了一顆腦袋，依靠在他的肩頭。

他還有些迷濛。「纓娘？」

馮纓已經跟著睡了過去，屋子裡太暖和，薰得人昏昏欲睡，加之昨夜在碧光那兒睡得不大踏實，於是這一躺下，沒多久便睡著了。魏韞問話，她睡得香甜，當然沒能聽見。

魏韞也還沒睡醒，只覺得身邊多了一人，冰涼的被窩裡便跟著多了幾分暖意。約莫是睡得糊塗了，雖沒得到回應，他直接伸手一撈，將馮纓撈進懷裡。

馮纓皺眉動了動，就被閉著眼的魏韞給按在懷裡。

許是因為懷裡的身軀帶著令人身心舒服的暖意，魏韞不自覺更貼近了些，抵著她的鬢髮，含糊地說了聲。「別動了。」

這一睡，就睡了數個時辰，中間有人進出過屋子，又輕著腳步離開。

翌日天亮，魏韞睜開了眼。

魏家上下都知道，長公子魏韞雖然體弱多病，但這麼多年來始終都是個冷靜自持的人，有些習慣雷打不動保持了很多年。

比如說清早醒來，梳洗過後先看上兩頁書，再用早膳。

即便這日要進宮，他也會先照著自己的習慣來，然後再往宮裡去。

然而今日醒來的時候，他卻躺在床上，一時半會兒失了起來看書的心緒。

魏韞一覺醒來，就見著了睡在懷中的馮纓。

她睡得香甜，半張臉埋在懷裡，一隻手擱在他的腰上，柔軟的胸脯就貼著他的胸膛，領口微敞，他一低頭就能看見裡頭漂亮的弧度。

魏韞眼皮一跳，聞著鼻尖昨日依稀聞見過的皂角香，忍不住抬起一隻手，捏了捏眉心。

他想起來了。

他昨天突然吐血昏厥，後來聽到母親呵斥的聲音醒過一次。他從裡屋出去，一眼就看到當時站在屋子裡低頭挨訓的馮纓。

那麼驕傲的一個人，就那樣站著，沒有皺眉，沒有反唇相譏，老老實實地挨著訓斥，直到母親突然要下跪，她才臉色大變。

後來，他讓人送走了母親，又把她帶回裡屋，再之後，似乎是他又昏了過去。

後面的事便記不清了，只依稀聽到她的聲音，迷迷濛濛的，不清不楚，而最後一個殘留的印象，便是身邊多了一副溫暖柔軟的身軀——還是他自己主動把原本靠在身邊的人摟進了懷裡。

魏韞將昨天的事想了幾個來回，忍不住吐出一口氣來，心底湧上些說不清道不明的情緒。低頭看馮纓，想要把人叫醒，他卻有些捨不得，只能僵硬地躺在床上，感受她呼吸起伏間的綿軟。

還沒等魏韞想出個法子來，馮纓「唔」了一聲，濃密的眼睫微微顫動幾下，緩緩睜開了眼。

她睡了好滿足的一覺，又暖又舒服，鼻尖滿滿都是好聞的藥香，手腳也不覺得冰涼。大概是因為睡得太飽了，剛睜開眼，還有些懵，好一會兒，一雙眼裡才慢慢聚了焦，看清了身旁的魏韞。

沒有女兒家會有的反應，什麼杏目圓睜，什麼受了驚的兔子，她就呆呆地看了一會兒，腳下一蹬，從男人的懷裡退了出來。

這個反應……

魏韞扯了扯嘴角，撐著床就要坐起。

馮纓抿唇，從被褥裡爬出來，跪坐在床上，伸手幫著人扶起靠坐上床頭。

魏韞一言不發地看著她，忽然伸出手。

馮纓愣了一瞬，等回過神來，男人已經微垂眼簾，幫她掩好了微微敞開的衣襟領口。

「你好些了沒？」馮纓問。

他的手指沒留意，擦過她的脖頸，溫溫熱熱的，沒了昨日的冰涼。

「好些了。」魏韞也不知該如何，錯開視線，盯著床邊的「百子千孫圖」道：「昨晚麻煩妳了。」

其實一點都不麻煩。

她不過就是看他冷得厲害，脫了外頭的衣裳，鑽到被窩裡暖了暖床。中間睡迷糊了還滾進他的懷裡，藉著人肉靠枕睡了極其舒服的一覺。

可她也不能說：「不麻煩，我睡得很香。」或者「不麻煩，是我占了你的便宜。」

不過一瞬間的工夫，馮纓的腦海裡已經轉過了幾十句回答的話，可怎麼想都覺得說出口就成了調戲。

末了，她只能咳嗽兩聲，道：「沒什麼。」

她一咳嗽，魏韞的臉色就變了。「妳不舒服？」

馮纓愣住，旋即擺手。「沒沒沒，我好得很。」知道他是怕自己的病過到她身上，馮纓肚子裡藏著的話打了幾個轉，撲過去按住了魏韞試圖去拉床頭金鈴的手。

這一撲，直接就把男人摁倒在床頭。

魏韞呆了一瞬，扶住她的胳膊，坐起身來。「怎麼了？」

「我知道你突然病倒的原因了！」

馮纓叫出聲來，驀地想起這是個秘密，忙又壓低嗓音，反手抓住他的手，低聲道：「我昨日回來的時候，在街上被人群堵住了，於是就自己繞路鑽巷子回來，沒想到，在後院撞見兩個小廝在院子裡鬼鬼祟祟埋東西。」

她緊張的反應莫名叫魏韞覺得有趣。「什麼東西？」

「我不懂，看起來像是草藥。」

馮纓轉了個身，沒在地上找著自己的衣裳，抬頭張望，才瞧見衣裳早就被人掛在了架子上頭。

她只好跳下床，在魏韞不贊同的聲音裡赤著腳奔過去撈衣服，然後奔回來從裡頭掏出一包東西。

「這是什麼？」魏韞接過，拆開一看，當下神色凝重了起來。

「那兩個小廝我瞧著很面生，我打聽過了，兩個人都是新進府的普通長工，也沒有特別是哪一房的人，我不想打草驚蛇，就只讓人暗中盯著他們的行動，有什麼事隨時向我報告。至於挖回來的這東西，我不大認識草藥，更不知道藥性，但聽那兩個小廝的意思，是他們的主子吩咐他們用完了之後把這些藥渣埋起來，過幾日就算原地去挖，也挖不出東西，而且，他們不是頭一回做這些事，我思來想去，應該是你喝的藥有問題。」

魏韞看了她一會兒，忽而笑了。「我知道。」

馮纓詫異地看著他。

魏韞道：「我跟妳說過，這個家裡有的是人盼我死。一直以來，我的身體不好，三分是病、七分是毒。」

「毒？可為什麼韓太醫……」

魏韞似笑非笑道：「韓太醫自然無法發現，因為那些人的手法巧妙，刻意不馬上要我的命，而是要讓我的身體慢慢衰弱，過上幾年才撒手人寰，自然讓人難以察覺真正的死因。」

「你一直知道？」馮纓愣住。

「我知道。」魏韞點頭。「但我只知道一個人。」

所以，其實一直以來想要他死的，不止一個人？

想到魏家上上下下那麼多的人，馮纓從背脊生出寒意，下一瞬就發起抖來。她在河西，面對生死的時候，都不覺得有這麼令人害怕。

魏韞察覺到了馮纓的懼意，嘆了口氣，大手搭在馮纓的後腰，將人整個擁進懷裡。

「妳不要怕。」

馮纓靠在他的肩頭，聽到男人低沈的聲音在耳畔響起，下意識伸手勾住他的脖頸。「你為什麼……不害怕？」

魏韞沒有看她，抬手輕輕拍著她的背，就好像在哄一個作了噩夢驚醒的小孩。

「我不能怕。怕這種情緒，對我來說，沒有任何作用，他們想要我死，但我現在還不能死。」

馮纓整個身子都緊繃著，魏韞在她背上輕輕拍，良久她才終於慢慢放鬆下來。

「你知道的那個人，是誰？」她從男人的懷抱退了出來，兩隻手抓著他的衣襟，聲音還帶著一點點的顫抖。

「是荀氏。」

荀氏？馮纓驚訝極了。「我以為會是四……」

魏韞搖頭。「四叔母嘴巴壞，性格直，但以三房目前的情況，她就算真的對我動手，我死後長房的東西也落不到她兒子手裡。」

所以岳氏才會一直遊說他們過繼。

但是荀氏？

「二弟不是壞人，荀氏有自己的想法，如果我死了，最有可能成為魏家家主的，就是二弟。」

「所以這草藥是她……」

「不是。」魏韞道：「荀氏用的是藥粉，她買通了廚房婆子每日下在我的湯裡，但是她不知道，我早就讓人換掉了她塞給廚房婆子的那些藥粉。」

「不是荀氏，那這草藥的主人會是誰呢？」

「是誰都無所謂，我說過的，很多人都盼我死，只是除了荀氏，我至今還沒查到誰敢在暗地裡動手。」魏韞淒然一笑。「但我知道這個家裡，大約只有你們盼我活著。」

馮纓張了張嘴，緩慢地眨了下眼睛，神情嚴肅地說：「沒事的，他們想要你死，我就保你活著。」

她說得認真且鄭重，魏韞不由垂目看她一眼，眉眼彎彎，唇邊浮起笑意。「好。」

大抵是後知後覺發現了兩人相處時不同從前的親暱，魏韞忍不住輕輕咳嗽兩聲。

「前天的事，我還沒向妳道歉。」

「不不不，該是我向你道歉才是。」一聽魏韞提起前天，馮纓立即愧疚地直擺手。「說到底，是我衝你發脾氣，是我的錯。」

她嘴上認錯，可說到底，她只認自己發脾氣的錯，至於魏老夫人指責的那些，她一概不認。

魏韞想笑。「其實，祖母說的那些話，妳不必放在心上，老人家年紀大了，思想古板固執，難免會說些不好聽的。」

他視線向下，落在馮纓按在被面上的細白小手上，下意識想要伸手去碰觸。

只是還沒碰到，她突然抬起手揉了揉自己的鼻頭。「所以我沒打算聽話，我還是想幫幫小羊。」

「小羊？」

「對，是一個從暗門逃出來的小姑娘。」

馮纓低聲，將小羊的事仔仔細細說給魏韞聽。

一時間，寬敞的裡屋內，只有女人細細輕輕的嗓音，和男人時不時低沈的應答。

第十四章

朱紅宮牆，明黃琉璃瓦，碧空之下重簷殿頂泛著明晃晃的亮光，顯得格外輝煌，氣勢雄偉。

剛下過雪，殿頂的翹角積了一層薄雪。正脊兩段的大鴟吻，頂著一鼻頭的雪，陽光下，威嚴逗趣，頗有意思。

宮殿外，由監門衛把守，年輕的軍士們著裝統一，腰繫繡帶，另配金刀。監門衛專司宮門守衛，選的人個個人高馬大，氣宇軒昂，光是站在宮門口，便氣勢非常。

從宮門進去一路走，各門處皆有監門衛守衛，另有金吾衛在宮中巡視。

入朱雀門，經三省六部各官署，則再入宮城。

小黃門早已在宮門口等候，見人落轎，忙迎上前來。「魏大人。」

魏韞下轎，攏了攏身上的氅衣，抬頭望向正前方的九脊大殿。正是早朝的時候，遠遠的，依稀能聽見從殿內傳出的聲音。

「魏大人不如去偏殿坐會兒，今日的早朝，怕是一時半會兒歇不了。」小黃門討好道。

距離魏韞那日發病已經過去了數日，身子費了好些力氣，這才養得稍好了一些。

以他太子侍講兼史館修撰這樣的身分，向來是不上早朝的。平日他鮮少會在早朝時進宮，今次卻是特意挑了這個時辰。

「不必，我在殿外候著便是。」魏韞搖頭。

「聽聞魏大人才又病了一場，這在殿外候著，若是叫陛下和殿下知道了，只怕得責怪小的們伺候不力。」

這小黃門不過只是宮中最尋常的小太監，若不是拜了張公公為乾爹，這在宮門口迎候魏韞的活計，怎麼也輪不到他做。

是以，這廂聽魏韞這麼說，小黃門當下便有些著急了。

魏韞哭笑不得地看了小黃門一眼。「好。」

小黃門面上一喜，忙弓著腰，領人往位於正殿西面的偏殿去。

慶元帝勤政，每月逢一、五，便會召三品以下官員朝參，三品以上則每月一、五、九日朝參。於是這日子順下來，初一、初五、初九、十一、十五、十九、廿一、廿五、廿九便都是早朝的日子。

除此之外，還有常參官，每日入宮參見陛下。

如此一來，天子之位的艱辛可想而知。

魏韞甫一入偏殿，便有小黃門端上茶水點心，另有燒熱的炭盆和熱乎的湯婆子，一併送到了殿內。

點心是剛做的，新鮮得很。

魏韞捧過茶盞，正要喝茶暖暖身子，就聽見前頭正殿外傳來退朝的聲響。

小黃門侍立在側，聞聲跟著愣了一瞬。「方才聽動靜，還要吵上一會兒，怎麼這就歇了？」

他忙出去打探，不多會兒便返回。

「魏大人，前頭早朝退了。」

早朝過後，慶元帝通常會到東面的偏殿內批覆奏摺，另有要事的大臣，則會在這時到偏殿內與慶元帝繼續商議政務。

魏韞走到殿前廊廡下，退朝的大臣們三五成群從正殿前下來，文武官員各自成群，一邊走，一邊還在說著政務。

「是魏大人。」

有相識的官員從殿前經過，認出魏韞，當下站定，拱手行禮。

魏韞回禮。那人接著道：「魏大人怎麼這時候進宮了，可是有什麼要事？」

魏韞淡笑。「有要緊事須奏明陛下。」

「既是要緊事，那就不叨擾了。」

魏韞頷首。

小黃門在前頭引路，不多時，便到了東面偏殿。

慶元帝已經到了殿內看摺子，小黃門進去通報，魏韞便留在殿外等著，突然，殿內傳來一聲怒斥。「不知所謂！簡直不知所謂！一群吃飽了撐著的傢伙！」

怒斥過後，殿內一陣安靜。

不多時，小黃門出來，身後緊跟幾步的便是張公公。

「魏大人，今日早朝出了些事，大人快些勸勸陛下，莫要心急上火，壞了身子。」

張公公滿臉擔憂，說著便請人進殿。

魏韞緩步走進去，殿內幾個小宮女正戰戰兢兢地收拾地上的碎瓷片。

慶元帝撩起眼簾，見魏韞走近，揮手讓殿內伺候的宮女太監們都退出去。「含光，你來得正好。」

「陛下。」

「你來看看，你看看這幫吃飽了撐著的傢伙都說些什麼！」慶元帝本想把手裡的奏摺往地上甩，動作一頓，擰著眉頭遞給魏韞。

魏韞接過。

摺子上，明明白白寫上了魏氏馮纓的名字，再往後翻，還有盛家長房兄弟幾人的名姓。

「這一個個的，先是參纓娘不守婦道、不知羞恥，與花樓出身女子來往過密；接著參盛家手握重權，在承北一帶作威作福，稱王稱霸！我看，他們與其參東參西，不如直接參朕是個昏君！」

魏韞翻到末尾處，見落款，果真是御史臺的大人。

慶元帝揉揉眉心，面露疲態。「含光，纓娘的事究竟是怎麼一回事？」

魏韞垂眸，淡笑道：「不過是纓娘心善，見不得人受難，所以搭了把手，沒承想，竟被御史臺知道，參到了陛下跟前。」

他接著把宋嬌娘和小羊的事分別說了一遍，完了又笑。「她這幾日便是夜裡作夢，都在罵那些欺凌他人的傢伙。」

「朕就知道纓娘是個好孩子，幹不了那些亂七八糟的事，什麼不守婦道，什麼不知羞恥，我瞧他們自個兒同一些莫名其妙的傢伙才是來往密切！」慶元帝拍案。

魏韞笑而不語。

慶元帝苦笑。「其實說到底，他們哪是參纓娘，分明是在參盛家！上一回河西大亂是什麼時候了？一次次的大捷，這幫人以為河西已經太平了，外頭那些部族不敢再招惹大啟了，所以現在覺得盛家功高蓋主，權勢滔天，應該卸磨殺驢，讓他們的人去那占一席之地了？呸！作夢！」

魏韞沈默，見慶元帝眉頭緊鎖，臉色陰沈，緩步上前，親手斟了杯茶送到慶元帝手邊。

慶元帝當下一頓，接過茶盞。「你多護著纓娘一些，那些人對付不了盛家，就會對付纓娘。她一個女兒家，性子再野、再悍，也終歸是個女人，你們畢竟是……夫妻，多護著她一些。」

夫妻……

魏韞心下生出一股異樣的感覺。

人人都說他們是夫妻，大概沒人料得到成親當晚，馮纓會在他跟前說那些話。

慶元帝並未發現魏韞的心思，大概是罵得嘴都乾了，一杯茶顧不上品嚐箇中滋味，直接一口飲盡。

末了，他才問：「纓娘心裡有什麼打算？」

魏韞恭謹回道：「陛下，臣妻覺得，京兆尹及戶部諸位大人，既能徹查花樓，想必也能查出城中到底暗藏了多少暗門。」

「朕要他們查，他們自然能查。」

「那便請陛下下旨，徹查城中暗門。」

慶元帝搖頭。「你要想清楚，一旦查了暗門，後面接踵而來的麻煩不會比花樓的事少。」

「那也無妨。」魏韞身上自有著一股名門貴公子的清韻，此刻言語間唇帶淡笑，絲毫不見遲疑。「既然已經決意要做，又如何能因為怕惹麻煩而躊躇不前。」

他說罷，慶元帝的臉上揚起了大大的笑容，滿臉都是掩不住的驕傲。

「你和纓娘，都是朕的好孩子！這暗門，確實該查、要查、必須查！傳太子！」

慶元帝的聲音直接傳到了殿外，站在殿門外聽候傳喚的張公公一時間有些錯愕，旋即眨了眨眼低笑了一聲。

「乾爹，你笑什麼？」

「陛下高興，咱們這些做奴才的，自然要跟著高興。」他手上拂塵一揮，道：「走吧，去請太子殿下。」

魏轀在宮裡一待，就是數個時辰。

先是商談政務，太子聰慧，於政務上極有才幹，父子倆顯然對魏轀十分看重，許多事都會詢問他的意思。

君臣三人一番你來我往，不多會兒便是吃午膳的時候。

於是殿內鋪設坐榻，榻前支起食案，也無君臣之別，三人一道用膳。不過到底是天家，不說食案上鎏金的盤子，便是上頭盛著的菜餚，也絕非宮外富貴人家能隨便比擬的。

千層酥、金乳酥、光明蝦炙、八仙盤、纏花雲夢肉……一道道皆是宮裡最好的手藝。

等吃過這一頓，君臣三人便又繼續忙起政務來，還是殿外的小黃門被凍得沒忍住，打了個響亮的噴嚏，君臣三人這才抬起頭望向了門外。

「又下雪了。」太子道。

慶元帝瞇了瞇眼。「今年的雪倒是格外得多，也不知外頭的百姓過不過得了這個冬。」

雪下得很大，鵝毛似的一直往下落，魏轀看著雪，低聲詢問進殿加炭盆的張公公現在是什麼時辰了。

「未時三刻。」

張公公聲音剛落，慶元帝笑了起來。「怎麼突然問起時辰來了？」

「……纓娘應該在宮外了。」

魏韞眸底帶笑，見太子衝自己揶揄地笑，回道：「殿下何必取笑臣，想來太子妃娘娘也在東宮等著殿下回去。」

太子與太子妃成婚多年，泰安元年才得一子。孩子出生不久，太子妃又懷上身孕，太子不捨，太子妃卻執拗地非要這一胎不可，於是養到現在，身子多少弱了一些。

為此，太子連東宮那些侍妾也不再親近了，只一心一意守在太子妃身邊，愛護有加。

「你們兩個啊。」慶元帝一聲嘆息，笑著擺擺手。「都給朕滾，滾回去陪媳婦。」他又喊來張公公，吩咐去御膳房將宮裡的點心給魏韞帶上一份。「你快些回去，別叫纓娘在外頭凍壞了。」

宮門外，一個紅通通的身影撐著傘，踩著雪，在門外轉悠來轉悠去。

如果不是認得她的臉，只怕這股晃悠勁兒，人早就叫監門衛摁倒，抓起審訊了。

魏韞到宮門口時，就瞧見那個熟悉的身影在外頭晃悠，身邊還帶了個小的，一時你踩我，我踩你，一時蹲下身一隻手張牙舞爪，扮作老虎嗷嗚嗷嗚十分逗趣。

他才踏出宮門，那身影便轉過身來，扯下毛茸茸的兜帽喊了聲。「魏含光，我等了好久！」

兜帽上圍了一圈白絨絨的雪狐毛，帽子放下，雪白絨毛遂貼合在了脖頸臉側，襯得馮纓膚如凝脂，妍姿豔質。

如神女下凡，惑人心神。

馮纓餓了。

魏韞起早進宮，她也沒多睡，前後腳跟著出了門。

魏老夫人惱她不守婦道，專門找了個老嬤嬤在邊上盯著她，說是要教導她大家媳婦的規矩。

馮纓根本不耐煩學這些，蹓了那老嬤嬤好幾圈，一個轉身跑去了酒壚。

她從酒壚帶走小羊，根據小羊那一點記憶，費了好些力氣，終於摸著了買走小羊的那家暗門附近。

這還沒完，為了確認暗門所在的位置，她在附近窩了好久，久到天都開始下雪了，肚子都咕嚕叫喚了，才想起兩人還沒吃過東西。

她索性帶上小羊，去皇城外等魏韞出宮，回頭一道找個地方好好吃點東西。

「小羊，快喊聲哥哥。」

馮纓一見魏韞，笑嘻嘻地推了推小羊。

魏韞低頭，約莫是膽子小，小丫頭怯怯地往馮纓身後躲，扒著她的腿，又偷偷往他這兒看。

「魏含光，我們去吃點東西吧。」馮纓身子一蹲，摟著小羊就嘆氣。「出門忘了帶銀子，我和小羊一整天沒吃東西了。」說著說著，還十分應景地傳來了肚子咕嚕咕嚕叫喚的聲音。

魏韞忍笑，屈指彈彈她的腦門。「走吧，去豐樂樓。」

平京城裡，酒樓食肆無數，小到路邊的餛飩攤，大到三層高的酒樓，各種天南地北的吃食應有盡有。

其中豐樂樓菜品最多，滋味最好，向來是官宦人家和富紳們最愛去的地方。有時人不便過去，便讓下人到豐樂樓內，買上一桌席面帶回府，也算是招待賓客的一種法子。

鵪鶉羹、玉棋子、假河豚、紫蘇魚、乳炊羊、金絲肚羹、玉露團、七返膏、金銀夾花平截，再配上杏仁酪、牛酪漿，這一頓飯菜色豐富，遠比魏家。

小二上菜的時候敞開著門，馮纓一面等著菜上齊，一面往門外看，便瞧見有小二領著一個姿容俏麗、抱著琵琶的姑娘從門前經過。

她突然叫住身邊的店小二，笑咪咪指了指外頭。「豐樂樓裡，還提供樂伎？」

魏韞挽起袖子，正挾了一塊玉露團放到馮纓面前，聞言跟著往外看了一眼。

店小二看了下，回頭壓低聲音道：「那姑娘，是附近暗門裡的。咱們豐樂樓平素不做那些生意，只是有些客人喜歡找女人陪酒，最近不是查得嚴嗎？花樓都關了，所以只能從暗門裡找人。」

說著，怕引起誤會，小二又趕忙解釋。「不過樓裡有規矩，這暗門來的女人，至多只能在樓裡陪酒，或者是充當一下樂伎，彈個曲祝祝酒興，餘下那些生意，豐樂樓不沾。」

馮纓還想再問幾句，樓下傳來了掌櫃的喊聲。小二忙應了一聲，將菜一一擺好，這就退了出去。

見那頭的姑娘已經不見了蹤影，馮纓這才把注意力放回到桌上。

小羊早就悄悄嚥了幾回口水，又不敢吃，一下一下往她臉上看。

「吃吧。」魏韞把澆了糖汁的點心挾到小羊的盤子裡。「餓了就多吃一些。要是喜歡點心，走的時候可以捎帶點回去。」

說完，他又去看馮纓，見人低頭咬著點心，嘴邊還沾了糖汁，忍不住笑出聲來。「妳屬貓嗎，吃得滿嘴都是。」

馮纓是餓壞了，聞言擦了把嘴，繼續一口一枚點心，吃得香甜。

一盤玉露團，一籠七返膏，一大一小沒幾下便吃空了盤子，往其他的菜下筷子。

馮纓吃得快，沒多久就飽了，見小羊還在認真地吃，索性同魏韞接著方才的話題說了下去。

「剛才那姑娘，我是今天第三回見了。」

「什麼時候？」魏韞舀了一碗羹放到他手邊。

馮纓瞇起眼回憶。「應該是午時，有人到一處暗門，然後從裡頭接她出來。雖然當初出來的時候她戴著冪籬，不過正好有陣風過來，冪籬一下子被吹開，我就恰好把她的臉看清楚了。」

魏韞點點頭道：「第二回呢？」

「第二回，就是差不多一個時辰後。」

當時有個小姑娘從暗門裡逃出來，被人抓住摁在地上，她想出面救人，那姑娘正好從巷子那頭走了出來，攔住人，把小姑娘勸慰好，就這麼帶了回去。

「算上剛才，就是第三回。感覺還挺有緣分的。」馮纓挑眉笑笑。

魏韞垂眸看著她，視線在她臉上停留許久。「妳想怎麼做？」

馮纓怔了怔，大約是吃得太多，反應比平時慢了些，但也還算頭腦清明，很快道：「我先同你說說河西那兒的情況吧。」

魏韞應了聲好，讓長星、渡雲去門外守著。

馮纓手指沾了點茶水，在桌案上寫了個「籍」字。

她早前說過，河西也有花樓，當初也鬧過事情，後來還是因為有盛家跟州府出手，才將整個河西乃至承北都整頓了一番。

花樓女子通常都是賤籍。

但暗門不一樣。

暗門的女子多是良籍，良籍為妓，這在大啟是犯了律法的。

「……河西徹底整頓後，花樓裡只剩下一些自願從事那等營生，且登記在冊的。那些經由家人發賣的女孩，只要不願意，都會被接出來，養在城中，請專人教養，等時機合適，再為她們尋找能夠堂堂正正賺錢的工作。」

馮纓嗓子又乾又癢，忍不住咳嗽兩下，聲音才落，那邊的魏韞已經遞過了一盞清茶。

「所以，妳覺得以平京城的情況，也可以照河西那樣來？」魏韞問。

馮纓低低應了一聲嗯。

她其實更想參照近代史上改造妓女的方法去改變那些人的生活，但是宋嬌娘說的話，讓馮纓清楚意識到，其實不是所有人都是被迫去做那些事的。

有人樂在其中，有人疲於奔命。

「其實既然一地已經有了成功的例子，那參照成功案例也是可以嘗試的。」魏韞頷首。

「我也是這麼想的。」馮纓面色為難。「但是這裡不比河西民風開放。有些事，河西能做，平京卻不一定能行。」

魏韞看了眼屋內牆角的蓮花滴漏，道：「平京城裡，各方勢力盤根錯節，哪怕是一家看似尋常的花樓，背後都藏著一個達官顯貴當靠山。妳說的事，的確可能難以推行。」

畢竟，光是讓花樓暫時關門歇業，已經有人鬧得慶元帝額角青筋直冒，恨不能把人都推出去砍了。

如果再照著河西的方法推行，恐怕會鬧得更加厲害。

「但妳還是會去做是不是？」魏韞抬眼問：「不管有多難？」

「當然！」

馮纓滿臉認真，見小羊看了過來，遂伸手擦了擦她吃得油乎乎的小嘴。

「有人想做這門營生，也有人不想。最起碼，不想做的人該有回歸正常生活的自由。」

魏韞頷首。「妳去做妳想做的即可，剩下的事，交給陛下和太子殿下就可以了。」

馮纓忙不迭點頭，末了突然問魏韞，自己非要做這些事，在他看來，是不是顯得特別的奇怪？

魏韞目光溫柔，視線在她臉上停留許久。

「不會。我和妳想的一樣，有些事總要有人做，總要有人去肅清。」

魏韞的認可，叫馮纓恨不能立即撲上去親他兩口表示感激。

從河西離開後，她有好長一段時間裡，沒能碰上一個各方面都合拍的朋友。勇氣、眼界這種東西，很多人都有，可不是所有人都能一樣。

加上這些日子以來的相處，活了兩世的馮纓若要說還不知道自己對魏韞有了好感，那她就太糊塗了。

可惜，她的夫君似乎並沒有和人有進一步了解、發展的打算，她也僅僅只是帶著好感，所以索性把心底的那些小悸動藏起來，繼續當他最優秀的合作夥伴好了。

那什麼親兩口的，等日後有機會再補上。

魏韞很快將馮纓說的消息，傳遞到了太子手裡。

然而不等太子下令徹查暗門，以京兆尹和戶部為首的眾人忽地就滿城尋找花娘和鴇母，將那些藏匿著的姑娘全都找出來，要將她們全部添上賤籍。

即便有些被賣入暗門，不過只是在其中幫傭的姑娘和被拐賣來的小丫頭，也被打上了賤籍。

這事來得突然，一時間竟比當初徹查花樓一事鬧得更大。

除此之外，戶部還翻出了幾個暗門的鴇母手裡藏著的名冊，那上頭，有乖乖留在暗門裡做營生的，也有才買到手還在調教的，更有像小羊這樣自己逃跑的。

馮纓剛得到消息的時候，只知道那幫人到處搜暗門，的確動作索利地掏了幾個生意不錯的銷金窟。

可等到阿索娜連生意都不顧，跑到魏家找她，告訴她小羊和宋嬌娘被人帶走了，馮纓氣得直接罵了句粗話。

「瘋了不成，摁著頭要把人往賤籍上添？表舅讓他們管花樓，他們關花樓；讓他們查暗門，他們摁姑娘，這幫人是豬腦子嗎？我還從來沒見過不幫著人脫籍，非摁著人入賤籍的事！瘋子！豬頭！我氣……唔！」

馮纓氣得不行，怒氣沖沖地連聲叱罵，一不留神就咬到自己的唇瓣，疼得嘶嘶抽氣。

魏韞讓人先送阿索娜回酒壚，自己搖了搖頭，彎腰湊過去。

馮纓又氣又惱，見狀下意識往後躲。「我沒事，我這是氣壞了咬到自己，我現在簡直恨不能把那幫傢伙的胳膊腿都剁下來生啃！」

說著，她作勢要去拿劍，魏韞卻忽然探手，微涼的指腹抹過馮纓的唇瓣，抹掉上頭的血跡。

「行了，沒必要為著他們氣壞自己。」

魏韞直起身，見馮纓蹙眉不解，遂又撫了撫她的眉頭，道：「宋嬌娘已經是良籍，小羊又是逃出來的，她們就是被入了賤籍，我們也能再改回來。走吧。」

馮纓一愣，脫口而出。「去哪兒？」

魏韞扯起一側嘴角，隨意地笑笑。「進宮。」他伸手，輕輕拍了拍馮纓的髮頂。「妳有這個天下最大的靠山。」

雖然，他也不知道這件事上，宮裡那座靠山究竟能起到多大的作用。

御書房內，慶元帝和太子正在怒斥京兆尹和戶部尚書。

慶元帝怒氣沖沖，氣喘如牛，在御書房內幾個踱步，就又轉身站定，指著躬身站立的兩人一頓臭罵。

京兆尹低著頭不敢回應，倒是戶部尚書還強撐著解釋兩句，可說一句聲音輕一度，哪還有一開始進宮邀功的模樣。

慶元帝氣得頭疼，戶部等人面面相覷，誰也不知這時該說些什麼？

魏韞一直站在太子身側，目光落在季景和的身上，良久才又轉而看向御書房一側的鎏金畫屏。

他們進宮後，立即見了慶元帝。

宮外的事沒有那麼快能傳進宮裡，還是他們進宮稟明了宮外暗門的事，慶元帝才堪堪知道京兆尹和戶部竟然到處抓暗門的姑娘入賤籍。

慶元帝龍顏大怒，下旨將京兆尹和戶部等人召進宮中。

戶部尚書還當陛下是想誇獎他們，一進御書房就先高高興興說了一番話邀功，太子沒忍住，當場怒喝。

再看慶元帝滿臉怒容，他們這才後知後覺，自己進宮是惹著事挨訓來了。

「賤籍，賤籍，你們究竟知不知道賤籍是什麼意思？你拿你頭上的這顆腦袋仔細想想，一個好好的良民，被人摁著頭改成賤籍，會是個什麼想法？」

慶元帝抬腳猛一下踹倒京兆尹。

「平京城這些年，失蹤女子你可找回幾人？都是在什麼地方找回來的你仔細想想！」

「是……是……是在一些花樓暗門裡……」

京兆尹話音未落，又挨了慶元帝一腳踢。

「你既然都知道，怎麼不想想那些被你們摁著頭改賤籍的女子，也有受人蒙蔽、遭人拐賣之嫌！」

京兆尹從地上爬起來，連連稱是。

太子皺眉說：「孤不明白，為何你們突然要將她們全部改作賤籍？此事為何不事先稟告陛下，如今城中鬧得沸沸揚揚，民心動盪，你們該當何罪？」

京兆尹不敢再答，回頭看了看戶部尚書。

戶部尚書臉上已經沒了初時的喜色，聽得天家父子的質問，有意無意看向魏韞。

魏韞漠然轉開視線，不作搭理。

「看什麼看！」慶元帝喝道：「趙尚書，你說說，到底是為什麼？」

戶部尚書猶豫了下，回道：「陛下，暗門裡有良籍本就不合規矩……」

「改成賤籍就合規矩了？」

「陛下，賤籍為妓……這樣日後也方便盤查管理，免得再出之前的事，卻怎麼也查不到人。」

戶部尚書話音才落，魏韞便聽見畫屏後傳來了聲響，緊接著馮纓已經從後面怒氣沖沖地走了出來。

「一派胡言！」

「陛下，朝堂之上，怎能有女子在側！」戶部尚書一眼看見馮纓，頓時大驚。「女子不能干政！這傳出去可如何是好！」

慶元帝猛甩衣袖。「少說這些冠冕堂皇的話！」

太子也道：「趙尚書此舉，明著看合了規矩，實際上，卻是徹底亂了規矩。要是為了不再發生先前髒病一事，就該嚴管花樓，甚至勒令那些青樓楚館關門，而不是增加更多的花娘。」

「那暗門和花樓裡，有多少遭人矇騙拐賣至此的女子，有多少年幼的小孩，她們受了多大的罪，憑什麼好端端的，就要從良籍變成賤籍？」馮纓問。

「纓娘。」慶元帝頓了一下，說：「妳先出去。」

馮纓愣了一下，下意識看向魏韞。

後者走到面前。「別擔心。」

馮纓神色不變，點頭應下。

這畢竟是國事。

在一個以帝王為首、群臣決策的國家裡，所有的政務都需要群策群力。她只能等待最後的答案。

差不多一個時辰後，御書房的門終於開了。

在這其間，馮纓一直待在西閣，幾個小黃門和小宮女在裡頭伺候，時不時講上一些笑話故事。

有個小黃門年紀很小，約莫才十二、三歲的樣子，問怎麼進的宮，答曰家裡窮，為了不讓爹娘賣了弟弟妹妹，於是自己賣身進宮，當了太監。

再問弟弟妹妹現在怎樣了？小黃門搖搖頭，說妹妹還是被賣了，因為弟弟貪玩摔斷腿沒錢治，娘又有了身子，他打聽不到妹妹被賣去了哪裡，又怕再賣了弟弟，只能省吃儉用，繼續供著家裡。

魏韞很快來西閣接她。

一直到出了宮坐上馬車，他才提起御書房裡的事。

「太子殿下認可妳先前提出的建議，將河西的方法用到平京，但平京的情況遠比河西複雜，陛下思量再三，決定將妓統作樂籍，再細分官、私、家三妓。官妓者，籍屬教坊或當地州府區縣，以才藝侍人，應允官差。私妓則在青樓楚館為生。家妓是世家豢養……」

有變化嗎？

馮纓沒有說話，但她的眼睛裡明明白白寫著疑問。

魏韞嘆氣。「有。」

想到當時御書房內的幾度爭執，還有那個如今已經進了戶部，漸漸露出鋒芒，在御前主動提出樂籍分三妓一事的季景和，魏韞忍不住搖頭。

「陛下最後定下規矩，官員不可進出花樓，不可嫖宿花娘。還有，民間、教坊皆不可逼良為娼，不可養小鬟妓。

「這已經是陛下最後的底線，趙尚書雖又提了反對，但太子手裡不知從何處得了一份他喜好小鬟妓的證據，陛下大怒，將其貶為侍郎並罰俸半年，他這才不得不作罷。」

馮纓沈默。

良久，她突然道：「停車！」

馬車趕忙停下，馮纓猛地起身，一手掀開車簾，一手避開魏韞伸過來的手掌。

「魏含光。」她回頭，明豔的臉上帶著難言的晦澀。「你……讓我一個人靜一靜。」

也許，是因為她的臉色過於難看，魏韞跟著沈默了下來，一直到她下了馬車，身影消失在人海，他終於出了聲。

喑啞的，透著疼惜和無奈。

「先回府……」

黃昏的平京城，雪一直在下，街上的人早早收拾好回家取暖去了。

胡姬的酒壚還開著半扇門。

阿索娜扭著腰探出頭看了眼空蕩蕩的街道，衝隔壁喊了一聲。「小羊，天黑回家嘍！」

她喊完回身擦了下桌子，聽到腳步聲當即回頭。「妳馮姊姊還在後……」

「她怎麼了？」

進門的不是小羊。

身材頎長的男人穿著鶴氅，仍遮不住臉色的蒼白。「纓娘怎麼樣了？」

黃昏天，左右不見人回來，魏轀想也沒想便直接來了阿索娜的酒壚。

阿索娜不認得魏轀，還是有個小廝在旁介紹說是魏長公子，她才猛地反應過來，連忙道：「她在後頭喝醉了。」

魏轀一愣，這才發現馮纓竟像是真的醉了，半趴在院子裡的石桌上，神情迷離，眼皮耷拉著，像是就要睡著了。

她居然還會有喝醉的時候。

「喝了多少？」魏轀低聲問。

「六罈子千日春，是我這最好的酒，尋常人喝上一罈就能醉倒兩三日。她喝得太猛，我怕出事，還往裡頭兌了水。」阿索娜乾巴巴地笑了聲。「可她這個狗鼻子，喝得迷迷糊糊的，還聞得出味道不對，非要我把沒兌水的換上。」

說著，她側過身去，指了指不遠處扔在地上的幾個空罈子，罈口還掛著一點酒水，風一吹，就吹來一陣淡淡酒香。

魏轀來不及細究阿索娜為什麼搬出千日春，只說了句「我先帶她回去」，便抿緊了唇，幾步走了過去。

長星和渡雲亦步亦趨地跟著，見碧光、綠苔滿臉愁容，偷偷擺了擺手。

魏轀從前見過許多次旁人喝醉酒的模樣，那些樣子大多不怎麼好看，即便是清醒時再怎麼朗月清風的俊公子，喝多了酒，也就跟著失了態，甚至有些德高望重之人，喝醉了也能撒潑罵街，姿態極其難堪。

馮纓的酒量極好，他早有領教。原以為她真能千杯不醉，卻原來，她也能醉倒。只不過，馮纓的酒品很好，哪怕醉得只能趴在桌上了，也仍舊安生地捏著酒杯，不吵不鬧，就好像只是在犯睏。

魏韞沒讓馮纓在酒壚留太久。

路上遇到巡夜的衛兵，見車夫旁坐著的小廝遞出腰牌，當下便退到一旁，任由這輛宵禁了還在城中走動的馬車繼續往前。

馬車載著夫妻倆很快回了魏府。

一路上，馮纓都安靜地依靠在魏韞的肩頭。她應當是喝醉了，卻又好像沒有醉，靠著人，半句話不說，馬車內的燭火昏黃一片，映在她的臉上，半明半暗，看不出她的神情。

魏韞輕輕嘆了口氣，等到下車，也不必綠苔上前攙扶，直接將人攔腰抱起，大步往棲行院去。

碧光不由得屏住了呼吸，一把拽住啥也沒想邁步就要跑的綠苔。

「夜裡……我和妳一道輪值。」

綠苔呆了呆，問：「姊姊今天不想一個人睡？」

碧光噎住。

還是旁邊的長星腳步匆匆，瞥了兩人一眼，道：「就是長公子真想做什麼，妳們難不成還想攔？長公子和夫人好歹是夫妻好嗎？」

「還愣著幹什麼？」渡雲催促道：「快去煮些醒酒湯來。」

因回來的時候天色已黑，棲行院裡輪值的小丫鬟閒來無事，昏昏欲睡，陡然間聽到動靜，趕緊手忙腳亂地到處點燈。

馮纓被魏韞直接抱進裡屋，放到了床榻上。

魏韞轉身去摸了摸屋內的茶壺，溫熱的，正好能入口。

他斟茶回身，就瞧見馮纓坐在床沿上，悶聲不響地在解自己身上的衣裳。

許是因為喝了太多酒的緣故，她面頰發紅，神色迷濛，外裳已經被拉扯開，露出裡頭淡粉色的肚兜，大片雪肌玉膚剎那間映入眼簾。

「纓娘，」魏韞別過臉，試探著叫了一聲。「把衣裳穿好。」

馮纓睜開眼來，目光恍惚，片刻後方才回道：「我熱。」

魏韞抿唇，回頭看著她。

馮纓低頭，繼續脫。

「不許脫。」魏韞按住她的手。

他到底是個成年男人，便是能克制自己，不去留心那邊雪白風光，心下卻免不了帶著悸動。

他聲音有些啞，散去了平時裡的溫柔，透著一點點的狠厲。

大約是因為聽出了他的惱怒，馮纓的手停下了動作。

好一會兒，她身體突然前傾，下一瞬，細長柔嫩的手臂環上了他的腰。

「魏含光，」男人的懷抱寬厚、安全，馮纓的聲音裡流露出了不經意的依賴和疲憊。「我是不是……太天真了？」

馮纓始終還是太天真了。

河西那些年的生活，真的就像旁人說的那樣，因為有盛家舅舅們的庇護，讓她天真的以為，全天下都能像河西那樣，事事如意。

但顯然，不是那樣的。

平京不是河西，更不是她曾經生活過的那個世界。

小說原作者創作的，是一個極度封建，但也十分繁榮的大啟。妓和伎之間，沒有明顯的界線，富人豢養花娘，窮人賣女為妓……

這本就殘酷。

可她還帶著不該有的天真，天真的以為她能改變這一切。

沈默片刻後，馮纓艱難地開口。「魏含光，我……真沒用……」

魏韞的手僵硬地抬著，他盯著摟抱住自己的馮纓看了會兒，猶豫幾許，放下手輕輕拍了拍她的背。

「妳已經做得很好了。」

「一點都不好。」

馮纓醉得厲害，摟住魏韞的腰就不肯鬆手，一邊醉醺醺地嘟囔，一邊還緊了緊手。「我誰都救不了，誰都幫不了……」

官、私、家……尚且連暗門都難以禁止，明面上的官妓又怎麼保證暗地裡不會被有心人充作私妓？

魏韞僵了下，拍拍她的肩膀，小心邁開步子，在床榻邊坐下。懷裡的馮纓閉著眼，就這麼跟著趴到了他的腿上。

他低頭，也不說話，只輕輕摸了摸她的後腦勺。

兩人的姿勢很親密，碧光端著醒酒湯進門時差點嚇得摔了湯碗。

魏韞看了她一眼，伸手，碧光見狀只好把湯送到他手邊，咬著唇，看著兩人。

魏韞先是不動，也不說話。

懷裡的馮纓卻好像聞到了醒酒湯的氣味，慢吞吞抬起頭。「魏含光，這是什麼？」

「能讓妳開心的東西。」魏韞低聲作答。碧光已經從屋裡出去，房門被人仔細關上，屋裡只剩下夫妻倆，再無旁人。

馮纓眯了眯眼，一雙杏眼中醉意濃重，臉頰脖頸都浮著紅霞，聞聲卻撇了撇嘴。「我都開心不起來……」

她往回趴，閉上眼。「我只要一想到還有很多像小羊一樣的小孩，我就覺得自己好沒用……一點用都沒有……」

魏韞將她的反應都看在眼裡。「可妳救了小羊。」

「我沒有救她！」

馮纓猛地坐了起來。

她起得太快，魏韞來不及反應，臉側擦過她的唇瓣，柔軟溫熱。

魏韞像是被灼了一下，下意識看向馮纓。

後者眼眶泛紅，已經分辨不出是醉意還是淚意。「我沒救小羊，救她的人是那個鐵匠！」

「可妳想為她和其他命運相似的小姑娘做很多事。」魏韞舀了一勺醒酒湯，吹了吹，送到她的唇邊。「等明天，我們去東宮再找太子殿下商議商議，一定還有辦法可以幫到她們。」

馮纓呆呆地看著他，許久，才乖乖地低下頭，就著勺子喝下一口。

「苦的……」

「嗯，我陪妳喝。」

魏韞淡淡地應了聲，也給自己舀了一勺。

一室寂靜，只有湯水順著喉嚨下嚥的聲音，一下接著一下，一碗醒酒湯就這麼見了底。

碗空了，馮纓卻還張著嘴等餵。

魏韞翻了翻空碗。「沒了。」他喉頭發苦，說話的聲音都忍不住變了調。

馮纓木著臉跟他對視，醒酒湯喝完了都沒能讓她清醒過來。

魏韞哭笑不得地搖了搖頭，就見她頭一低，突然蹬著腳往床上爬，一直爬到床榻內側，這才並著手腳直愣愣地躺了下來。

「纓娘。」魏韞揉了揉額角。

床上的人壓根不理他，魏韞無奈，彎腰準備抱起被褥換到小榻上，哪知胳膊一伸，馮纓又摟了過來，閉著眼，怎麼也不肯放手。

魏韞。「……」

他一時間吐不出什麼話來，只好跟著躺下，睜著眼，直直地望著帳子頂端。

馮纓身上有股淡淡的香氣，不是脂粉味，而是一種很舒服的氣味，那股氣味甚至蓋過了本應該存在的酒氣，舒服得讓他不知不覺中，慢慢地睡了過去。

第十五章

東宮。

太子是個極其冷靜自持的人。身為慶元帝的長子，又是皇后所出，太子這個身分對他而言，就是一種無言的責任，很多事從幼年時起就是習慣。

譬如晨起早讀，再上朝聽政，譬如不過分寵愛除太子妃外的東宮女眷。

他還師從帝師裘大人，磨性情，免得容易過激，導致將來成為一個過於性情用事的帝王。

然而今日卻有所不同。

東宮崇文館內，太子沈著臉，將筆扣在了桌案上，「啪」一聲，紙上留下重重一塊濃墨。

「殿下，我兄長開的雖說是暗門，裡頭養的從前的確是不合規矩，可如今都已經入了籍，怎麼能把人都送走？」

「殿下，你要給妾身的兄長做主啊！」

女子初時聲音淒婉，彷彿肝腸寸斷，淒楚可憐，興許是因為見太子不作理睬，竟厲聲尖叫起來，哭著喊著要太子做主。

「殿下，殿下你不能這麼對我兄長！兄長他也是一心為了我好，他沒想做壞事啊！」

「閉嘴！」太子低聲喝道：「這裡是崇文館，誰放她進來的？」

太子說罷，回頭看了看坐在屋內茶几旁的馮纓和太子妃，低聲道：「纓娘，妳陪太子妃去別處轉轉，別叫人給驚擾到。」

太子說這話時，聲音輕柔，可再回頭對上跪在地上滿臉是淚的女人，又陡然間黑了臉。「崔良媛，孤早就說過，沒有孤的應允，崇文館內，東宮所有女眷不得隨意進出！」

馮纓扶著太子妃往崇文館外走的時候，身後還能聽見太子表哥大怒的聲音。那個崔良媛悲悲戚戚的哭訴，絲毫沒有讓太子的火氣消上一些。

「表嫂，那個崔良媛……」

「崔家從前在平京城中也算是個不錯的世家，所以皇后點了他家姑娘做了太子良娣。」太子妃撫著隆起的肚子，在馮纓略帶不解的目光中，輕聲回道：「可惜崔家很快就敗在了幾個兒子手裡，崔老大人被氣得中了風，至今只能躺在床上，連話都說不索利了。

「崔良媛的嫡親哥哥，是崔家嫡長子，卻是個沒什麼用的，先是丟了官，再是幾次闖禍惹太子厭棄。前不久，為了能被太子重用，崔家給崔良媛送了兩個十一、二歲的小丫頭……」

崔家那位嫡長子的意思實在好懂，換作有這方面癖好的，只怕早就心知肚明地收下人。可偏偏太子對情愛一事並不熱衷，更是不喜那些身子骨還沒長大的小丫頭。人不光被送了回去，崔家女孩從良娣一下跌成了良媛。

「所以，纓娘，妳放心。」太子妃摸了摸馮纓的臉頰。「妳的太子表哥一定會幫妳，而且，妳和魏侍講提出的主意很好。」

今日馮纓和魏韞一早就進宮，且直接就到了崇文館。

太子下朝後如果不見東宮屬臣，大多數時間他都會待在崇文館內。魏韞太子侍講的身分，令他進出崇文館十分方便，一入內便找到了太子。當時，太子妃就坐在他身邊，夫妻倆在為還未出生的孩子取名。

馮纓和魏韞講明目的後，魏韞便安靜地坐在一旁，聽馮纓將所有的想法意見一一掰碎了講給太子聽。

其中，她提出了在民間創辦女子學堂的建議。

「纓娘。」太子妃見馮纓眨著眼看過來，笑道：「我一直在想，如果我這輩子沒有投生到我母親的肚子裡，還會不會遇見太子。妳今天同太子說的話，讓我想到，如果我投生到民間，如果湊巧是個貧困潦倒的人家，我可能連活下去都很難，更不提入宮當太子妃這種奢望。

「世家之間互為姻親，他們有自己的女學，也會請宮裡的嬤嬤教導家中女兒。但民間的百姓們不會，他們的女兒甚至可能沒有機會去拜師學本領，一輩子就忙忙碌碌的操持家務，這麼過了一生……命如果再苦一點，遭人矇騙，受人拐賣，甚至被爹娘賣了換錢……到最後，成了花樓裡笑著哭著迎來送往的可憐人。」
太子妃是個溫柔且十分大氣的性子，馮纓回回同她說話，都覺得當年她被選定成為太子妃，一定是因為帝后在她身上看出了未來成為皇后該有的氣度和人品。
「其實纓娘，妳和魏侍講為太子與我送了一份很大的禮。」
馮纓不解。太子妃卻不再多言，反而笑著摸了摸自己的肚子。「你們夫妻成親有段日子了，平日裡處得可好？」
話題突然轉變，馮纓一時愣怔，旋即咳嗽道：「還、還成。」
她今早起來，一睜眼就見到了枕邊的魏韞，當即眼皮一跳，昨夜醉酒犯的那些糊塗記憶跟著迅速回籠。
她練酒量這麼多年，除了頭幾回喝多了跟著舅舅們胡鬧過幾回，還真就沒有再像這次這樣犯過糊塗。
所幸，她也就話多了些，賴人的毛病跟著跑了出來，別的……應該是沒了？
喝醉酒拉著人一道睡，跟她上回怕人冷抱著人給人取暖，那是截然不同的兩回事！
好在魏韞也不是抓著一樁事便不放的性子，見她呆愣愣地坐在床上，還主動問她記不記得要進宮見太子的事。
「妳呀妳。」馮纓的反應顯然逗樂了太子妃。「這門親事來得雖然不合人心意，可太子與魏侍講情同手足，他私下裡沒少同我說，這表妹夫他是極認可的。」

馮纓狼狽應聲，偷偷咬了咬唇。

太子妃卻只當她是害羞了，樂得掩了掩唇。「趁魏侍講身子好的時候，早些懷上個孩子。」

馮纓靜默，看了眼太子妃。

後者眉眼含笑，扶著肚子。「不過妳同我不一樣。太子子嗣不豐，對崔良媛她們又鮮少有情熱的時候，我總得……多為他生幾個孩子。」

馮纓不是很能理解太子妃的想法，皇宮裡有那麼多的太醫，慶元帝、皇后、太子，哪一位不知太子妃剛生完才出月子沒多久就又懷上身孕的壞處。

可這是太子妃的選擇，只是想到如今被太子疼在手心裡的孩子，和她腹中尚不知性別的小娃娃，馮纓忍不住還是蹙了眉頭。

「太子是個極其冷靜自持的人，朝廷之中世家勢力盤根錯節，就連陛下的後宮也不例外，更何況是東宮。」

坐上回府的馬車，魏韞回答了馮纓的不解。

「太子不願讓東宮的那些女人們太過張狂，索性就鮮少留宿，更不提在太子妃生育前讓她們懷上孩子。但太子沒有料到，太子妃會為了他，這麼快又有了身孕。」

魏韞先下了車，轉身伸手去扶馮纓，嘴裡繼續道：「妳不用擔心，太子會照顧好太子妃的。而且，妳出的那個主意，日後會成為太子為太子妃揚名的一個機會。」

機不機會的，馮纓不管。

她只知道，這一回，事情一定能成了。

夫妻倆回府，頭一件事就是先去見魏老夫人。太子和太子妃顧念著魏家還有位老夫人在，特意賞賜了一些東西，讓他們夫妻倆帶回來給老夫人。

誰知兩人前腳才踏進魏老夫人的院子，後腳就聽見正屋內爆發出一聲淒厲的尖叫。

「母親，妳要給真娘做主啊！」

這是岳氏的嗓門，又尖又利，恨不能把他人耳膜都給戳破了。

馮纓呆了呆，忍不住就揉了揉耳朵。

她抬頭去看魏韞，他的臉色已經沈了下來。

「是魏真？」她小小聲地問：「之前不是說她丈夫過世了在家中守孝嗎？四叔母這個動靜，難不成是她出事了？」

魏韞微微蹙眉，握了握她的手。「等會兒興許又要鬧妳，妳要不要先回棲行院？」

他眉目微冷，說出口的話卻透著溫柔小心。

馮纓搖了搖頭。「沒多大的事，我和你一塊過去。」這動靜聽著就不小，她不擔心自己過去了又被岳氏抓著陰陽怪氣說什麼，就怕魏韞過去吃虧。畢竟這府裡頭，還藏著一個背地裡下藥害他的傢伙。

兩人正說著話，就聽見岳氏歇斯底里地哭了起來，一邊哭一邊還在叫。「他們高家怎麼可以這樣對真娘！母親，真娘命苦啊！實在是太苦了！」她這聲音淒厲，叫門外侍立的幾個丫鬟聽了，都忍不住捂起了耳朵。

「閉嘴！」是魏老夫人的聲音。

老夫人到底上了年紀，即便是怒斥，聽著也使不上多少力氣。

「妳想讓所有人都知道真娘出事了不成？」

「可是、可是真娘實在是太苦命了！母親，她都要活不下去了，她如今不過才十七歲，花一般的年紀，怎麼就、怎麼就落到了這副田地！」岳氏悲悲戚戚地哭著說道：「真娘是我和老爺頭一個孩子，就算是個閨女，我們也疼得不行。當初把她嫁給高家，還不是想著女婿是個模樣好、性子好、前途也好的後生，高家也有些底子，不怕日後叫兩個孩子吃苦。可女婿怎麼就突然沒了！沒了也就沒了，真娘說要守寡把孩子養大，我們都認了，怎麼能……怎麼能讓那種畜生不如的傢伙欺負到頭上來！」

岳氏一邊哭一邊替自己女兒委屈，馮纓就站在門外，聽著裡頭的動靜，抬頭看了眼身邊的魏韞。

魏韞神情微凝，看向門口的丫鬟。

魏老夫人手底下的這些丫鬟，從前最是不怕棲行院的人，可前不久出了事後，現在整個魏府都知道，長公子手裡還養了一批誰都不認得的人，個個武功高強，頗有能耐。

見他看來，兩個丫鬟忙不迭將事情簡單說了一遍。

按齒序嫁娶，本來就不是平京城裡大多數人家的規矩。魏真是三房長女，論年紀，頭上還有四位堂兄弟，可她嫁得早，十四歲的時候就嫁到了宣城高家。

高家女婿那時候剛守完母孝，魏真嫁過去不到一年就有了身孕，十個月後生下了長子高適。

他們夫妻倆感情極好，除了魏真懷孕時開臉的兩個陪嫁丫鬟，高家女婿身邊沒別的屋裡人，就連那兩個陪嫁丫鬟，也只不過十天半個月才得一次寵。

可惜，就在魏韞成親前不久，高家女婿在為太子辦差的過程中出了意外，丟了性命。魏真就這麼直接成了寡婦，自然也就沒回平京參加魏韞的喜事。

而這次魏真出事，聽岳氏的意思，是高家那位公公想要乘機霸占兒媳。魏真帶著兒子逃了出來，直接逃回了娘家。

丫鬟們只知道這些，具體的便都說不清楚了，馮纓也不再問，同魏韞一道進屋。

他們甫一進門，正屋裡頓時一靜，那哭得快要斷氣的岳氏抬頭看了一眼，見是他們夫妻倆，頓時變了臉色。

「你們……你們來這做什麼？是來看我們三房笑話的嗎？你們的良心就不會痛嗎？這時候居然還跑來看我們的笑話！」

「妳給我住口！」在上首的魏老夫人頭疼地拍了桌子。

她的臉上此刻滿是疲憊和惱怒，見魏韞和馮纓進門，臉上神色沈了沈。「你們來得正好，都坐下來聽聽。」

魏老夫人這麼說，岳氏頓時哭得更大聲了。

「母親……母親怎麼能讓他們小輩在這裡坐著，這不是、這不是下媳婦的面子嗎？真娘已經這麼可憐了，母親這是要逼死她呀！」

馮纓忍住想要翻白眼的衝動，就聽見魏老夫人氣得直喘氣。「妳再多說兩句！妳再多說兩句，我就把妳趕回岳家去！」

岳氏縮了縮脖子。

魏老夫人看向魏韞。「含光，你是有本事的人。你看看，這事該怎麼辦？」

馮纓挑眉，他們不過是在外頭聽小丫鬟說了幾句，別的什麼也不知，魏老夫人一上來就問怎麼辦，是想叫魏韞怎麼辦？

「祖母、四叔母，含光還不知道真娘究竟出了什麼事。」

魏韞同家裡的兄弟姊妹一向來往不多，魏真的事他不可能一句都不過問就出手幫忙。

馮纓贊同地點頭，看了看另一邊，與岳氏一塊跪在屋裡的應該就是魏真了。

魏真是那種荊釵布裙都難掩姿色的美人，即便是已經生過孩子，她依舊身形窈窕，豐盈有度，即便只是跪在那裡低垂著頭，也能叫人看出楚楚動人的姿容來。

「真娘，」魏老夫人皺眉。「妳還不說說，究竟發生了什麼事。」

岳氏想攔，魏真抬頭，抹了下淚。「堂兄。」

她斯斯文文地喊了聲堂兄，見馮纓站在魏韞身邊，又接著道：「是堂嫂吧？堂嫂生得真好看。」

魏真眉眼彎彎，笑得十分溫柔。

馮纓頷首，就見魏真嘴角的淺笑緩緩落下，眼裡浮上悲色。

「看見堂兄和堂嫂在一塊，忍不住就叫我想起了徽郎。」

高家女婿單字一個徽，聽女兒提起女婿，岳氏忍不住又要嚎啕大哭。魏老夫人瞪了她一眼，衝魏真道：「妳仔仔細細把事情說清楚了，好叫妳堂兄看看要怎麼幫妳。」

魏真應是，掛著眼淚便將自己受的那些委屈一五一十地說了。

馮纓聽完，腦殼都疼了。

她過去在河西見過很多寡婦，有的人選擇再嫁，有的人守寡在家獨自撫養兒女成人，也有的會招男人上門一起生活，甚至有寡嫂再嫁給喪妻大伯的情況。

可哪怕是再怎麼不看重倫理的河西，也絕不會發生像魏真這樣，公公覬覦守寡媳婦的事。

魏真和高徽感情極好，所以高徽死後，她的情緒一度十分低落，甚至低落到連兩個通房丫鬟跟人私奔都沒精力去管。

他們夫妻倆成親之後就從高家搬出來另住，先是高徽身故，再是兩個通房丫鬟跟人私奔，魏真的公公就乘機找藉口替她管家，從老宅搬了過來。

「姓高的那個混帳東西，怎麼說也是真娘的公公，真娘哪怕覺得不合適，也只能讓他住進來。」岳氏一把摟住梨花帶雨的女兒，咬牙切齒道：「我苦命的真娘，實在是脾氣太好了，才叫那個混帳差點得逞！」

後頭的話魏真顯然已經說不下去了，岳氏也捨不得叫女兒再去回憶那些令人難堪的事，代她把之前說過的話告訴魏韞和馮纓。

馮纓一直沈默地聽著，中間雖然皺過眉頭，但沒有多說一句話。

一直到岳氏講完話，母女倆抱著痛哭，馮纓這才湊到魏韞耳邊問：「這事要怎麼辦？」

高徽已經死了，魏真想離開高家也就沒了和離的說法。

可看魏真的樣子，好像也沒打算回娘家。

魏韞看了她一眼，唇角翹起淡淡的笑意，而後很快收斂。

「祖母，真娘的事我已經清楚了，這幾日就讓真娘在家好好休養。」

「那真娘的事怎麼辦？」岳氏急忙追問。

魏韞道：「這事，不如問問真娘的意思，看真娘究竟想怎麼解決。」

岳氏張了張嘴，還想再接著說話，魏老夫人早就已經不耐煩了，連著拍了好幾下桌子。

「行了行了！暫且先如此，還不快點滾回去！」

魏老夫人一發話，岳氏就是再想糾纏，魏真也不敢多留，忙扯著岳氏回去。

魏韞也沒久留，將太子賞賜給老夫人的東西留下，便同馮纓一塊回了棲行院。

院裡的女衛們早聽見了外頭的動靜，見馮纓回來，免不了湊上前來。馮纓聽她們嘰嘰喳喳完，屈指彈了最當先的胡笳一個腦崩兒。

「吵死啦！妳這麼閒，不如去陪小羊玩。」

看著跟前照舊笑嘻嘻鬧成一團的女衛們，馮纓突然有個想法。

「對了，過段日子，平京城裡應該會設立一個女子學堂，到時候有專門的師傅教授各種安身立命的本事，妳們要是沒事想學的話，就都過去學點怎麼樣？」

女衛們一聽要學東西，幾個平日裡最不好學的當場一哄而散，剩下幾個年長一些的，也笑嘻嘻告退。

「喂！妳們別走啊！應該很好玩的，真的……」

馮纓喊不回人，魏韞轉身，見她無奈進了裡屋，直接往榻上撲，忍不住笑了兩聲。

「真娘的事，你打算幫忙？」

馮纓臉朝下，悶在褥子上，聲音悶悶的有些小彆扭。

魏韞解開外頭披的鶴氅，聞聲道：「妳呢？」

「我心眼小，記仇，跟四叔母相關的人，一個都不想碰。」

魏韞低笑。「其實真娘性子不錯，同四叔母截然不同。高徽原是太子手底下極其得力的一個助手，如果他還活著，真娘的生活不會像現在如此。」

「其實我有一個辦法。」馮纓抬起頭，因為臉壓在褥子上，鼻頭紅通通的，有些滑稽。

「不過，以真娘的性子，恐怕她是不願意的。」

「什麼辦法？」

「碰到不講理的人，就把他打到講理。」

「……」

這倒的確，是她馮纓一貫的……辦法。

「不、不行的！」

魏真果真不願意。一雙烏溜溜的大眼睛，寫滿了恐懼，似乎對魏韞的這個提議害怕極了。

「堂兄，我一個婦道人家，又沒了丈夫，能依靠的就只有適兒了，若是真把公公打了，回頭、回頭我還怎麼在高家生活下去？」

馮纓的主意，大抵也只有她自己才適用，放在魏真身上，的的確確沒什麼用處。

魏韞也不強求，聞言微微頷首。「既然如此，妳可有想過要怎麼辦？」

魏真慚愧地低下頭，聽著屋外院子裡適兒被丫鬟們帶著玩耍的聲音，攥了攥袖子。

「我、我不知道……適兒才這麼大，未來要依靠高家的地方還有很多，如果我的事被人知道了，我哪還有臉面去見夫君，適兒的將來也會被我毀了的。」
見魏真臉上露出幾分難色，魏韞閉了閉眼睛。
岳氏是個膽大的，也相當疼愛這個長女，可偏偏長女出生後不久，四叔父就迷上了外頭的女人。為了能把丈夫多留在身邊，岳氏沒少叫長女使力，於是一不留神讓長女養出了溫柔小意的性子，失了那一點點的膽量。
於是這一回遇上事，岳氏簡直氣得昏頭，恨不能帶上人去把高家砸了，魏真卻怕得不行，怎麼也不肯走這一步。
「妳還是想回高家？」
岳氏當初其實是想給魏真找一個更好的人家，畢竟魏家的門楣在那兒，誰不願意同御前說得上話的世家聯姻？
可岳氏挑女婿，別人也是要挑媳婦的，於是最後，魏真嫁去了高家，也算是門當戶對的一門親事。
魏真的兒子日後但凡得高家三分助力，入仕就不是什麼難事。
「公公……再怎樣，也是高家的長輩，適兒日後還要依仗公公和大伯。」魏真絞著手指，輕聲道。
魏韞很想說妳還可以依靠魏家，可熟讀女四書的魏真顯然腦子裡壓根沒有出嫁女回頭再靠娘家的想法。

「堂兄，昨日見到堂嫂，我是真心羨慕你們。」魏真臉上的笑慢慢變淡了。「堂嫂生得好，同堂兄感情和睦，看著你們總是叫我忍不住想起夫君。夫君還在的時候，待我也曾像堂兄待堂嫂那樣好。」

魏真有多羨慕他們夫妻，馮纓是一點兒也不知道。

她還是老樣子，起早練武，然後和魏韞一道用早膳，有時出門，有時待在棲行院陪著魏韞下下棋，看看書。

其間她提出在民間設立女學的建議，經由魏韞的潤色、太子的斟酌考量，呈送到了慶元帝的手上。

滿朝文武雖各有意見，但經過花樓和暗門先後兩樁事情後，朝中大半的大臣們也覺得與其讓民間為了這等事亂哄哄的，沒了章法，不如辦個女學，教點東西。

左右，女子求學，求的又不是四書五經，不是功名利祿。

如魏韞所說，女學的事算是成了。之後便以太子妃的名義，在平京城中擇了一處太子妃名下的宅子，正式辦起了女學。

至於女學裡的先生，請的也都是平京城中一些有名的大家。

女學開學的頭一批學生，就來自於從暗門裡被帶出來改回良籍的一些女孩。

開學當天，作為提議者，馮纓自然去了女學，懷孕的太子妃也在場。

看著怯生生的女孩們不習慣地坐在學堂裡聽先生教認字，再看因為年紀小，只能坐在最前排的小羊仰著脖子，吃力地看著先生，馮纓心裡那些還壓著的抑鬱稍稍散了一些。

等馮纓回魏家，魏真已經帶著高適回宣城去了。

「就這麼回去了？」馮纓忍不住探過身，湊到魏韞身邊問。

魏韞斜靠著桌子正在看書，聞言抬眼看她。「高家來人了，說要接夫人和小公子回府。四叔母雖然心疼女兒，可也不想把事情鬧得太大，就做主把三房院裡的一個丫鬟給真娘帶上了。」

馮纓一愣。

魏韞解釋道：「那個丫鬟原先就是四叔父手下人從外地買來送他的，模樣生得還不錯，從前只在四叔父書房裡伺候，後來生了一場病被四叔母挪去灑掃。這回去高家，就是為了讓她引走高老爺，那丫鬟自個兒樂意，走之前還同三房的小姊妹們說自己是去享福的。」

他說完，就見馮纓擰著眉頭看自己，下意識挑了挑眉。「怎麼了？我說錯話了？」

「那個丫鬟，模樣生得還不錯？」

「嗯。」

「魏含光，我還以為你是個正人君子來著，平日裡看著高風亮節的，怎麼你還會去注意人家丫鬟長什麼模樣？」

馮纓話音才落，「啪」一聲，腦門上挨了一下。

她哎喲叫了下，捂著腦門，就見魏韞哭笑不得地展開手裡剛被捲起來的書。「你打我做什麼？」

「打妳個小白眼狼。」

「我是白眼狼，你是什麼？」馮纓哼了一聲。「你就是頭大色狼。」

她說完就跑，一邊跑一邊烏拉烏拉地喊綠苔、胡笳。魏韞仍坐在桌旁，抬頭望向院子，她跑得急了，一個不留神在院子裡摔了個屁股蹲兒，魏韞沒忍住，「噗哧」笑出聲來，唇邊的笑意便再沒消失。

魏真回高家後，因為那個特別積極的丫鬟，過了近五個月的太平日子。

那丫鬟是個能作妖的，跟著回去沒多久，就吸引了高老爺的注意，一來二去，還真就成了好事。

接著也不知那丫鬟說了什麼，不過半月的工夫，高老爺帶著她眉開眼笑地回了高家老宅。

高老爺離開的那天，魏真抱著適兒嚎啕大哭，夜裡便又抱著高徽的牌位睡了一晚。

此後幾個月，冬去春來，風輕雲淡，魏真著實過了一段很安心太平的日子。

然而沒想到，時值六月，高老爺突然又從老宅回來了。

高適年紀小，看到祖父只有滿心歡喜，拍著手就要找祖父玩耍，魏真沒法子，只好帶著兒子去見高老爺。

忍著高老爺時不時落在自己身上的視線，魏真壯起膽子，詢問起丫鬟的事。

哪知高老爺吹鬍子瞪眼睛罵起丫鬟不守婦道，偷人偷到了長子頭上，又說他被氣得不行，和長子大吵一架，還被長媳埋怨，索性出來小住一段日子，順便陪陪適兒。

魏真心裡咯噔一下，不敢作聲。

當晚，她就抱著高適入睡，哪知夜半時分，卻被一陣急促的敲門聲驚醒。

敲門聲一聲響過一聲，就快把她的門板砸碎了！

「小蹄子！快給妳爹把門打開！不知道妳爹我是為了什麼回來的嗎？」粗暴的聲音在門外響起，分明是喝了不少酒，依稀還有丫鬟們上前阻攔，卻挨了拳頭，哭著求饒的聲音。

高有德——高老爺這是徹底趁著發酒瘋不要面子了！

此時的魏真猶如驚弓之鳥，她也不知自己哪來的膽子，跳下床，費力將外屋的桌子拖到門處，死死將門板抵住。

等她做好這些，驚惶地回頭，就瞧見適兒赤著腳，害怕地站在身後不遠處。懵懂無知的孩子，被嚇得說不出話來。

「小蹄子，還不趕緊開門！」高有德又狠命地拍打起來。

魏真哪敢出聲音，緊緊抱住兒子躲在牆角。

還是兒子稚嫩的小手摸到臉上，她才後知後覺，自己早已經淚流滿面。

從前高有德不是沒來鬧過她，可那時候顧忌適兒，他也沒敢太過分。起碼當著孩子的面，他一個做長輩的，至多只言語上戲弄幾句，手上占點便宜，其他更過分的，他都收斂著沒做。

可這次，分明是酒醉心不醉，打定主意要得逞一次。

魏真抱緊了兒子，在黑暗中又驚又怕。

她後悔了，她不應該回來的！

大抵是喊累了，門外一時沒了動靜，魏真以為她又逃過了一劫，只要等天亮，她就什麼也不管了，直接帶著孩子跑走，正想著，窗子突然從外頭被人砸開。

六月天的窗，裝的是輕紗，一只花盆從窗外連著窗櫺、窗紗一道，砸進了裡屋，巨大的一聲響，在地上崩裂開。

緊接著，從窗外爬進一個人來。

藉著月光，魏真看清了那人的臉——是高有德！

她忍住尖叫，但適兒已經被嚇得哇哇大哭起來。

高有德年輕時很有一把力氣，老來也不差，喝多了更是憑空多了一把蠻力。他幾下功夫，從窗外爬了進來，也顧不上屋裡沒燈，直接循著聲音找到了牆角裡躲著的母子倆。

「小蹄子，要妳好好跟老爺我玩玩妳不肯，非要老爺砸了妳的門妳的窗，才准老爺拉妳上榻是不是？」

魏真抱緊了適兒，哭著就要往旁邊跑。

可她一個婦道人家，哪來的力氣躲得過長手長腳的高有德？冷不防就被人拽住了手腕，直接又拉了回來摔倒在地。

她手一鬆，適兒從懷裡掉了出去。

「妳跑什麼？」高有德把人壓在地上，一手拽著手腕，另一手竟然在魏真後背上摸索起來。「妳這身皮肉，被我兒子滋養了多少年，現在兒子死了，也該輪到老子了吧？」

有丫鬟在外面發出尖叫，高有德眼神越發晦暗和猥瑣，還透著一股得意。

「妳上回帶回來的丫鬟，雖說勾搭上了我兒子，可到底沒用，我已經賞給底下人享用了。不過男多女少，一個怎麼夠，妳說，妳院子裡的這些小丫鬟留給我的人玩玩怎樣？」院子裡，尖叫聲四起。魏真拚命地掙扎，可怎麼也掙脫不開，不僅如此，反而激得高有德越發強硬。

「把她們的嘴都堵上！」高有德回頭吼了一嗓子。「這麼吵，是想外人都知道是不……啊——」

高有德突然一個吃痛，按住自己胳膊大叫起來。「賤人！妳敢咬我！」

魏真乘機掙扎開，慌忙往旁邊爬，高有德兩步就拽住腳踝，把人往地上摁。

「跑！妳有種就跑！我看誰能來救妳！」

高有德邊說邊解褲腰帶，幾下工夫已經光了下身。

魏真尖叫，生生挨了一巴掌，耳朵嗡嗡作響，一時間聽不見周圍的聲音。

這一巴掌太過用力，等她緩過勁來，身上卻鬆了力道。

月光照下，落在被高有德死死扣住脖子、手腳不停掙扎的適兒臉上。

「臭小子！你敢打你爺爺？要不是老子，你爹都不存在這個世上，更何況是你！」

適兒？

「適兒！」魏真要瘋了。她的兒子，她和徽郎的兒子！他要殺了他們的兒子！

魏真爬了起來，抓起手邊的小墩子直接往高有德頭上砸——一聲痛呼，高有德撲倒在地，後腦勺上有什麼東西流了下來。

此時有人從窗戶爬了進來，她呆愣愣地坐著。

她認得這人，是從娘家離開那天，就跟著一塊回來的另一個丫鬟。

「帶適兒走……求妳……帶適兒走。」

丫鬟動作索利地抱起昏過去的高適，剛想說話，緊閉的房門被人從外面大力地推撞。

丫鬟顧不上說話，轉身就從窗子跳了出去。

一片驚呼聲中，房門被撞開了，有人大喊道：「死人了！死人了！」

這天馮纓坐在窗前讀書，魏韞就在一旁坐著，手裡也拿著一卷書，看兩行還拿筆在上頭勾畫，同她那一臉愁苦比起來，他才是真正在讀書的人。

「我實在不懂，這刺繡的活怎麼還有那麼多的名堂？我還以為只要跟著師傅，便能學會這針線底下的功夫。」

女學如今請了幾位大家，分別教授刺繡和庖廚等功課，她把胡笳幾個丟了過去當個旁聽，卻沒承想反叫她們帶了書回來，鬧著要她也跟著看看，說是「姑娘當初說了有福同享有難同當，自然也要一塊兒看書才是」。

於是她跟著看了，一個腦袋頓時兩個大。

魏韞擱下筆，笑道：「刺繡豈是一門簡單的功夫，錯針、亂針、鎖絲、納絲、納棉、平金、影金，哪一樣不是學問？」

看馮纓把書往臉上扣，魏韞搖頭。「《尚書》裡有載，衣畫而裳繡。不是只跟著師傅學，就能有一手好繡功，妳讓妳身邊那幾個習慣了拿槍拿劍的姑娘去拿針線，她們自然也要折騰妳兩下。」

馮纓無語了一會兒，道：「這是報復，赤裸裸的報復。」

女學剛開的時候，她就想把人丟過去，後來先去的是阿嬗，認了差不多兩個月的字，胡笳鬧著也要去。

她哪知道胡笳她們才過去，太子妃又請了教授刺繡的大家，於是除了認字，還多了刺繡這門課。

正想回頭同胡笳她們好好打一架教訓教訓她們，外頭傳來一陣急促的腳步聲，魏捷跑進了屋子。「大哥、嫂子，真娘家裡來人了！」

的？」

魏韞皺了皺眉，放下筆，拿粗製濫造的書籤夾進書頁裡，起身問：「怎麼慌慌張張

魏捷跑了一路，上氣不接下氣，喘了好久，方道：「真娘房裡伺候的兩個丫鬟突然帶著適兒回來了，說是、說是真娘出事了！」

魏捷和魏真年歲相當，當初荀氏岳氏兩妯娌先後懷孕，岳氏憋著氣要一舉得男，免得日日看荀氏在自己面前假惺惺的得瑟，哪知道荀氏先生，又是一個兒子，岳氏過了一個月才生產，卻是出來一個養得白白胖胖的閨女。

妯娌倆的關係雖算不上好，可魏捷和魏真可能是因為年紀相仿的關係，一貫是來往比較密切的。

魏真那時候剛逃回娘家，魏捷就差點衝去高家剁了高有德。

聽魏捷說完，馮纓跟著站了起來。「回來的丫鬟裡，有沒有一個生得高高的？」

「有，是有這麼一個丫鬟。」

「是珈南。」

馮纓蹙了眉頭。

魏韞看她，她如實道：「是我的女衛。真娘走之前，我讓她跟著一道回去，珈南都回來了，真娘只怕是遇上大麻煩了。」

三人沒再停留，直接往魏老夫人處去。

馮纓果真見到了珈南。她懷裡抱著適兒，孩子大抵是嚇壞了，整張臉始終是慘白慘白的，緊緊攥著珈南的衣襟，饒是岳氏怎麼哄都不肯鬆手。

「好孩子，我是外祖母呀，你快過來讓外祖母抱抱！」岳氏急得不行，手裡難免沒了輕重。

適兒受到太多的驚嚇，被她這麼一弄，登時攥緊了珈南，哇哇大哭。

魏老夫人一下子火了。「孩子已經嚇壞了，妳還要瞎折騰什麼？」她訓完岳氏訓荀氏。「妳們老爺怎麼還沒回來？派人去通知了沒？」

荀氏連連應聲。「去了去了，馬上就回來了。」

她不說還好，這話一出，魏老夫人更怒了。「康氏呢？康氏怎麼沒有過來？」

「母親一貫不問事，還是不必請她過來了。」魏韞走上前道：「祖母，真娘出了什麼事？」

魏老夫人沒好氣地看了他一眼。

「你能頂什麼用，別管了真娘的事，結果自己又發病，害得你娘到處發瘋。」

這話說得實在難聽，魏韞卻不為所動。

他這幾個月裡，又發過幾次病，旁人不知道，只當他身體又不好了，唯獨他們夫妻倆心裡清楚，那個藏在背後的人又在動手了。

畢竟那兩個小廝埋的東西，都被馮纓挖了出來。

「能不能用，得先知道真娘出了什麼事才行。左右真娘都是魏家的姑娘，出了什麼事，魏家要是沒人出頭，日後御史臺的人知道了，拿她的事參父親或者叔父們一筆就不好了。」魏韞說。

魏老夫人臉色緩和了點，擺擺手，道：「妳們倆再把事情同長公子說一遍。」

和珈南一塊逃回來的，是當年跟著魏真嫁出去的一個小丫鬟，這幾年也算是成了魏真的貼身丫鬟，見過一些世面。可經過了那天的事，她哪還有膽量說什麼話，只不過比適兒好一些，卻也是滿臉慘白，恨不能躲在珈南的身後瑟瑟發抖。

魏老夫人沒耐心了，指著珈南要她趕緊重述一遍。

珈南看了眼馮纓，低頭將那天夜裡發生的事一五一十又說了一遍。

聽到高有德趁著醉酒發瘋衝魏真動手，還讓手下人欺負她院裡的丫鬟，岳氏捂著臉便一聲高過一聲的嚎啕。

「哭哭哭，妳只知道哭，事情還沒說完呢！」魏老夫人氣極了，真想狠狠給她兩巴掌。

「丫頭，妳繼續說，剛才妳就沒把事情說完，現在趕緊說！」

「珈南。」馮纓出聲。「高有德是不是沒死？」

魏陽兄弟三人正好進屋，聞聲都愣了一下，忙問：「高有德沒死？那真娘怎麼樣了？」

珈南剛被帶到魏老夫人跟前，只說了真娘差點被高有德欺辱的事，還沒說完就被岳氏哭天喊地的打斷，這會兒見人連連問起，才繼續道——

「高有德沒死。我們在宣城躲了一天，從街上聽到點消息，高有德狀告魏姑娘意圖殺人，宣城縣令把人關了起來。我們還聽說，那縣令同高有德本來就是狐朋狗友的關係，這次人才關進去，還沒過審，就直接認定按律判絞刑。」

「絞刑？」

所有人震驚，岳氏更是尖叫起來。「我苦命的女兒啊！怎麼能被一個混帳東西給害死！我苦命的女兒啊……」

「妳住口！」

魏老夫人就想不明白了，自己當初怎麼就給庶子挑中了岳氏做媳婦。

見岳氏被訓話後滿臉委屈的樣子，馮纓收回視線，又問珈南。「有打聽到消息說什麼時候執行嗎？」

珈南搖頭。

魏陽皺眉。「宣城縣令這件事做得不對，但凡是死罪，都必須由州府決斷，可不是一個縣令可以隨意定下的。」

馮纓倏地回頭，看向魏韞。「此事太冤了，我要去救人。」

魏韞並不奇怪。「怎麼救？」

「清平縣主的身分，壓一個小小縣令總還是壓得住的！」

馮纓立即騎馬去宣城，同她一道去的，還有她那些許久沒有出動過的女衛。

曾叫十六衛們吃過苦頭的女衛，一起絕塵，引得路上行人紛紛側目。

從平京到宣城，正常車程下來，沒有兩個時辰絕不能到，但馮纓一行人只花了一個時辰便趕到了宣城。

她們的動靜不小，又是一群人騎著馬，自然引起了城門衛的注意，幾個守城的士兵說什麼都不肯放行，非要她們拿出公驗。

公驗相當於現代的身分證，馮纓出門慣了，自己和身邊人都有帶著公驗的習慣，可那幾個士兵看過公驗後還是怎麼也不肯放行。

胡笳性子急，當下就抬手要去摸佩劍，馮纓把人攔下，問：「你們要怎樣才肯放我們進城？」

士兵將她們一行人上上下下打量了一番，搓了搓手指。

馮纓笑了一聲。「要錢？」

她抬手去摸腰上的荷包，士兵們笑了起來。

「要錢沒有。不過正好，你們可以帶我們去見見你們的縣令。」

後頭傳來一個聲音。

馮纓回頭，長星趕著馬車就近停下，緊接著渡雲跳下車掀起簾子，將魏韞扶下馬車。

宣城的守城衛不歸縣衙管，可既然有外地人連進城的錢都不肯出，那送人去見縣令也是順道的事。

那幾個士兵約莫是拿慣了錢財的，見來了幾個不識趣的外地人，頓時一肚子不喜，還真就把人往宣城縣衙送。

縣丞出來見人。「怎麼回事？」

士兵笑嘻嘻。「就兩個不識趣的外地人，回頭大人嚇唬嚇唬他們就行了，我瞧著挺有錢的樣子。」

縣丞瞇眼，把手一攤。「把他們幾個的公驗拿過來看看。」

馮纓和魏韞等人的通體氣派看著就不像是尋常人家，縣丞在這個位置上坐了多年，總有些本事，當下看了幾人的公驗，立即變了臉色，惶恐不已。

「清、清平縣主，魏長公子！」縣丞喊完，見幾個士兵還一臉茫然，氣得抬手就狠狠給了幾個巴掌。「還不趕緊認錯！快認錯！這位、這位是縣主大人！」

馮纓擺擺手。「認錯就不必了。」她抬頭看魏韞。「守城衛無故留難行人，按律該怎麼處理？」

「行人若有合法公驗，守城衛無故要留難行人，留礙行人一天，其頭領便要挨一頓四十大板，再多則可打一百板。」魏韞淡笑。

這打的雖是頭領，可上頭挨了打，下頭又怎麼討得到好？自然是會被私下報復回來。

只不過各地守城衛總有那麼兩三人會索要過路費，但凡不過分的，當地縣府大多睜一隻眼閉一隻眼，只是這一回，遇上他們，也算是見了鬼。

「小的們哪裡敢做這等事。」縣丞擦了把汗，偷空狠狠瞪了幾個士兵一眼。「還不知道兩位貴人來咱們宣城可是有什麼要事？」

馮纓大大方方地點頭。「自然是有要事的。」

她彎了彎唇，客氣道：「我家小姑子聽說被告企圖謀害公公，被宣城縣令收監，還判了絞刑，不知道這案子可有呈上批覆過？」

她說完，身邊的魏韞接著道：「雖相信縣令大人沒有那個膽子將這等大事越俎代庖私下執刑，可終究是魏家的女兒，在下還是前來了解一番。」

他抬眼。「不知，縣令大人可有升過堂，斷過案？」

當然是沒有！

縣丞差點叫出聲來。

看來縣令這次昏了頭，恐怕會連帶著把整個宣城縣衙上上下下全都拖下水，他恨不能立即跪地求饒，只是眼下要是不幫著遮掩，堵上破綻，回頭只怕真要吃苦頭了。

宣城不算是油水很足的地，畢竟離平京城太近了，近到但凡出點什麼事，平京城裡的人都能很快得到消息。

往日裡宣城縣令也是個不敢行事太過分的主，大抵是好日子過得久了，人也跟著猖狂了起來，再加上一頓酒肉下肚，便昏頭昏腦地幫高有德把兒媳收監，還糊塗地判了個絞刑。

「縣令大人在何處？」魏韞問。

縣丞嘴巴苦。「大人、大人出門去了，縣主和長公子若是想要見高魏氏，下官這就帶兩位過去。」

有縣丞帶路，去牢房就顯得格外方便。

馮纓沒讓身後的女衛們都跟著進來，可她們一行人等在牢房外，也叫獄卒們忍不住背脊生寒，到底都是殺過人的，哪是他們這些太平日子過慣了的人能比擬的。

「前頭就是了。」牢頭在前面領著，很快就把人引到了一處牢房前。

女監裡人不多，可要麼已經瘋了，在空蕩蕩的牢房裡唱著曲，要麼就睜著陰沈沈的眼打量往來的人。唯獨魏真，抱著膝蓋，坐在地上，也不說話，也不鬧騰，靜悄悄的，彷彿認了命一般。

「高魏氏，高魏氏！魏氏！魏氏！魏真！」

牢頭喊了幾聲，不見應聲，只得抓著鐵鍊搖晃幾下，叫了魏真的閨名，魏真這才扭頭看了過來。

儘管大牢裡幾乎是一片漆黑，只有幾盞油燈亮著，可馮纓還是一眼就看到了魏真精神不濟的樣子。

她往前走了兩步，身側的魏韞已經先開了口。「真娘。」

魏真愣愣地看著，終於看清了外頭站著的都是誰。

她長房的堂兄、進門才不過半年的堂嫂，還有宣城縣丞。那縣丞一臉焦急，還摻了愧疚等複雜的情緒，看起來十分緊張。
「堂兄！」魏真叫了一聲，眼淚撲簌簌落了下來，飛快地奔到門口，問道：「適兒呢？你們見到適兒了沒有？」
「已經見到了，現下由祖母照顧著。」魏韞道。
岳氏倒是想把外孫帶回去，可她哭得厲害，把適兒嚇得哇哇大哭，還手腳亂撓亂踢，連他的親外祖都抱不住。最後還是魏老夫人看不下去發了話，讓珈南和魏真的丫鬟一道在她屋裡先看顧孩子。
「適兒沒事就好。」魏真抽了抽鼻子。「是我這個做娘的沒本事，差點害了他。」
「妳害了他什麼？珈南說，妳是為了救他，才打傷了高有德。」馮纓突然開口，一邊說一邊掃了縣丞一眼。「那老傢伙沒死，不過敲破了頭就告妳殺人，也不知妳殺的是誰。」
縣丞張了張嘴，不知道從何開口，卻又不能不開口。「縣主，是意圖謀殺公公，這……這按照律法來說，確實是個大罪。」
馮纓翻了翻眼。
魏真似乎也覺得理當如此。「若不是堂嫂當初留了人在我身邊，適兒只怕就要跟著出事。」
她抬頭看著牢房周圍陰森森，透著一股霉味的環境，搖了搖頭。
「這地方，只盼著適兒一輩子都別進來，千萬別像他娘這麼沒用。堂兄，日後適兒就要拜託你們照顧了，若是……若是將來你們願意，適兒也可以當你們的兒子。」

魏韞沒有說話，馮纓卻氣笑了。「要什麼兒子，妳的兒子妳自己不養，怎麼好意思丟給我們？」

魏真搖了搖頭。「我就要被行刑了……」

她話沒說完，縣丞倒抽了口冷氣，一步上前。「夫人，可不好胡說！」

魏真愣住，馮纓也扭頭看了過去。

縣丞硬著頭皮，只恨那禍害還不知躲在哪裡吃香喝辣，嘴裡解釋道：「縣令大人還未升堂過審，夫人怎好說自己就要被行刑了呢？這、這是亂了大啟律法的事！」

馮纓在柱子上拍了一掌，鐵鍊嘩啦啦響了一陣。

「縣丞倒是位通透人物。」仗勢欺人的感覺實在太好，馮纓索性繼續下去。「可我聽說，宣城街上人人都知道，高魏氏意圖謀殺自己的公公，已經被縣令大人判了絞刑，不然我們夫妻倆也不至於這麼急匆匆地從平京城裡趕了過來。」

幾句話的工夫，縣丞汗流浹背。「只怕、只怕是以訛傳訛。宣城不比平京，小老百姓沒個見識，茶餘飯後的自然就、就多了些說辭。」

魏韞搖搖頭，道：「去請縣令大人回來升堂吧。好讓我們也瞧瞧，這絞刑，一個小小的縣令是怎麼判下來的。」

縣丞急忙應是，衝兩人深深地一鞠躬，急匆匆就走了。

不知過了多久，魏真才發出聲音。「我、可以不死了？」

她說完，卻又搖頭。「不行的，如果升堂，到時候誰都知道高有德是因為……等適兒長大了，他會怎麼想？」

「妳以為適兒長大了會心疼妳？」馮纓不客氣道：「等妳死了，兒子真歸我養，我就教壞他，天天虐待他，讓他心裡怨妳恨妳，怪妳把他丟下。」

馮纓說完，魏真果然急了，戴在身上的鐵鍊嘩嘩作響。

魏韞忍不住低笑一聲，拍了拍馮纓的後腦勺。

「我們過來，就是為了救妳出去。」魏韞說：「堂堂正正的回去，比什麼都叫適兒將來面上有光。」

魏真有些膽怯，遲疑地看看魏韞，又看看馮纓，最終緩緩點下了頭。

第十六章

宣城縣令是被衙役從外室的床上拽起來的。

可以睡五、六人都不帶擠的大床鋪上，兩個女人摟抱在一起尖叫，縣令被拽到地上光著屁股爬起來罵。「你們反了是不是？爺在做正經事，你們敢闖進來？」

被劈頭蓋臉一頓罵的衙役抹了把臉上髒臭的口水，咬牙。「大人，清平縣主和魏長公子來了。」

「誰來了你們也不能打擾你們老爺的好事不是？」

高有德扶著腰，從床那頭坐了起來，一邊揉後腦勺，一邊在旁邊女人白嫩的腰上揉捏了把。

幾個衙役把頭一低。「是皇帝陛下之前剛封的清平縣主，就是、就是河西盛家軍那位鼎鼎有名的女羅剎！」

「一同來的是如今的太子侍講，陛下身前的紅人，平京魏家長房的那位長公子！」

這一聽，縣令回過神來，趕忙滿地找官袍。

「快快快，快扶大人我回縣衙！」

「大人，縣主特意交代了，讓大人把、把高老爺一塊帶回去。」

「做、做什麼？」縣令愣住。
衙役把頭低得更下面了。「升堂斷案，他們……是為了牢裡的高魏氏來的。」

馮纓坐著，一手托腮，漫不經心地打量著縣衙正堂上的明鏡高懸，身邊坐著魏韞，不時為她添茶。夫妻倆看起來就好像是在郊遊，半分不像是坐在縣衙裡等著升堂。

至於底下已經從牢裡請出來的魏真，雖是跪著，可身下放了鬆軟的蒲團，倒也不會累著。

縣丞站在邊上看著他們三人，額頭上冷汗淋漓，眼見著大門裡外圍觀的百姓越擠越多，可縣令還不見人影，他忍不住又想回頭寫上辭呈，狠狠摔在那個禍害的臉上了。

「讓開，讓開！大人來了！都讓開！」

在一片吆喝聲中，縣令終於擠了進來。

馮纓抬頭，忍不住笑出聲來。

她還是頭一回見著這麼胖的人，就是上輩子也只能在網上看到那種胖得走不動路的人，這宣城縣令卻是胖得格外綿軟，從人群裡擠出來的時候，那滿肚子掛著的肉恨不能抖上幾抖。

魏韞輕輕一咳嗽，馮纓忙收了笑，站起身來行禮。

「使不得使不得，」縣令滿頭大汗，一看這堂上的情況，慌了神。「這、這是怎麼回事？」

他問縣丞，縣丞忙將事情說了一遍，又擠了擠眉眼。

馮纓只作不知，將自己的目的說了。「……這案子不如重新審理一遍，看看有沒有哪裡出了問題。」

「胡說八道！」跟在縣令後頭進來的男人跳了起來。「這等惡婦，虧得我兒死得早，要不然差點被殺的就是我兒了！這等人死不足惜！縣主是想仗勢欺人，包庇她不成？」

看樣子，這就是高有德了。

馮纓心裡默默的吐槽，生得又醜又老，只怕高徽的長相是隨娘的，不然就憑他爹這張臉，別說太子不會讓人在跟前做事，就是岳氏當初都不定會看得上這個女婿。

「既然你說真娘要殺你，那她是在何時何地動的手？」魏韞起身，不等縣令開口，搶先質問。

高有德道：「自然是在夜裡，在我兒家中！」

「據我所知，高徽身故後，他家中只有寡妻幼兒和幾個伺候的奴僕，你身為公公，為何夜裡會出現在兒媳家中？」

「那是我兒子的宅子！」

「若是訪客，為何不歸老宅？」

「那是我兒子的宅子，我做爹的，憑什麼不能住！」

「你兒身故，家中只有寡妻幼兒，你可知避嫌二字？」

「我……」

「你說高魏氏是夜裡殺你，那麼是在客住廂房動手，還是在他處動手？」

「她……」

魏韞看起來溫文爾雅，可真問起話來咄咄逼人，只叫高有德口舌打結，接不上話來。

「縣令大人，高有德既然狀告高魏氏意圖殺人，那麼大人可有派人去現場看過？」

「這……高有德他腦後有傷，大夫都說了是被重物敲擊所致，但因是女子所為，所以方能撿回一條性命，下官以為這、這就是足夠的證據！」

縣令正說著話，突然堂下一聲喝斥，馮纓抬起頭來，只覺得正堂上那「明鏡高懸」四個字格外的刺眼。

「所以，大人的意思是，你一不看證據，二不探現場，三不升堂過審，便匆匆結案，越俎代庖，以一個小小縣令的身分判了個絞刑？」

「大膽！妳竟敢咆哮公堂！就算是縣主，妳、妳、妳也不能……」縣令手裡哆嗦，驚堂木都快拿不穩了。

馮纓一個箭步上前，一把拽過了縣令的衣襟。

底下衙役立時就要拔刀，卻聽得整齊劃一的一聲「唰」！亮光一閃，原本就站在堂下兩側的女衛們全都拔出了劍。

馮纓餘光瞥了一眼，衝著縣令瞇了瞇眼。
「你不會斷案，就交給會的人斷！」
她抬手一打，縣令官帽飛起，穩穩落入站在一旁的縣丞懷中。
「這位大人，」她轉身退回到堂下，與魏韞並肩而立。「開始吧。」
「那不行！」縣令大叫起來。
可誰還管他行不行，就是在堂下等了那麼久的宣城百姓，這會兒也等急了，聽他這麼喊，還有人跟著笑。「喲！大人不行了啊！」
「放屁，老子行得很！」縣令吼。「我是宣城縣令，是這裡的父母官，是朝廷的人，妳不能這麼對我！」
馮纓挑了挑嘴角。「看樣子是我回京之後太安生了，倒是叫很多人忘了，我可是承北府河西鼎鼎大名的女殺神。」
大堂內外響起此起彼伏的抽氣聲，有後來的，一臉茫然問身邊人，人群裡果真便有知曉的開始講起河西盛家軍，和盛家軍裡馮校尉的事。
再看站在堂下執劍的一群女人，還有誰不明白，這就是河西傳說中殺得外族節節敗退的女衛。
「妳、妳、妳就是公主來了，也不能……啊——」
馮纓實在是受夠了這個聒噪的傢伙，眼睛一瞟，胡笳立即跳出去，兩下堵上人嘴，把人手扭到背後，索利地綁了起來。

縣丞這時候才鬆了口氣，但也不敢戴上官帽，捧著就走到了桌前。

縣丞的職務一貫是輔佐協助縣令管理轄內縣城及周邊城鎮，宣城縣令是個沒多大出息的，近幾年更是懶得管理政務，加上這兒離平京城極近，日子太太平平的，沒什麼殺人放火的歹人，許多事還真就都讓縣丞做主了，包括時而需要的升堂斷案。

只不過，平日裡大多是東家偷了西家的狗，南街丟的牛在北街找到這類雞零狗碎的事情，這像模像樣為著「殺人」兩字升堂斷案，卻還是頭一回。

「堂下何人？」縣丞沈聲道。

魏真咬唇。「民婦魏氏。」

高有德被嚇得一時說不出話來，這會兒回過神來，吼道：「還不快閉嘴！」

「高有德咆哮公堂，來人，先打十板，以示小誡！」

衙役們面面相覷，有一個人壯起膽子，立即就有第二人、第三人跟上，高有德在一片嘻嘻聲中被衙役們抓著摁到地上，也不扒褲子，直接這麼開始打。

打一下，高有德就慘叫一聲。

底下一邊打，上頭的縣丞一邊繼續升堂。

「妳與高有德是什麼關係？」

「先夫高徽，是……高有德的次子。」

「妳可知高有德狀告妳謀害公公？」

魏真張了張嘴，有些猶豫。

十板正好打完，高有德顧不上疼，趴在地上大喊：「妳敢胡說八道！妳想想妳兒子！」

馮纓上前一步，奪過驚堂木就是重重地拍一聲。「公然威脅他人，再打二十大板！」

縣丞啞然，想說這不合規矩，可再看魏長公子的神情。得，夫妻倆分明是一個意思。

魏真紅了眼眶，捏緊拳頭。「青天在上，民婦是冤枉的！

「民婦夫君高徽，為太子做事不幸身故，夫君走後，民婦帶著幼子獨自生活。可公、可高有德藉口同大哥大嫂相處不睦，非要住進民婦家中！」

這高有德是個喪了妻的鰥夫，非要住進剛守寡的兒媳家裡，怎麼聽都不合規矩。

「高有德多次窺探民婦，幾次私下暗示，要民婦屈從於他。民婦不肯，逃回娘家，但為著我兒，民婦又不得不回到家中，想著經此一事，高有德多少要忌憚魏家，不敢再胡來，而且民婦……民婦還特意帶了人來，專門伺候他，可沒想到……」後面的話，魏真雖未說出口，可堂下已經一片譁然，哪還猜不出個所以然來。

「胡說！她在胡說！」高有德抬起身子大吼，屁股痛得他嗷叫了出來。

縣丞已經聽出點門道來了，抬頭看了眼被捂著嘴嗚嗚直叫的縣令。

「高有德，你既然說魏氏是在胡說，那你如何證明？」

「我……她就是在胡說！我兒死前，我早有聽說這女人在外頭與野男人有了首尾，我兒一死，我看她孀居在家，居然還時不時出門，怕她讓我兒戴了綠帽，我這才住進去的！」
「那是適兒的先生！適兒病了，不能去學堂，我做娘的去先生那兒給他告個病假難道不行嗎？」
「妳家丫鬟是擺設不成？非要妳一個當家主母去忙這種事？」
大概是因為適兒，魏真被高有德激出了怒意，兩人你來我往，辯得好不激烈。
馮纓被吵疼了腦袋，拍了拍桌上的驚堂木，見兩人絲毫不顧及這邊，幾步上前，抬腳就往高有德的小腿上踹了一腳。
「吵吵吵，吵什麼吵！」馮纓皺眉。「還是之前的那個問題，你說真娘差點殺了你，那她是在什麼地方、什麼時候動的手？」
高有德嘴唇動了動，昂起脖子。「都、都說了是夜裡，在我兒的宅子裡！」
這反應，分明是瞞了重要的事。縣丞臉色已經有點不太好了。
「在哪間屋子，什麼時辰？你還不老實交代！」
「子時，真娘寢居內。」魏韞的聲音十分平靜，就像是在講述一件十分平常的事。
魏真打了個哆嗦，握拳的手緊緊捏住，指甲摳進肉裡。「是。那天，高有德突然回來，子時開始砸民婦的房門。民婦的丫鬟們自然不讓，他就讓他的人……就讓他的人拉走民婦的丫鬟欺負。」
馮纓抿了抿嘴，內心有股憤恨的情緒油然而生。

這種讓受害人闡述受害經過的行為，感覺實在很不好。可魏真如果不說，高有德有的是嘴，把那些亂七八糟的罪名往她身上推，到那時更是有理說不清。

「……適兒是為了救民婦，才被高有德抓著，他差點就殺了適兒！民婦沒辦法，民婦已經沒了夫君，不能再沒兒子了，所以民婦就……民婦情急之下就砸了高有德！」

魏真說完，已經再沒了力氣，伏在地上嚎啕大哭。

馮纓別過臉，不忍去看。

具體的情況她在牢裡已經問過一遍，長星、渡雲也找來了高家的下人，問清楚了大致情況。

珈南抱走適兒後，高有德的人就撞開房門，衝進房裡看到了倒在地上的高有德。因為能聞到血的氣味，還看得到血，所以那些人下意識的以為魏真殺了人。

於是，有人報官，有人請大夫，也有人看住了魏真。

最後高有德沒死，魏真被送進了大牢，高有德與縣令有私交，讓魏真直接被判了絞刑，壓根不打算上報。

馮纓閉了閉眼，突然朝縣丞行了個禮，道：「大人，該見見人證了。」

縣丞行事果斷，迅速地招來高家所有下人，這其中有伺候魏真夫婦的，也有高有德手底下那些人，連高家老宅的下人也都一併被叫了過來。

高有德的長子不肯出面，只讓高家管家出來盯著情況。

馮纓在此後一直沈默地站在旁邊，中間讓人找了把椅子讓魏韞坐下，自己一言不發，緊緊盯著高有德。

縣丞是個索利人，很快就查清楚了所有事。

高有德喜好美色，後院女人無數，也曾覬覦長媳，高家長子是個狠人，家裡鬧過幾回，高有德只好收斂。

後來高家次子高徽娶妻平京魏家女魏真，魏真容貌極佳，又是個綿軟的性子，很快就被高有德看上眼。

此後高有德趁次子不在，多次騷擾魏真，魏真不堪其擾，又不敢告訴高徽，所幸高徽為了方便為太子做事，選擇搬出高家老宅，另外購宅而居，魏真也就得以遠離高有德的騷擾。

再之後，就是高徽身故，魏真孀居，高有德堂而皇之地搬進宅子裡，然後發生了之後一連串的事。

總而言之，高有德惱極了魏真，所以藉著縣令的手想乾脆將人弄死報復。

真相查明，加上判絞刑本就從根本上不成立，魏真得以釋放，而高有德則被直接投入監牢。

按律，他大約要在牢裡關上幾個月甚至幾年，馮纓怕他過些日子放出來後又乘機報復魏真，索性讓底下人又調查了一番，仔細找出高有德曾經犯過但不被外人所知的事，於是一罪加一罪，最後竟是要足足關上十餘年。

等十餘年過後，稚子也已長成偉岸青年，到那時魏真有子可依，便再也不必怕他了。

離開縣衙的時候，馮纓一行人被高家的人給攔住，因著高有德本是誣告，高家人倒也不敢太咄咄逼人，可一開口難免還是有些難聽。

魏真紅著眼眶，低頭不語。

馮纓不悅極了，直接讓阿嬗帶人把高家的人都趕開。

「高家人倒是臉皮厚。」

天色已經不早，馮纓和魏韞跟著魏真回他們夫妻的宅子，今晚便在這裡留宿。

魏韞擦乾淨手，聞聲道：「高家這些年過得不差，尤其是高徽那時為太子做事，前途自然無限，高徽沒了，以太子的性情必然會命人好好善待真娘，高家未嘗敢小覷了真娘，但也沒將她放在心上。」

他瞇了瞇眼，有些疲累。

「畢竟，真娘是個軟性子，就算受了委屈，被高有德占到手……如果不是因為高有德差點害死適兒，恐怕她只會忍氣吞聲，不讓我們知道。」

馮纓「唔」了一聲。「各人有各人的性格脾氣，這事要是擱我身上……」

「擱妳身上，妳大抵已經同高家撕破臉皮，帶著人和嫁妝浩浩蕩蕩回娘家了。」魏韞直接打斷她的話。

好像是會這樣。

馮纓想了想。「不過那樣就有些可惜了。」她說著搖頭嘖舌。「遺憾，很是遺憾。」

「遺憾什麼？」

馮纓突然衝著魏韞眨眨眼睛。

「遺憾和你夫妻一場，沒能盡些歡喜。」

這簡單直白的玩笑調戲，打得魏韞一個措手不及。

可看著面前笑意盈盈的馮纓，他卻不生一絲惱意。「那倒是的確有些遺憾。」

在魏真家裡住了一晚，第二天天亮，馮纓一行人啟程回了平京。

宣城縣令的官帽被縣丞藏了起來，他恨極了高有德，又怕自己真受了連累被削了官職，一大早就守在城門口堵人。

幸好縣丞早有準備，叫守城衛在馮纓一行人出城前，把胖縣令像抬生豬一樣，綁著手腳，抬著送回了縣衙，一邊走，一邊還有人在旁勸道：「大人，你何苦再去為難縣主？縣主嫉惡如仇，要是被惹惱了，說不定把你平日魚肉鄉民的證據也給翻了出來，到那時指不定等著大人的是什麼更麻煩的糟心事呢。」

縣令嗷嗷叫的時候，馮纓等人的車馬已經出了宣城。

魏家從前一天開始就在等著人回來，就是夜裡，也都特地囑咐門房，要是人連夜回來了，就趕緊稟報各房，畢竟馮纓和魏韞手裡都有慶元帝給的，可以無視宵禁夜裡出行的腰牌。

一直等到第二天，門房終於喊「長公子回來了」。

「母親！」

魏真下了馬車，直奔著跑到了岳氏面前，母女倆抱作一團嚎啕大哭。魏老夫人皺了皺眉，讓嬤嬤把適兒抱了出來。

適兒奶聲奶氣的一聲「娘」，終於打斷了魏真母女倆的大哭。

見兒子怯怯地望著自己，好一會兒才伸手要抱，魏真紅著眼眶，走過去把孩子緊緊摟進懷裡。

魏老夫人問起宣城的事，馮纓主動往後退了一步。

魏韞看了她一眼，馮纓彎了彎嘴角。「祖母，孫媳嘴笨，還是讓含光同祖母說說發生的事吧。」

宣城的事並不複雜，魏韞又是太子侍講，本就善言，當下便將事情的經過和結果仔仔細細說了一遍。

饒是如此，岳氏仍免不了抓著一些地方，反反覆覆地問，還是魏老夫人先不耐煩了，狠狠把岳氏訓了一頓，馮纓這才偷偷鬆了口氣，餘光一瞥，魏韞的胳膊帶著肩膀動了動，眉心微蹙，很快又舒展開。

「真娘，宣城那地方妳可千萬別再待了，不如回家來，把適兒也帶過來一塊兒住。」

岳氏緊張極了，她平日裡就是再不喜歡魏韞和馮纓，這會兒也巴不得他們夫妻倆幫著說幾句話。

「含光、纓娘，你們快幫我勸勸真娘！」

馮纓揚揚眉，這會兒突然主動了起來。「我記得，大啟並不約束女子喪夫後必須留在家族中，與丈夫的兄弟嫂子們一起生活。」

「對對對，沒這迂腐的規矩，住回娘家是可以的，可以的！」岳氏急忙道：「高徽已經去了，妳何必留在宣城，不如回娘家來，妳這樣，家裡的長輩們都心疼極了。」

岳氏是真心疼女兒，當下不管不顧地又要哭起來，魏老夫人倒吸幾口涼氣，惱怒地直拍桌子，拍得桌子上盛了茶水的杯子連連跳起。「妳別哭了，孩子都比妳穩些！」

魏真抹抹眼淚。「娘，別擔心我，我還有適兒，況且高家並未分家，我要是回娘家，還不知我夫君的那些田產宅院會不會被家中大伯給搶了去，那是夫君留給適兒的，我得替適兒守著。」

她又說了些話，輕聲慢語的，倒是叫人生不出太大火氣。

「可適兒才多大，妳還真打算一個人守著宅子跟孩子過一輩子不成？」岳氏怒其不爭，心疼地在魏真胳膊上啪啪打了幾下。

這幾巴掌是真打，聲音清脆，馮纓覺得，指不定皮嬌肉嫩的魏真胳膊上這會兒已經留了幾個巴掌印。

魏老夫人此時倒是突然嘆了一口氣。「這高家從前看著倒是不錯，可如今看來實在不是一樁好親事。」

馮纓能清楚感覺到老夫人落在她和魏韞身上的目光，她若無其事，彷彿沒有發覺，只低頭安安靜靜喝著杯子裡的茶。

另一邊，魏韞漫不經心地遞了塊點心到她手裡。

「左右高家不是個好的，外孫女婿也已經走了，真娘若是要守節也可以，卻沒道理叫適兒跟著吃苦受罪，不如這樣，」魏老夫人道：「含光夫婦倆還沒有孩子，不如就過繼了適兒，好好教養，長大了也能孝敬你們。」

還低頭在哭的岳氏被嚇得靜了一靜，一屋子的人陡然間都瞪圓了眼睛，不知所措。

馮纓很快恢復鎮定，嘴角輕扯。「祖母這話，聽起來就好像我們不能生似的。」

魏韞不說話，別過臉，捂住嘴吃力地咳嗽，一邊咳，一邊費力安撫，勸馮纓不要頂嘴。

魏真這時急忙道：「怎麼能麻煩堂兄堂嫂呢？」她低頭。「再說，適兒是我的骨肉，我哪捨得把他過繼出去，堂兄堂嫂年紀還輕，日後定然會有自己的孩子，而且，哪有從已出嫁的堂妹這裡過繼子嗣的道理。」

魏老夫人似乎也沒有真的打算讓長房過繼適兒，隨口一提後，便藉口睏乏，讓眾人都散了。

回棲行院的路上，馮纓還沒什麼表示，倒是耳朵極好、侍立在外把屋裡動靜聽得一清二楚的胡笳說了一路。

魏韞只回頭看了她兩眼，沒說什麼，還是馮纓，哭笑不得地回頭，伸手一把捏住了她的嘴。

「這麼能說，要不要我把妳送到菜市口，讓妳幫著農戶叫賣去？」

「姑娘！是老夫人欺人太甚……」

馮纓搖頭，見魏韞已揉著肩膀進屋，她索性在院子裡站定。

「我呢，是不在意那些的，生不生，是我的事；想方設法要長房過繼一個孩子，是他們的事；至於成不成，那是你們姑爺的事。所以那些話對我來說，不過就是左耳朵進去了，再從右耳朵出來，仔細把耳朵掏乾淨，也就沒什麼了。」

她把話說完，見碧光走到身邊，忙吩咐道：「去打盆水來，我要洗手。」

碧光得了吩咐，很快就去端水。

馮纓進屋後在桌前坐下，碧光端了乾淨的一盆水進來放在桌上，馮纓伸出雙手仔細浸了浸，把手指縫都擦得乾乾淨淨，然後起身。

魏韞正站在窗前，離他幾步遠的地方，就是平日裡馮纓睡的小榻。

「魏含光。」

她叫了一聲，魏韞回過頭。

馮纓大大方方地挽起袖子，衝著窗下的小榻努了努嘴。「這幾天事多，我瞧你剛才動了幾次胳膊，估摸著是肩頸酸了吧？你趴下，我給你捏捏。」

怕魏韞信不過自己的手技，馮纓動了動手指。「從前六舅舅每回累了，就噔噔跑來找我，讓我給他鬆快鬆快，我回回把他摁得嗷嗷直叫，叫完了他就又活蹦亂跳到處蹓躂了。」說完，趕忙解釋。「你放心！我一定輕點，不讓你疼！」

魏韞有些詫異，見她手指纖纖，一副非捏不可的架勢，無可奈何地嗯了一聲，聽話地在榻上伏下。

馮纓伸手鬆了鬆他的領子，又搓了搓手掌，手下這才輕輕地揉捏了起來。

她當體育老師那時，沒少給學生放鬆肌肉，所以魏韞趴在榻上，沒多會兒便覺得因為這幾日奔忙而僵硬起來的肩頸輕鬆了許多。

屋子裡靜得落針可聞，也就窗外時不時有丫鬟們壓低了聲音在說話，不過說的都是些院子裡的雜務，比之從前，這半年來的棲行院越發像個銅牆鐵壁，底下人也越發的齊心協力，好叫人能稍稍鬆口氣，不必一直繃著精神，防備所有。

至於，那個混在忠心耿耿中的背叛者，總有一日要露出致命馬腳來。

初夏，兩人都已經換下了春裝，夏裝很薄，是那種隔著衣料都能清楚感受到溫度的單薄。

馮纓不敢下重手，捏完肩後，順勢滑上魏韞的頸子和後腦勺，怕他覺得不舒服，免不了微微彎腰去觀察他的表情。

可這一彎腰，兩人之間的距離就難免近了些，近到彼此都能聞到對方身上淡淡的氣味。有一點相似，但又不一樣。

這氣味叫魏韞忍不住蹙了蹙眉頭。

「疼了？」馮纓愣了下。

魏韞搖頭。「不疼。」

馮纓篤定道：「那就是心底不舒服了，還是因為祖母提過繼的事？」

魏韞垂下眼簾。「祖母想要過繼，就自己去過繼好了，左右都是養別人的兒子，祖母也不是沒有養過。」

這話就說得頗有深意了。

馮纓沒忍住，仰頭就笑，臉上迅速染上緋紅。是笑出來的。

「這話要是叫祖母聽見了，回頭可能就要罰你跪祠堂去。」

見她笑得前俯後仰，魏韞哭笑不得，只能從榻上坐起，伸手去護。「就這麼有趣，怎麼笑成這副模樣？」

馮纓沒留神，笑得撞上男人的肩膀，「哎喲」叫了一聲，下意識揉了一下。「過繼還不如自己生呢，你又不是被太醫判了不行。」

她笑著，按在男人肩膀上的手指突地被人按住。

她臉上還掛著笑，抬眼看他，魏韞的嗓音有些低沈。「自己生？」

馮纓輕咳了一聲，別開眼。「沒有，我就是……逗逗你……」

話是這麼說，可對上魏韞幽深的眼眸，她心底也是一片洶湧澎湃。

要說沒有好感，那肯定是假的。

要說這幾個月的朝夕相處，那單薄的好感沒有日積月累，可能也是假的。

雖談不上什麼愛不愛的，但馮纓自問並不討厭魏韞，也不討厭和他有身體上更親密的接觸……只不過她好面子，不敢說，更不敢做。

尤其是這段日子以來，隱隱感覺到魏韞對自己也有點藏不住的好感後，她更是覺得要按兵不動。

只是，眼下這麼好的一個機會擺在眼前，可面前的男人……簡直是根木頭樁子，推都推不動，簡直要急死她了，那些小說和電視劇裡演的四目相對，於是乾柴烈火……假的，都是假的！都已經這麼近了，他怎麼就動也不動一下？

馮纓心裡有點小上火，索性直接跪坐在榻上，兩條胳膊一伸徑直環上他的脖頸，大大方方往他嘴角親了一口。

也不用出聲，魏韞的眼神已經暗了，手也就勢環上她的腰，掐了掐，不是想像中綿綿軟軟的腰肉，而是有力的帶著生機勃勃的腰身。

於是沒忍住，環著的手在上面摩挲了兩把，然後牢牢抱住。

魏韞的動作，驚得馮纓差點跳了起來。

她下意識縮了下，耳側就貼上了溫熱的唇瓣，她鬆開一隻手，想要去推搡魏韞，卻不留神碰到了他突出的喉結。

男人的喉結上下動了動，帶起低低的笑意。

然後，耳邊傳來男人低啞的聲音。「纓娘……」

情動的聲音，是叫人欲罷不能的低啞。馮纓環著他脖頸的手忍不住使勁，原本放在身後的手掌也順勢用力，往寬闊的胸膛上扣壓。

這種感覺太過陌生，叫她心底一時激盪，偏過臉去迎上男人的唇。

魏韞沒有防備，有一瞬的遲疑後，很快給予了回應。

唇瓣相抵，然後一點一點，加深這個原本只停留在唇瓣上的親密接觸。

等察覺到舌尖被人輕輕勾起，馮纓腦子裡突然炸開一個巨大的驚嘆號，緊接著，腰上滾燙的手掌往上，撫上了她肌膚細嫩的臉頰，拇指就放在臉側，燙得她呼吸都亂了。

外面突然傳來了動靜。

長星腳步匆匆，嘴上喊著「長公子恕罪」，然後推開門，站到了裡屋的垂簾外。

隔著簾子，他聲音沈穩，但呼吸混亂。

「長公子，東宮來人了，說太子妃不好了。」

馮纓一下子清醒了過來，手下用勁，一下推開了魏韞。

「是誰來報的消息？可有說太子妃出了什麼事？」

她動作乾脆，從魏韞的懷裡落地，而後又回頭，大大方方在他嘴角上親了一口。

魏韞看了馮纓一眼，摸摸唇角。

長星回應。「是太子身邊的戴公公來報的信，人現在還在外頭。」

東宮伺候的太監女官中，戴公公身分特殊，是慶元帝親自挑選送到太子身邊的，如今年紀已經不小，在東宮已不怎麼做事，這回親自跑來報信，魏韞也知道，必是太子妃真出了什麼大事。

夫妻倆立時往院外去，很快見到了神情凝重的戴公公，再一問，竟是太子妃突然早產。

太子妃這一胎，滿打滿算也才八個月。

老一輩都說，七活八不活。太子讓戴公公來報信，要魏韞夫妻倆速入東宮，只怕太子妃這一胎不只是早產這麼簡單。

魏家的馬車很快進了皇城，而後轉到東宮。

此時東宮內，尤其是太子妃住處，鬧哄哄的亂成一團。

太子妃的慘叫聲一直沒有停，馮纓匆匆走近，就看見太子在產房外緊張地不停來回踱步。

身邊的大太監還在不住地安慰太子。「太子妃這一胎本就不穩，連太醫都說怕是會提前生，殿下不必擔心，裡頭都是有經驗的婆子，太醫也在邊上候著呢。」

這大太監有些面熟，聽到腳步聲的大太監回頭，馮纓這才認出這一位是在皇后身邊伺候的。

「殿下，長公子和縣主到了。」

太子急忙轉身。「含光，纓娘。」他抓著魏韞的胳膊，神情焦急。「太子妃突然早產大量出血，等了一天了，孩子還沒生下來，孤心緒不寧，急著召你們夫妻進宮來和孤一道守著，以防有什麼不周全之處。」

他的手汗津津的，卻都是冷汗。

魏韞視線往下，一瞬後抬起眼，低聲詢問道：「是意外？」

太子搖頭。「不，有些不對勁，是孤與太子妃沒能防備好。」

那就是蓄意謀害了。

馮纓聽到聲音，正要說話，產房內又是一聲慘叫。

宮女急匆匆端出血水，又匆忙往裡送乾淨的水和帕子。

太子也顧不上說太多了，見有良媛、良娣往身邊湊，憋了一肚子的火氣頓時發洩出來。

「都給孤滾出去！沒有孤的命令，誰也不准踏出自己宮門一步！」

馮纓往那群連走路都要宮女扶的東宮女眷身上看，那裡頭有一個人，她見過，就是闖進崇文館的那位崔良媛。

產房內的太子妃這時候忽然發出一聲淒厲的叫聲，隨即響起了一陣嬰兒的啼哭，可那聲音聽著……卻好像是貓叫？

馮纓一愣，就見太子已經不管不顧，兩步上前踹開了仍舊不肯打開的產房，那位走在最後、還沒走遠的崔良媛跺了跺腳，乘機轉身跟了過來。

馮纓瞇了瞇眼，緊跟入內。

產房內，嬤嬤手上抱了個裹在襁褓中的嬰兒，虎口貼在纖細的脖頸上，神情猶豫。

「怎麼回事？」太子愣怔。「衛嬤嬤，妳在做什麼？」

馮纓逕自走到屋內查看，太子妃已經陷入昏睡，而床下還丟著很多帶血的布，房內血腥味濃重。

太子從毫無防備的嬤嬤手裡一把奪過孩子。「這是太子妃捨命生下來的孩子，嬤嬤妳剛剛是想把孩子掐死不成？」

「殿下，這孩子……這孩子……」

馮纓看過去，襁褓遮住了孩子的臉，哭聲細弱，彷彿貓叫。

崔良媛這時候突然跑上前，伸手一把掀開襁褓。

「天呀，這是怪物啊！」

崔良媛話音才落，太子狠狠一腳，把人直接踹倒。「來人！把崔良媛拉出去！」

「殿下！那是怪物，太子妃生了個怪……」

「堵上她的嘴！」

混亂中，馮纓看清了襁褓裡孩子的臉。

那是一張特殊的面容，頭小，臉龐左右兩側不對稱，甚至那一雙眼睛，眼距很寬，眼角下斜……

這是……

「殿下！」衛嬤嬤撲通跪了下來，捂臉大哭。「殿下，娘娘生下了怪物，娘娘生下了怪物！這孩子不能留！」

太子顯然也看到了孩子的臉，饒是如此，他仍舊緊緊抱著孩子，不肯鬆手。

「這是太子妃為孤生的孩子，是孤的次子，不是怪物！」

馮纓攔下盛怒的太子，蹲下身直視衛嬤嬤，斬釘截鐵地道：「嬤嬤，這是皇室血脈，要生要死，都不是由嬤嬤妳做主。」

產房內，宮女婆子跪了一地，所有人都在瑟瑟發抖。

太子緊緊抱著孩子，一腳將一個試圖逃跑的宮女踢開。「今天的事，誰也不准往外說！若有人膽敢向外傳話，就等著被孤……」

話說到一半，戴公公進來了。

馮纓起身看他，上了年紀的戴公公掃了眼滿屋的宮女婆子，微微弓起身子道：「陛下和皇后娘娘來了。」

太子臉色一白。

「這事瞞不了表舅和表舅母的。」馮纓抱過孩子，小心翼翼地重新遮住孩子的臉。「表哥，你得主動告訴表舅，這孩子才能有活路。」

襁褓內又發出幾聲小貓叫，馮纓嘆了口氣，抱著孩子低聲哄了起來。她別的不懂，只是從前在醫院裡探病的時候，湊巧見過同樣的病症——新生兒貓哭症。

據說是一種先天染色體異常的罕見遺傳疾病，會導致新生兒生長遲緩、發育不良，有明顯的生理短缺。

換言之在古代，這孩子就是個一定會被當做怪物的畸形兒。

太子沈著臉出去，而後很快引著帝后進了屋。

魏韞就跟在其後，見馮纓抱著孩子站在太子妃的床榻邊，幾步走了過去。

「孩子怎樣？」他低聲問。

馮纓搖了搖頭，悄悄掀開襁褓一角，露出了孩子的臉。

魏韞瞇了瞇眼。

慶元帝揮手，讓身邊的張公公將參與到太子妃生產的所有宮女婆子全都帶下去。

衛嬤嬤一邊走，一邊回頭，眼眶通紅。

「那是太子妃的奶嬤嬤。」太子低頭。

慶元帝頷首。「纓娘，讓朕看看孩子。」

馮纓坦蕩蕩的抱著孩子走近兩步，襁褓掀開，露出裡頭怪異的小臉。

怕慶元帝心下生厭，她還十分積極地安撫道：「這孩子雖生得怪異，但聽說太子妃懷孕時這孩子十分乖巧，從來不鬧，說不定是難得的祥瑞。《三國志》記載，劉備劉玄德身長七尺五寸，兩耳垂肩，雙手過膝，目能自顧其耳；陳朝皇帝，七尺五寸，日角龍顏，垂手過膝；往遠了說，還有伏羲，龍身牛首……自古帝王皆是不凡之相。」

馮纓覺得自己快把腦汁都擠乾了，這種時候，真的覺得書到用時方恨少，不管是原書還是什麼正經書，她都看得太少，太不仔細了！

她說得緊張，差點咬到舌頭。一旁的太子滿臉感激，視線投向還在昏睡的太子妃，不由得眼睛酸澀，而後當著眾人的面跪了下來。

「父皇，這孩子終究是兒臣和太子妃的孩子，兒臣懷疑是有人下毒，這才致使太子妃早產，更使得孩子……生成了這副模樣。」

慶元帝沒有說話，門外太醫們此時魚貫而入。

馮纓一陣詫異，就見張公公小聲吩咐了幾句，太醫們立即各自散開，另還有人特地帶著幾位太醫出了產房，徑直往別處去。

不多時，有太醫在產房內發現了奇怪的東西，皇后接過太醫呈上的一塊沾了一點血跡的布，放在鼻下聞了聞。

「有紅花的氣味。」

皇后滿臉震怒，張公公趕忙上前接過。

馮纓湊過去看，布上沾的血不多，所以沒能遮蓋住上頭淡淡的紅花氣味，而且，這塊布本身的顏色也和正常的布料有些不同。

魏韞顯然也注意到了，上前確認了一番。

「這布浸泡過紅花藥汁。」他道：「但這種分量，不足以致使太子妃生產過程中大出血。」

慶元帝看著太醫。「還有沒有找到什麼？」

「陛下，臣等還找到這個！」

幾名太醫急匆匆從外頭跑進來，初夏的季節，太醫們不知從何處回來，跑得滿頭大汗。其中一名太醫手捧一物，進門便向慶元帝呈上，臉色凝重地稟報。「此物同砒霜相近，少量服食，並不會立即致人死地，但會使得腹中嬰孩……夭折，或者……模樣怪異，即便養大成人，也不過如孩童一般天真稚嫩。」

當太醫的，鮮少有不聰明不會說話的，然而此刻毒物在手，饒是最會說話的太醫，此時也不敢將話講得太明白。

慶元帝緊皺眉頭。「此物是在何處找到的？」

「臣等是在崔良媛院中找到的。」

太醫說完話後就閉上了嘴，產房內，靜悄悄的，太子臉上已經是陰沈沈一片。

馮纓看看太子妃，再看看孩子，擰緊了眉頭，不解究竟是有什麼深仇大恨，竟要對孕婦下手？

太子心裡一顫，道：「是孤的錯……」

慶元帝搖了搖頭。「與你有什麼關係？來人，將崔良媛帶上來，朕要親自審問。」

張公公連忙口中稱是，不多時，崔良媛及其院中上下宮女太監都被丟到了產房門前。

皇后留在產房內，同宮女一道照顧太子妃和孩子，馮纓聞著裡頭的血腥味，有些坐不住，索性也跟著走了出去。

產房外，一個藍衣太監突然驚惶地撲到太子腳邊求饒，甚至試圖去拉拽太子的衣襬，魏韞眼明手快地輕輕一帶，讓太子避開了他的動作。

「大膽！你是在崔良媛身邊伺候的？」

馮纓看到這一幕，忍不住皺了皺眉，這太監恁麼大膽，難道想暗殺太子嗎？

藍衣太監哆哆嗦嗦，不作應答。

馮纓瞇了瞇眼。「看樣子，這是覺得我越俎代庖，不該過問了。」她回頭看慶元帝。「陛下，讓您親自審問這些宮女太監，未免太勞師動眾了些，不如就交給我。」

慶元帝揮手。「纓娘就隨便問吧，這宮裡頭，朕讓妳做什麼，妳盡可以去做。」

慶元帝話音落，站在稍遠處的崔良媛臉色變了。

她倒是沒再被堵住嘴，可在慶元帝跟前，也不敢隨意開口再吵嚷什麼太子妃生了個怪物了。

「陛、陛下饒命，太子饒命！奴婢知道是誰給太子妃下的毒，求陛下看在奴婢忠心的分上，饒過奴婢一命！」說完，藍衣太監就舉起手，準備發個毒誓表真心。

「發誓要是有用的話，天下就沒騙子了。」馮纓伸手，輕輕一撥，攔住了藍衣太監的動作。「你有話就儘管說，我這邊聽著，我也好奇你究竟知道些什麼，不過，你要是故意矇騙天子，那就是抄家滅族的死罪了。」

「奴婢不敢。」

藍衣太監乖乖把手收了回去，藏在衣袖裡使勁揉了揉發疼的手背。

「縣主。」藍衣太監微微仰著頭，眼神發亮，看著馮纓。「奴婢可以指證，太子妃今日會如此，都跟崔良媛有關！奴婢曾經在崔良媛的寢屋內發現來路不明的藥包，還親耳聽見過崔良媛吩咐太子妃身邊的宮女，往太子妃常用的茶飲裡放東西！」

「狗東西！」

崔良媛噔噔跑上前，狠狠踢了藍衣太監一腳，太監哎喲一聲，捂著腰滾到了一邊。

「殿下！」她紅著眼眶，撲通跪下。「殿下切莫聽這狗東西胡言亂語，妾身是無辜的！」

藍衣太監趕緊爬到馮纓腳邊。「縣主，奴婢說的都是真的！崔良媛不光下毒，還想找人在太子妃生產的時候下手，想來個一屍兩命……啊！」

太監的話還沒說完，崔良媛突然拿下頭上的簪子，神情猙獰的撲向說話的太監。

馮纓隨即飛起一腳，直接踹上崔良媛的胸膛，把人踹出去摔到了宮女堆裡，宮女們頓時一片尖叫驚呼。

這一瞬間發生的事實在是太出人意料，太子愣怔一瞬，旋即回過神來。「給我拿下！」

戴公公趕忙帶人上前，把崔良媛抓了起來。

崔良媛使勁掙扎。「殿下，妾身是冤枉的！妾身不能眼睜睜看著這個狗東西，污衊妾身謀害太子妃！」

「其實妳倒不用害怕被污衊，宮中的藥材向來有管制，太醫找到的藥包只要仔細調查，就能知道是誰帶進宮的。」馮纓把太醫找到的藥丟到崔良媛面前。「只不過，眼下這東西是從妳院中找到的，又有人指證歷歷，更何況要得到這種毒物得花不少錢，一般宮女太監就不必說了，根本就買不起，思來想去，崔良媛妳真的是挺有嫌疑的。」

崔良媛連連否認。「不，東宮裡還有其他女人，有可能是她們栽贓下的毒，不是我，妾身院裡有的都是補身子的藥，根本沒有什麼來路不明的毒物！」

「所以我說了，這東西究竟是誰帶進宮的，還是得仔細調查。」馮纓皺眉。「總不能張三帶進宮的毒藥，交給毫無關聯的李四去用，除非，是有人想要一箭雙鵰，害太子妃，也害妳。」

「是的是的！真的不是我做的，不是我！」

馮纓與魏韞互相交換一個眼神，後者輕咳。「崔良媛可知道太醫帶來的這包藥是什麼？」

「不、不知道……」

「妳說妳院中存放的都是養身的藥，那妳可願嚐嚐這藥？」

崔良媛愣住。

魏韞一個眼神示意，一旁的張公公忙上前解開紙包，露出裡頭的白色粉末，一院子的太醫都低著頭，誰也不敢在這時候多嘴說上兩句話。

太子沈著臉。「妳嚐嚐。」

「我……」崔良媛咬著唇，看似猶豫，雙手微微顫抖著，但心裡其實並不害怕，對此藥的藥性她瞭若指掌，必須經年累月食用才會造成影響。

她以小拇指沾了一指尖的藥粉，慢慢的，慢慢的往嘴裡送。

等她舌尖碰上指尖，馮纓突然開口。「崔良媛，其實這藥粉已經被我調包了，妳現在嚐的是我上戰場時用的『見血封喉』，稍嚐一些，必死無疑。」

馮纓話音剛落，崔良媛臉色大變，下意識掐著自己的脖子乾嘔，拚命想吐出東西，什麼儀態姿容，她全都不顧了，吐得滿臉發青，眼眶通紅。

「把崔良媛拿下！」馮纓一把拿回藥包，轉手扔回給張公公。「太子表哥，這女人的反應你都看到了，你可以好好查查這藥粉究竟是誰送進宮裡的了。」

「妳冤枉我！我是無辜的！」崔良媛被摁在地上尖叫。

「妳當大家都是傻子呢。」馮纓扯了扯嘴角，儘量讓自己看起來不那麼歧視腦子不好使的人。

魏韞抬了抬手，自有人上前把人押下去，又讓東宮的小太監把其他太監宮女們的嘴巴堵上，一併帶走。

就連太醫也在馮纓笑吟吟叮囑下，三步併作兩步地退下了。

「她根本不怕。」太子閉上眼。「她剛才嚐藥粉的時候，根本就不怕，她知道的，知道那藥粉只吃一點點根本不會死人。」

一直到馮纓突然開口說藥粉換成了「見血封喉」，崔良媛這才驚慌、這才怕了，她那麼不想死，可她壓根就沒想過太子妃會不會怕？

太子抹了把臉，愧疚道：「父皇，接下來的事，請交由兒臣處置。」

慶元帝點頭。「你是太子，是大啟未來的天子，朕與你說過，不可慢待太子妃，不可讓其他女人生出害人之心。」

慶元帝拍了拍太子的肩頭。「你要記住，這次是你的疏忽，所以才害了太子妃和你們的孩子。」

第十七章

崔良媛下藥害太子妃的事，被瞞在了宮牆之內。

不過一日，馮纓便已經從魏韞處得知了崔良媛下藥的動機，說來，不過就是為了一己之利。這利，有關崔家門楣，也有關崔良媛自己在東宮的地位，追根究柢，還要追溯回半年前的查暗門一事上。

崔良媛的兄長被查出不僅自己名下有暗門，專門做一些見不得光的生意外，還參與了平京城中好幾次女童被拐的案子。

馮纓就撞見過崔良媛找太子求情，然而太子並沒有鬆口，崔家大公子很快被查清了所有罪證，直接和其他人一起被發配邊疆。

流放途中死人是常有的事，崔家大公子就很不走運，還沒到發配的地方，就死在了路上，最後連骨灰都沒能送回家埋葬。

緊接著，城中設了女學，主導此事的太子妃因而受到民間百姓讚揚，此後不光是一些朝廷命婦，就是東宮裡的其他姊妹們也成日裡捧著太子妃。崔良媛因為大哥之事對太子懷恨在心，又因太子始終獨寵太子妃一人而不滿，每日看著太子妃風光無限的樣子，心裡的怨恨不滿越積越多，最後想出了這謀害太子妃腹中胎兒的毒計，在一次與家人見面的時候，讓家人為她夾帶會損及胎兒的毒藥進宮，在她的安排下，讓太子妃每日服用，最後造成了這次的傷害。

崔家接二連三出事，到這回，算是徹底不行了。

崔良媛直接被貶作庶民逐出宮，崔家幾個在朝為官的子弟，也被連帶著貶官三級，遠離京城；當崔家最後只剩還躺在床上不能動彈的崔老大人的時候，小皇孫都已經滿月了。

太子沒有為這個孩子辦滿月，外頭的人自然也不知道小皇孫是什麼模樣，但還是有消息傳出，說太子妃為了生這一胎壞了身子，以後恐怕不能再懷身孕。

馮纓為了這消息揍了幾個多嘴的紈袴子弟，幾個想送家中女兒入東宮的官家正為這消息而蠢蠢欲動呢，結果家門口就被人丟包了幾個被打得十分狼狽的紈袴子弟，再一問是被誰打的？

清平縣主。

不敢惹，不敢惹，那可是能喊太子妃表嫂的女殺神！

七月天，不用動都能出一身汗。

馮纓活絡過拳腳，回棲行院的頭一件事，就是泡了個舒服的澡。

魏韞又進宮去了，他很久沒有發病，連著幾日進出東宮。

馮纓就是知道他這會兒還在宮裡，於是泡過澡，直接赤著身就從屏風後繞出來準備撈回丟在小榻上的衣裳。

這時，外面突然響起一陣動靜，她還來不及反應過來，屋裡就多了個人，渡雲的聲音在門外響起。

「長公子，這……」

話沒說完，開了一半的門被人「砰」一聲關上。

隔著珠簾，瞧見一身天青色錦袍、如松如柏的身姿，馮纓頓時回過神來，驚得立馬撈過榻上的錦被，囫圇裹到了身上。

「啊！」動作太急，冷不防就被被子絆住了腳，她整個人往一邊栽，嘴裡下意識叫出聲來。

珠簾一陣碰撞，嘩啦作響。

「姑娘，怎麼了？」窗外傳來胡笳的聲音。

馮纓額頭抵著胸膛，嚇得直喘氣。

「沒事。」她睜開眼，雙手還緊緊攥著胸前的被子。

她尷尬地抬頭，衝著魏韞笑了笑。「你怎麼這時候回來了？」

她拉被子遮擋的動作，頗有些亡羊補牢的意思。可惜，儘管隔著珠簾，他還是把不該看見的都看在了眼裡。

混跡疆場的人，卻生得一身雪肌玉膚，胸前被遮住大半，露出的小半雪團上還帶著水珠，泛著瑩潤的光澤。

魏韞挪開眼，扶著馮纓腰背的手卻絲毫沒有放開。

「東宮又出事了。」

「又……怎麼了？」

他低低地說：「小皇孫夭折了。」

「什麼？」

才滿月的小皇孫沒了?!馮纓當然滿腦子都是疑問。

任誰都看得出來，儘管小皇孫模樣古怪，可身體還不算太差，太子和得知真相後的太子妃對這個孩子也是極盡疼愛。

太醫說了，小皇孫雖然身負怪病，但這個病症從前也不是沒見過，只是模樣怪了點，日後不能像正常孩子那樣聰穎學習，可平安長大是無礙的。

慶元帝和皇后對此並不介意，還給了小皇孫許多賞賜，就連馮纓都聽皇后提起，皇帝表舅私底下說過，等小皇孫大了，就封個郡王，叫未來的太子多照顧照顧。

一切看起來都在往好的方向發展，怎麼突然就……沒了？

「是胡老夫人親自動的手。」魏韞又爆出一道驚雷。

馮纓倒吸一口氣。「太子妃的祖母？」

馮纓只覺得氣血翻湧，下意識問道：「這是謀害皇嗣！胡老夫人瘋了嗎？」

魏韞側著身，撈過衣裳搭在她的肩頭，眼簾微垂。「正是因為沒瘋，所以選擇送小皇孫早點走。」

馮纓冷笑，道：「小皇孫活著，難道是吃他胡家的大米不成？太子表哥怎麼說，太子妃知道嗎？」

「太子妃不知情。」

馮纓盯著魏韞那張平靜的臉，恨恨地抓過他的手咬了一口。天下的男人是不是都像這樣子，不是自己生出來的孩子就不知道疼？他的表情實在是太平靜，就好像小皇孫會出事早就在他意料之中。

「太子妃不知情，那太子呢？」馮纓瞪圓了眼睛。「總不會胡老夫人一個人，瞞著太子和太子妃就這麼把小皇孫給……」

魏韞「嗯」了一聲。「太子的確事先也不知情，事發之後太子氣得昏了過去，直到我出宮前方才醒了過來。」

馮纓瞧著魏韞這樣，看著的確不像是騙人。「小皇孫就是再不好，也是皇家血脈，胡老夫人這是打算做什麼？」

「妳明日進宮陪陪太子妃就知道了。」

魏韞沒說的是，太子妃在知道小皇孫沒了之後，哀慟至極，若不是太醫就在身邊，只怕立時就要拋下太子，跟著小皇孫去了。

小皇孫一死，帝后就到了東宮，胡老夫人自然不會承認讓小皇孫早點去了，是她和胡家的主意，那個不留神「害死」了小皇孫的老嬤嬤為了贖罪，當場觸柱而死。

胡家是太子妃的娘家，胡老夫人又是朝廷命婦，「害死」小皇孫的老嬤嬤也自絕了，饒是帝后再怎麼惱怒幕後主使者胡家，一時半會兒也尋不到合適的理由問罪。

只是他出宮前最後的想法，就是胡家在自尋死路。

翌日，馮纓去了東宮。

太子妃的身子在接連兩次生產，又經歷了早產、產時大出血及喪子之痛，現如今已經到了不服用安神藥，就無法入眠的狀態。

大白日的，她靠著軟枕坐在床上，一直發著呆，即便馮纓怎麼找話，她都沈默地看著手裡的襁褓不說話，邊上有宮女在收拾東西。

「這些衣裳都是新做的，因為是新進貢的料子，太子喜歡得很，特意挑了好些，讓人連夜趕工給小皇孫做的。」宮女捧著一疊小衣從旁走過，太子妃終於抬起頭，看著那些衣裳出了聲。「那時候孩子還沒出生，我讓太子慢些來，不著急，他卻不肯，可到頭來……都還是新衣裳。」

「那就給小皇孫捎過去？」馮纓看著宮女裝了滿滿一個箱籠的衣裳，提議道。

「孩子……還太小。」太子妃低下頭。「如果不是陛下開恩，小皇孫只怕連個容身的地方都沒有。」

太子妃說著又要哭了，馮纓趕忙安撫，這時身後傳來簾子被撩動的聲音，她回頭看，就瞧見一位雍容富態的老婦人同一個打扮得明媚嬌豔的少女走了進來。

馮纓挑了挑眉，這老婦人她倒是認識的。

太子妃的親祖母，胡老夫人。

至於跟著進來的少女，卻是張陌生的臉孔。

「原來是清平縣主。」胡老夫人笑了笑。「這是老身的小孫女，單字一個櫻，倒是與縣主十分有緣。」

馮纓客套地問了聲好。太子妃這時抬了下眼，旋即別過臉去，攥緊了被子。

馮纓看看太子妃，再看著花般嬌豔的少女，眯了眯眼，問道：「老夫人帶胡姑娘進宮，可是有什麼事？」

胡老夫人道：「小皇孫沒了，老身見太子妃娘娘心情低落，便想著讓她們姊妹一塊兒好好聊聊。」

不得不說，太子妃的這位小堂妹是位不可多得的美人，比東宮裡的那些良媛良娣們生得都好，精緻的鴨蛋臉只略施粉黛，就讓周圍的宮女都失了光亮。

這樣的美人放在如今精神不大好的太子妃身邊，如何不引太子注意。

聊天開解是假，只怕胡家是想讓這小孫女進宮來伺候太子的。

有馮纓在太子妃身邊，胡老夫人幾次想要說起事情，話到嘴邊都停了下來，便是胡櫻也只能時不時簡單地說上兩句話，卻是連太子妃一句搭理都沒有得到。

即便馮纓有意識地守著，不想叫太子妃聽見胡家那些亂七八糟的打算，可人有三急，她總還是得出去解決下問題的。

等回來的時候，隔著簾子，她果真聽見胡老夫人同太子妃說起了胡櫻。

「妳這一年是怎麼搞的，這孩子懷得本就不穩，小皇孫生下來那副模樣，居然還讓孩子留著？」

「那是我和太子的孩子。」太子妃的聲音透著悲涼。「我作為母親，難道要把活生生的孩子都殺了不成？」

「那樣的怪物留著做什麼！」胡老夫人帶著怒氣。「我幫妳把孩子送上路，是為了妳好！」

「究竟是為了我，還是為了胡家，祖母難道心裡不清楚嗎？」太子妃苦笑，隔得遠些的馮纓都能聽出她話裡的心酸。「祖母以為，小皇孫沒了，我的身子壞了，胡家一定還能再進一個姑娘，保住胡家這百年榮耀？」

胡老夫人臉色一變。「胡說！這裡是東宮，妳說這話做什麼！妳身子壞了，太醫都說妳可能再也懷不上孩子，大皇孫還這麼小，難不成妳要讓胡家只守著你們倆不成？」

「不合時宜的話分明是老夫人先提出來的，怎麼到了這會兒卻成了我表嫂的錯？」馮纓心裡騰地燒出一團火焰來，掀了簾子，幾步走了進去。

胡老夫人已經坐到了太子妃的床邊，胡櫻就坐在床尾矮墩上頭，看著安安靜靜的，臉頰早浮上了紅暈。

馮纓往她們祖孫倆臉上掃了一眼，張口就道：「這東宮裡頭，要進什麼人、能進什麼人，那是皇帝表舅和太子表哥決定的事，同你們胡家有什麼關係？」

胡老夫人一瞪眼，一旁的胡櫻趕緊上前。「縣主誤會了，祖母她……」

「祖母想送堂妹進來，難道不是為了胡家？」太子妃驀地抬頭。「祖母說是為了我好，讓堂妹進宮幫我固寵，可這究竟是固寵還是奪寵，祖母以為，我是傻的不成？」

太子妃現在身子弱，整個人從裡到外都透著病態，饒是如此，面對一而再再而三進逼的胡老夫人，還是強硬地反抗了起來。

她從來不求太子是她一人的，只是娘家的舉動，讓她太過心寒。

她的孩子……她和太子的孩子，生生是被自己娘家人殺死的！

「祖母以為，小皇孫沒了，胡家就還能往東宮裡送人嗎？」太子妃捂著心口，臉色發白。

馮纓趕緊上前，又是端茶遞水，又是輕輕撫了撫她的背，好叫太子妃能舒服一些。

太子妃咬唇，緊緊抓著馮纓的手腕，一雙眼怒視胡老夫人。「陛下不傻，太子不傻，我也不傻！」

胡老夫人到底與太子妃不歡而散，胡櫻有心再留，也被太子妃毫不留情地趕了出去。

人前腳走，後腳強撐著的太子妃突然崩潰，嚎啕大哭，差點背過氣去，宮中頓時亂成一團。

馮纓在旁邊守著，看著宮女慌張地進進出出，請來太醫，又很快迎來太子，她這才沈著一顆心，走到了宮殿外。

殿外，由遠及近響起一個聲音，是她聽慣了的低沈和溫柔。

「妳身上不舒服？」

她回過頭，魏韞來了。

論身分，即便是太子侍講也不好在太子的後宮裡隨意走動，是以魏韞每回過來，都與太子同行，為的也不過是接她。

「我……」馮纓猶豫了下，坦白道：「我惹惱了胡老夫人。」

有宮女急匆匆從殿內跑出來，差點撞上馮纓，魏韞伸手一攬，搭著馮纓的肩將人護到一邊，順勢牽過手。

「妳惱了她也正常。」魏韞道：「就在剛才，胡家領頭與朝中幾位老大人一道上書，言陛下仍是壯年，可後宮空虛，理當廣納後宮；又言太子與幾位皇子子嗣不豐，也該多選世家女子，為李氏江山開枝散葉。」

「胡家就差在臉上刻『快收我家姑娘進宮』幾個大字了。」馮纓嘲諷道。

她能槍挑胡匪、斬殺酋首，可面對這種事，就顯出無力來了，即便再怎麼氣惱，也不好真摁了胡家上下揍一頓。

「陛下應下了？」

「應下了，畢竟今年本就要為幾位尚未娶妻的皇子親王們挑選妻妾。」

「太子是什麼反應？」

「背過人後砸了胡家先前送的一個端硯。」

這是太子徹底惱上胡家了。

魏韞說著看向宮殿內，太醫們正從內殿出來，滿臉是汗地同太子說著話。

「胡家現今除了一個胡櫻之外，還有好幾個姑娘待選，這一次做的是兩個打算，要麼讓太子妃點頭，接胡櫻進宮，以侍疾為名，叫姑娘同太子親近。要麼就是直接促成選秀，再多送些女眷進宮，總有人能成事。」

「不過胡家畢竟太過自以為是了。」魏韞微微瞇起眼。「勛貴世家，如果淪落到只能依靠家中女眷維持榮耀，就離衰敗不遠了。」

正如魏韞所言。

半個月後，宮中傳出消息，帝后覺得太子及諸位親王、皇子子嗣不豐，準備挑選一批世家出身的女子，為他們充實後宮。

此時消息傳來，魏韞正端坐在日光漸稀的廊簷下，一邊吃茶，一邊默默陪馮纓同胡笳等人過招，眉宇沈靜，彷彿夏日的悶熱並未給他帶來多少不適。

馮纓一槍挑開了胡笳頭上的簪子，收槍的同時接過簪子，挑起了眉頭。「哪個渾小子送妳的？」

胡笳紅著臉奪回，在一片哄笑聲中，轉身就跑。稍遠處，一個高瘦的藍衣男子撓了撓鼻子，遙遙抱拳行禮。

那是魏韞的人。

自半年前魏韞發病，魏家人在棲行院內大鬧一場後，為了更確實的保護他，他安排在身邊的護衛就從原先的暗處轉移到了明處。魏家三位老爺也曾幾次試探問過他這些人的來歷，只是魏韞無一不是忽略不答，倒是更叫人覺得他不可小覷了。

「皇帝表舅到底還是賣了那些老大人們一個面子。」馮纓擦了把汗，盤腿坐到魏韞身邊，眨眼工夫手邊便多了一碗「冷淘」涼麵。

「陛下惦念太子，事事為太子操心，往日裡他並不管太子後院的事，只數次提醒太子，切莫讓姬妾害了太子妃，只可惜，太子妃終究還是出了事。」魏韞垂眸。

「不過表舅這麼做，也是件皆大歡喜的事。」冷淘太涼，馮纓猛一口吃進嘴裡，涼得瞪圓了眼睛。

魏韞忍不住笑。「慢些吃。」說完，又問：「妳覺得這事皆大歡喜？」

「是啊。」她毫不猶豫地答道。

自然是皆大歡喜，太子多納世家美人，是既有利於子嗣，也能十足籠絡朝臣的手段。

當然這是她還在河西的時候，聽聞大皇孫出生後舅舅們的說法。舅舅們當時都覺得，太子妃育有一子後，太子會讓更多的東宮女眷懷上孩子，自然也會納一批世家女入宮。

但顯然，她這位太子表哥，比外人想像中的更看重太子妃。

「其實對我而言，表哥若是看重表嫂，即便只有一子，將來培育成才也就足矣。表哥若是看重江山社稷更重於表嫂，那廣納後宮就更加沒錯了。」馮纓往碗裡吹了吹。「不過我說的皆大歡喜，不光是指宮裡的人，更是指諸位大人。」

魏韞一哂。「是。胡家首當其衝，據說他們連出嫁女所生之女也都接了回來，準備一道送進宮中。」

馮纓直接用袖子悄悄擦了下掉到腿上的冷淘，一本正經道：「這胡家當真是胡來，把表舅他們都當做了色中餓狼不成？」

她那點小動作，哪裡瞞得過魏韞，直接拿過碧光手中的帕子，傾身往她腿上擦了擦。

這動作委實有些曖昧，馮纓只覺得那無意間碰到腿上的手指燙得驚人，下意識往旁邊挪了挪屁股。

「這樣的話，估、估計明日馮、我爹就要帶著妹妹們來、來找我了。」

自上回情動，馮纓只覺得兩人之間的相處越發曖昧了起來，可有些話到了嘴邊，她又說不出口，偏生這魏含光也是個不吭聲的主。

於是一日復一日，除了時而有些舉動瞧著不尋常外，他們倒還是像從前那般相處著，尤其是……仍舊分榻而眠。

矜持如她，雖然很想成事，但是……總要顧著點自個兒的面子不是？

這叫敵不動，我不動！

魏韞看著她神情數變，唇邊勾起笑意，怕令她覺得尷尬，索性轉頭看向院子。她是個傻大膽，殺人不怕，但是有些事到了跟前，她不自主地就會猶豫起來。

經過這些日子的相處後，他已改變初衷，他不是不想，只是更想等她做好準備。

而且，看馮纓滿臉藏不住的猶豫，時不時偷看自己，也是蠻有意思的。

這一晚，和之前的那些晚上沒有什麼區別，蠟燭吹熄了，屋裡一片黑，除了依稀透過窗紗照進來的月光，什麼亮光都沒有。

兩個人的呼吸聲慢慢變得平緩、綿長，彼此氣息相伴著，進入夢鄉。

天矇矇亮，清早上值的丫鬟婆子們已經開始忙碌了起來。

馮纓睜開眼，翻身看向對面的床。

魏韞還睡著，院子裡的那些動靜還不至於吵醒他，馮纓藉機蹲在他床邊多看了他幾眼，這才動動胳膊，往門外去了。

院子裡的丫鬟婆子們不時見禮，馮纓頷首，待見著輪值的女衛，咧嘴一笑。「來，今天輪到誰被操練了？」

等用過早膳，馮家果真來了人，只見馮奚言和祝氏扭扭捏捏地登門拜訪。

康氏不主事，魏老夫人和兩個兒媳也不耐煩去見馮家人，於是夫妻倆見過老夫人後，直接就由馮纓接待。

饒是馮纓心裡早就有了準備，待見了馮奚言，才知道人心不足蛇吞象究竟是怎麼一回事。

「妳說什麼？」馮纓驚得下巴都要掉了，不可置信的看著眼前諂笑的夫妻倆。

馮奚言更瘦削了，一身錦袍穿在身上鬆鬆垮垮的，看著實在難看。而祝氏為了來魏府，像是把手裡所有的好首飾都戴在了身上，穿金戴銀，很是俗氣。

「纓娘，不，我是說，縣主啊，這樣安排我們也是為了家裡的姑娘們好。」祝氏含笑說道，就彷彿是在說一件小事，完全不用馮纓多費心就能幫忙的小事。

「爹也是這麼打算的？」

見馮奚言搓手點頭，馮纓不禁冷笑。

「爹你是瘋了不成？一口氣就往宮裡送三個女兒，這裡頭還有同邕王府訂過親的五妹妹，爹是什麼時候開始，不介意被人在背後指指點點了？」

「可她們都退親了啊！」馮奚言滿不在乎說道。

「那也不至於一口氣送三個女兒，而且還是想借我的手送進宮裡。」馮纓只差拍桌子罵馮奚言是豬腦子了。

忠義伯府現在在平京城裡、在帝后面前究竟是個什麼位置，他馮奚言自己壓根就看不清，一而再再而三的騷操作，回頭什麼時候惹禍上身都不知道。

「纓娘，話不是這麼說的。」祝氏笑道：「妳如今嫁了高門，可不就是託了咱們忠義伯府的福？說到底，都是一家人，都是自家姊妹，有福總是要同享的。等將來妳的妹妹們成了宮妃，或者成了太子妃，那豈不是對妳和魏家也有好處？」

馮纓氣笑了。

她知道馮奚言夫婦倆都沒什麼腦子，又慣常嬌慣馮凝和馮蔻，可進宮這種事，一個兩個也就算了，非要把馮荔當贈品似的往裡面加是什麼意思。

「有什麼好處？我把妹妹們送進去，所有人只會指著魏家的門楣笑話魏家和馮家！」她說道：「而且宮裡哪是那麼好進的，不說馮荔的性子，就是馮凝和馮蔻，進宮不用半個月，說不定就被哪個心狠手辣的害死了。」

她故意把事情說得嚴重了些。

慶元帝的後宮裡雖有些爭寵的事，可皇后性子溫婉、手段果決，後宮在她的治理之下向來太平。

至於太子和其他皇子親王們，妻妾之爭多多少少也是有的。

「纓娘，妳怎麼能咒妳的妹妹們呢！」馮奚言有些著急。「這是大富貴！說不定就是大前程，怎麼能因為害怕就壞了妳妹妹們的姻緣呢！」

狗屁姻緣！馮纓撇嘴。

「纓娘，妳自小長在河西，不知道咱們忠義伯府這些年來，在京中可沒什麼名望。」對於馮纓的警告，祝氏依舊不理會。「我都打聽過了，其他人家選出來的姑娘，論模樣，可沒幾個比咱們家的姑娘生得好的，所以妳就別擔心了。」

「生得好就有用？」馮纓冷笑。「前頭太子妃才沒了一個孩子……」

「沒了好哇！」祝氏拍手，見馮纓瞪眼，這才斂了笑。「我的意思是，妳想想，太子沒了一個孩子，這東宮裡頭也就只剩下大皇孫一個，冊立太子這麼多年，東宮的女人們也沒見生下其他子嗣，可不就是等著新人進宮嗎？

「這要是叫妳哪個妹妹一朝得寵，再配上我找的生子秘方，日後的小太子可不就是咱們家的人了嗎？再等陛下和太子都駕崩了，咱們可就是將來新帝的外祖家了！」

祝氏笑得得意，馮奚言也在一旁不住點頭，夫妻倆似乎絲毫不覺得自己剛才說的都是什麼大不敬的話，笑得格外開心，好像榮華富貴已經垂手可得。

馮纓沈默片刻，又開口問：「你們怎麼篤定她們能進得了宮？」

「進不了宮那就王府也行。」祝氏笑道：「邕王府是不行了，可不是還有別的親王嗎？退而求其次的事，也不是不能接受。」

馮纓看著她，真想知道他們夫妻倆還能說出什麼驚人之語。

忠義伯府一直沒被株連九族，大概就是皇帝表舅知道這夫妻倆只有異想天開的本事吧。

馮奚言和祝氏又說了好一番話，馮纓始終不肯答應，到最後，馮奚言勃然大怒，把桌子拍得「咚咚」作響。

大抵是因為動靜實在太大，一直侍立在外的胡笳和阿嫿倏地拔刀往門口一站，見過血的刀刃，光影一晃，就叫馮奚言縮起脖子閉了嘴。

馮纓擺了擺手，碧光立即上前送客，恭恭敬敬地道了聲「請」，馮奚言和祝氏這才不甘不願地離開，花廳裡一時間安靜下來。

馮纓鬆了口氣，直接趴在茶几上不想動彈，腦子裡思慮紛紛。

馮家這種半桶水的「世家」都有這種打算，想來平京城裡其他世族們更是信心滿滿，巴不得能往後宮或者東宮裡多塞幾個自家的姑娘。

花廳外，沒了客人後來往的腳步聲就多了起來。她懶得分辨都是誰，聽見有進屋的腳步聲，直接閉著眼道：「是碧光嗎？把人送走了？」

「送走了。」

聲音一出，馮纓猛地坐直回頭。「你怎麼來了？」

魏韞進門。「妳不讓我來見岳父，所以我特地等他們走了才過來。」

他坐到茶几旁，想了想。「他們要妳幫忙送妹妹們進宮？」

馮纓嘆氣。「是呀。四妹妹、五妹妹還有七妹妹，一下子，把家裡幾個適齡的妹妹都拉了出來。」

她坐起身，往椅背上靠。「你都沒聽到他們夫妻倆剛才說了些什麼渾話，要是叫御史臺聽到了，能參忠義伯府參到滿門抄斬的地步。」

「魏家也打算送女進宮。」魏韞突然道。

馮纓一愣，神色複雜。

「送誰？」

「魏苒和魏音。」

馮纓張了張嘴，好久才吐出一句話來。「那魏家是野心勃勃還是……也淪落到賣女求榮了？」

為了什麼？

馮纓一直到用午膳的時候，都沒聽到魏韞的回答。

她同魏苒和魏音曾有過接觸，她們兩位都是那種看著文文靜靜、說話輕聲細語的姑娘。這樣的姑娘進宮去，不管是慶元帝的後宮，還是太子東宮，抑或是哪位王爺皇子的府裡，大抵都得變個性子，才能殺出一條能幫助家中長輩節節高升的血路來。

想想，太子妃是多好的性子，太子又這麼看顧她，可還是被崔良媛得了手，好端端的一個孩子生下來卻是個有問題的。

再想想慶元帝的後宮。

宮裡頭那麼多的女人，皇后膝下僅生了太子一人，餘下幾位皇子全部來自妃嬪，那些明爭暗鬥只多不少。

魏家……應該是野心勃勃吧？

畢竟，以魏家如今的名望和門第，這幾十年間除非發生什麼大事，不然絕對沒那麼容易衰敗的。

未時剛過，門房又傳來消息，說是馮家又來人了。

躲在院子花架下乘涼的馮纓，只當是馮奚言夫婦倆仍不死心，隔著幾個時辰殺了個回馬槍。可等她到了花廳才發現，這回馮家來的居然是梅姨娘和馮荔。

當宮裡前腳傳出消息說要選一批世家女進宮選妃之際，後腳馮奚言就不管不顧地想將三個女兒的名字遞上去。

然而宮裡實則早就有了名冊，馮奚言屬意的三個女兒自然是不在名冊上的，要不然他也不需要又過來請馮纓幫忙。

畢竟不是名正言順的勛貴世族，家裡的閨女都無法理所當然地備選入宮，他只能另外想方設法找關係，當然，跟馮凝和馮蔻之前有過婚約的人家也不是一般的富貴，儘管後來都退了親，祝氏也從沒放棄讓姊妹倆挑一門富貴人家嫁過去。

馮奚言和祝氏一心就盼著榮華富貴，恨不能一朝得了登天梯，能徹徹底底從旁人恥笑的「假世家」一躍而成真正的名門望族。只不過對於這樣的盤算，梅姨娘卻是一千一萬個不願意。

馮纓一進花廳，梅姨娘立即上前抓著她的手，一貫大大咧咧的梅姨娘，張嘴就開始掉眼淚。

「妳爹就是個混帳東西！什麼都不管不顧就硬要送女兒進宮，那宮裡哪是這麼好進的，就是進去了，他也不想想，就咱們家四姑娘和五姑娘的脾氣秉性，能在那裡頭活多久？」梅姨娘哭得直抽氣。「萬一真就成了，回頭是活個百八十年還是轉頭就死了，我都管不著！我就管我閨女！我就心疼我閨女！我好端端的閨女，要是就這麼把命送在那裡頭，可多委屈啊！」

馮纓太清楚梅姨娘對馮荔的疼愛了。

梅姨娘雖然性子急，可當年在盛家也是跟著她娘親學了些東西的，別的不說，她有野心，也有眼界，馮荔怎麼鬧騰也逃不出她這個當娘親的手掌心，至今做的選擇也都是最適合馮荔的，比起馮奚言和祝氏，看來腦袋是清醒得多。

馮纓想著，往馮荔臉上看，後者的神情也是苦惱得厲害。

她安撫地拍了拍梅姨娘的手，直接問馮荔。「妳想不想進宮？」

馮荔忙不迭搖頭。「不想，姨娘……姨娘都幫我看好人家了。」像是想到了什麼人，兩頰微紅，透著一股春心萌動的樣子。

馮纓愣了一瞬，回頭去看梅姨娘。

梅姨娘抽了抽鼻子。「是個秀才，我都打聽清楚了，家裡清白得很，房裡也乾乾淨淨的沒其他人，人也上進，今年科舉肯定能得個功名，當個新科進士。」

「七妹妹自己也瞧上了？」馮纓笑問。

梅姨娘是個主意大的，自己先是看上了季景和當女婿，結果女兒和季景和的親事沒成，現下又看上了別人。可她還記得當初馮荔是怎麼先嫌棄季景和，然後突然改變主意，最後又變了態度的事。

她一直覺得，馮荔一開始是看不上季景和的身分，怎麼現在不挑了？

「他……生得好，人也好。」馮荔害臊地低下頭。

梅姨娘這會兒也不哭了，鄭重地向馮纓行禮。「縣主，纓娘，這事妳得幫幫姨娘和妳七妹妹。什麼后妃、王妃的，姨娘不貪這個，妳七妹妹也不貪，她就想找個老實本分，又有上進心的，小夫妻倆日後好好過活，比什麼都強。」

馮纓贊同地點點頭。「這是實話。」

她說完，馮荔立即眼巴巴看過來。

馮纓捏捏她的臉問：「真不想進宮？」

「不想，一點也不想！」

馮荔縮縮脖子，探頭在她耳邊小心翼翼地說話。「二姊姊，我作過一個夢，夢見那個季大哥以後會官居首輔，官大心狠，我有些害怕。還有陛下的那些兒子，除了太子，沒一個有好下場，我……我才不要嫁給他們！」
馮荔說完話就又老實地低頭了，馮纓眯了眯眼，笑了。
「這夢挺有意思的。」
她算是明白馮荔先前在季景和的事情上，為什麼會有那樣的反應和態度變化了。
敢情這姑娘拿的是重生副本？什麼作夢，不過就是重生一回知道些事情罷了。
「行，這事我找妳姊夫幫忙。」馮纓心裡有數，應了下來。
得了承諾，梅姨娘自然歡天喜地準備帶馮荔回去，臨走前又提起馮澈的近況，無奈地嘆氣連連。
說是馮澈最近不知為了什麼事和祝氏吵了好幾回，已經吵到連馮奚言都看不下去了，就在昨天，祝氏還氣到搧了馮澈一巴掌，直接把衛姨娘所出的馮昭帶在身邊，一口一個乖寶喚了起來，這對母子實在是讓人看不懂在鬧什麼。
「有點奇怪。」
「哪裡奇怪？」
馮纓坐直身子，看向魏韞。「你看，馮澈是祝氏的親兒子，馮昭是衛姨娘的兒子，是庶出。祝氏不疼自己前途無量的親兒子馮澈，反而當不過七、八歲還是稚子的馮昭是寶，你不覺得這很奇怪嗎？」
對於梅姨娘離開前說的事，馮纓只覺得滿肚子都是疑問。

她向來直來直往，沒那麼多心思猜測別人，才回棲行院就把事情同魏韞說了一遍。

「一個屢次頂撞自己的嫡子，和一個什麼都還不懂，給點吃的就能哄開心的庶子，自然是庶子更聽話、更討喜些。」魏韞笑道。

「砍掉重練啊。」馮纓感慨道。

魏韞挑眉看她，她摸摸鼻頭。「就是放棄一個，重新養一個的意思。」

「差不多就是這意思。」

「養備胎呢。」馮纓笑了。「我瞧祝氏是有什麼打算，不然也不至於連親兒子都不要了。」

手邊的果盤裡有廚房新送來的櫻桃。

紅通通的果子，亮瑩瑩的，十分招人喜歡。馮纓一邊說話，一邊隨手拿了一顆丟進嘴裡，幾下就咬掉果肉，舌尖一推，吐出中間的果核。

她又說起梅姨娘的請求。「我爹現在一心要送四妹妹、五妹妹和七妹妹進宮，我這裡不幫忙，他們總能另外找到肯幫忙的人，可我不能不管七妹妹。」

她咬著櫻桃，歪了歪頭。「魏含光，你說，我要不要直接進宮和表舅表哥他們說這事？」

「我去說。」魏韞低笑。「我去說，比妳巴巴跑進宮裡說這事要好一些。」

馮纓愣了愣，有些不解。

魏韞這時候卻不再答話了，反而揉了揉馮纓的頭，揀起一顆櫻桃放進嘴裡。

櫻桃帶點酸，但更多的是甜味。

他往日裡不大愛吃這個，反倒是馮纓，從小廚房第一次進櫻桃起就沒少吃過。

馮纓不見答覆，低頭繼續去揀櫻桃，紅通通的果子在她指尖滾了幾下，丟起，咬住，果汁濺了一些出來，好甜，她瞇起眼，美美地露出個笑來。

「纓娘。」

「嗯？」

馮纓睜開眼，魏韞探過身在她唇上咬了一下，很快退開。

她愣了下，嘴裡叼的櫻桃不見了蹤影，唇瓣上除了櫻桃的甜味，還有男人殘留的溫度。再看魏韞，頭一低，吐出一枚櫻桃核。

「那個……你剛才是、什麼意思？」馮纓問。

魏韞笑笑，沒有回答。

馮纓瞪眼。「你到底什麼意思？算了，我不問你了。」她騰地站起身，扯開嗓子就要喊：「胡笳，陪我練……唔！」

她話沒喊完，魏韞忽而伸手拉了她一把，馮纓一時不察，順勢就坐在他的膝上，他目光沈沈，手落在她緊實的腰上。

然後，又是一個吻。

不輕不重、不偏不倚，徑直落在唇上。

這次，是輕咬，是慢慢的磋磨，順帶吞掉了馮纓最後的那聲驚呼。

馮纓驚得睜大了眼睛，手搭在他的胸前，慌張地一邊想要推開他，一邊想回頭看外頭。

他倆是坐在屋裡說話，房門敞開著，隨便誰經過都能看清楚裡頭的情景，更何況她剛才還喊了胡笳。

「放輕鬆。」

下唇又被人咬了一口，馮纓瞪大眼，緊接著，敞開的房門從裡頭突然被關上。

繼上回突然見到魏韞能大力甩開人，手底下還藏了一票厲害手下後，再見他迅速關門的本事，馮纓心底忍不住又生出好奇來。

她這一好奇，本就沒多集中的精神，直接分散得乾乾淨淨。

魏韞哭笑不得地鬆開她。「就這麼好奇？」

「你是不是還藏著什麼身分？」

原書的主角是季景和與女主，魏韞在書裡頭連個炮灰配角都算不上，可眼下相處下來，馮纓總覺得魏韞神神秘秘的，一定不是什麼簡單的角色。

體弱多病的太子侍講為什麼手裡會有這麼一批手下？

魏家人除了一心盼他死的二房和三房，其實就連他爹魏陽和他娘康氏的態度都尤其古怪。

魏韞笑著捏了捏她的臉。「妳猜？」

「懶得猜。」馮纓哼哼兩聲，湊過臉去，低聲問：「你，能不能再親親我？」

離得太近了。

魏韞的鼻端充盈著一股熟悉的皂角香味，很淡，不是街頭那些低劣的脂粉，反而平平常常，是他日常能在房中聞到的淡淡香味。

即便如此，卻還是讓他一瞬間幾乎有些喘不過氣來。

「什麼？」魏韞好不容易找回自己的聲音。

馮纓有些難為情，一雙眼睛看看頭頂，看看腳邊，就是不肯看他，嘴唇抿了又抿，連帶著聲音都壓低了許多。

「就是……就是能不能……」

魏韞的目光滾燙得讓她有些坐立不安，也不知是天氣的原因，還是因為他這個人，馮纓覺得周遭的空氣都跟著熱了起來。

她下意識拿手背貼了貼自己的臉，然後就聽見了男人低啞的輕笑聲。

「妳喜歡我親妳。」

是陳述，不帶絲毫疑問，卻分明意味深長。

馮纓眼皮一跳，咳嗽兩聲。

這情形，比往日都要曖昧。

可她敢發誓，要是她這時候自個兒先縮了脖子，估計魏韞就會跟著君子起來。

這個男人，君子的時候是真的君子。

或許是生怕嘴邊的鴨子飛了這般古怪心態，馮纓瞬息之間在心中已經權衡了幾回，想起兩人為數不多的親吻經驗，她憋著氣直接上嘴，惡狠狠的動作，怎麼看都像是要把人給吞進肚子裡。

魏韞沒料到她會突然有這麼大的膽子，冷不防一怔，待反應過來，隨即拉過她的手攀上自己的肩頭，低頭又是一個吻。

饒是馮纓心裡已經有了準備，也明明白白擺上了企圖，但到這一步，她心底還是緊張得不行。

說什麼小鹿亂跳，說什麼揣著兔子蹦蹦跳跳鬧得不行……

媽呀，形容詞算個什麼東西！

她就是想扒著這個男人再親幾口！

第十八章

被魏韞鬆開的時候，馮纓眼皮微顫，咬了咬唇，抬頭看向他。「那個……再一次？」

英氣勃勃的馮將軍，難得臉頰緋紅，目光微潮，眉角眼梢都透著平日鮮少能看見的嬌羞。等聽到她略帶羞澀地詢問能不能「再一次」的時候，魏韞微微挑眉，低聲笑開。

「這麼喜歡？」

馮纓不自覺地抿唇，搭在魏韞肩膀上的手指激惱地掐了把他肩膀上的肉，然後手腕微動，從肩膀轉到男人的臉側，帶著藏不住的驕縱，擰了擰他的耳朵。

「真這麼喜歡？」魏韞低聲問，一隻手捏了捏馮纓柔嫩的手指，又舉起她的手，抓住她溫熱的指尖，遞到唇前，張嘴咬了咬她細嫩的手指。

他的呼吸，是帶著溫度的，微微發燙，馮纓的指尖忍不住顫了顫。

「妳長年在河西，自幼跟隨盛將軍習武，為什麼手上沒有繭子？」他勾過馮纓的手指，不時在手掌指腹之間揉捏。

馮纓覺得有些癢，下意識縮了縮手，卻被人緊緊握住。

「大概是老天賞飯吃，天生如此。」

魏韞唇角一勾，忍不住笑了。「天生如此？」

他用指腹捻過馮纓的耳垂，低笑。

「除了曬不黑、不長繭子，妳還有哪些天生如此？」

耳垂被摸得發癢，馮纓覺得癢得不大舒服，往後避了避。

這具身體原先有沒有這麼多「天生如此」，她是不清楚的。不過自從她到了河西，立即就發覺了自己曬不黑，還不容易長繭子——

是不容易，不是不會。

「小的時候也長過繭子，就是剛跟著舅舅們習武的時候，不過不嚴重，搽上一些舅母們自己配的膏藥，時間一長，就不容易長了。」

馮纓被摸得忍不住要躲，唇邊忽地就落下一個蜻蜓點水般的吻。

她瞪圓眼睛。

魏韞輕笑，半垂著眼眸，頭一低，便是細細密密的吻，全都落在了她的唇上。

馮纓被親得有些措手不及，想躲躲不開，想推搡手上的力氣卻被人制住，到後頭，忍不住臉上泛起惱色。

「魏含光！」她喊了一聲。

魏韞低笑，輕輕吻了吻她的耳垂，又貼著她的耳畔，聲音低啞。「我在。」

他的聲音就在耳邊，呼吸吹拂在耳朵上，叫人耳畔又麻又癢。馮纓身子發軟，被人摟著，直接偎進了懷裡。

「我曾經無數次想過，我這輩子會不會孤身一人。」

他突然說起旁的話，馮纓想要推搡的手頓時停在了他的胸膛前。

「人人都說，魏家長公子日後要繼承整個魏家，要擔負起繼續興盛魏家的責任。但是我比誰都清楚，魏家根本沒有人願意看到我，即便那時候我身體健康，能文能武，亦是當時的太子伴讀，前途一片光明。

「後來，我開始生病，身體一日比一日更差，父親母親遍訪名醫，就連陛下也將宮中最厲害的太醫派往魏府，但誰都說不清楚我究竟是得了什麼病。我吃遍了各種調理身體的藥，平日少動怒、少操勞，但還是沒用，我開始頻繁地發病，直到有一天，我聽到父親和母親的爭執。」

馮纓抬頭看他。魏韞親吻她的眼睛，溫柔的吻，意外透著一絲悲涼。

「我不是我父親的兒子。」

他低笑地說道，彷彿講的是另外一個人的故事。

「這件事，我父親一直都知道。甚至，是他讓母親懷上我，生下我，再告訴所有人，我是他的兒子，我姓魏。」

魏韞說的，馮纓都聽糊塗了。

她從前聽說過，只有女人才會知道孩子究竟是不是自己的孩子，男人不知道，因為生孩子的是女人。

照魏韞的說法，康氏懷上別人的骨肉是魏陽的主意，而生下他，也是魏陽的主意？

「那你……是誰的孩子？」馮纓問。

「我也不知道。」

魏韞視線向下，拇指撫過她香軟的嘴唇，而後輕含入口，細緻廝磨。

馮纓氣他話說一半又不幹正事，轉念又覺得眼下的倒也算正經事，便不掙扎地仰起脖子，主動回應這個深吻。

偏這時候魏韞又突然往後退。

「我不知道自己還能活多久。」

「啊啊啊，你好煩啊！」

馮纓氣得往前撲，一口咬在他的脖頸上，可也捨不得用力，咬下去只留了淺淺的一道印子。

「我要是怕當寡婦就不會嫁你了。」

「成親那天妳說等我死了，妳就回河西。可我現在不想死，怎麼辦？」

「……」馮纓瞪眼。她怎麼沒發現這男人原來這麼會磨蹭呢？她的槍呢，劍呢？她要和這個男人單挑！

魏韞笑得不行，抓著馮纓的腰把她攬近，也低頭在她脖頸上咬了一口。

咬完不等馮纓反應，他把手一抬，抽起了她頭上的髮簪，簪子劃過鬢邊，烏髮如墨，倏忽披散而下，一同散開的還有淡淡的桂花頭油的氣味。

不習慣頭髮散亂，馮纓下意識抬手想把飄到眼前的頭髮往耳後捋，嘴裡不滿道：「魏含光，你這人真煩。你活多久，我陪你多久，你要是沒了，我就……唔！」

她的話被人堵在嘴裡。

她再想推搡，臂膀上忽然被揉捏了一把，她微怔，舌尖便被人耐心地一點點試探了起來。

細緻、反覆，還有極致的溫柔。

馮纓放鬆身體，趁他停下動作向後推開一些的工夫，稍稍鬆了口氣。

「魏含光，我覺得我挺喜歡你的。」她滿臉認真，胸口起伏不休。「是那種想和你做夫妻的喜歡，往後，你就是真沒了，我就認認真真給你守三年，要是……」

她頓了頓，別過臉咳嗽兩聲。

「要是我們有了孩子，左右孩子跟魏家沒什麼關係，到時候我帶他去河西。」

魏韞扯起嘴角，笑著把額頭靠上她的肩膀。

「纓娘，我捨不得死了。」

從前不懂為什麼二房三房會沈迷女色，直到心底漸漸裝上了一個人，與她處處合拍，才發覺溫香軟玉在懷的感覺，的的確確會叫人沈溺其中。

「挺好的。」馮纓大大方方地拍了拍他的肩頭。「你捨不得死，那就多活幾年，咱們也能多幾年時間在一起。要是運氣好，說不定還能找到可以醫治你的大夫，那咱們還能期待有兒孫滿堂的那一天。」

這話從別人嘴裡說出來，委實有些討人厭。可說的人是馮纓，魏韞卻覺得分外動聽。

他真的捨不得死了。

如果他死了，誰來陪她？誰來包容她？將來的幾十年，他怎麼捨得讓另一個男人霸占她身邊的位置，抱她、吻她，一睜開眼就能看到她？

「魏含光，河西地方雖然小，可常有胡商進出，消息也十分靈通，起碼西北一帶的人和事，在河西掏點錢都是能打聽到的。」

馮纓鬆開環著魏韞脖頸的手，捧住他的臉，認真地說著。

「我先前怕你不願意，所以一直沒告訴你，打從我對你有好感之後，我就寫信託舅舅們在河西幫我打聽消息。」

魏韞看著她，她臉上帶起羞澀，說：「我讓他們幫我找西北一帶的名醫，最好是能治疑難雜症的，雖然眼下還沒消息，不過一定很快就能找到大夫的。」

她不是那種喜歡邀功的性格。

這分謹慎和仔細，不說出口則罷，一旦得知，就會讓人打從心底覺得心顫。

大約是魏韞的眼神太過炙熱，馮纓有點異樣的緊張，她本就是坐在男人的腿上，此刻呼吸都忍不住放緩了，再到男人濕熱的鼻息撲到臉上，她忍不住就想起剛才的那幾個吻。

不過幾息之後，她的唇瓣又被吻住，唇舌交纏，發出令人臉紅心跳的聲音。

馮纓下意識閉上眼，只覺得身子一輕，再睜開的時候，人已經被放倒在了床榻上。

她一雙眼裡，滿是惑人的水光。男人居高臨下，貪婪地注視著她，動作之間敞開的衣襟裡，露出健康的胸膛。

他俯下身，又是熱烈的一個吻。

等到大手在她身上遊走，身體也明確感受到了來自對方的某種異樣觸感，馮纓呼吸一窒，轉瞬間又被誘得失了神智，只知道抓著男人的肩膀，如缺氧的魚，尋找著空氣。

良久之後，她的唇上被人輕輕咬了一口。

她回過神，對上魏韞深不見底的黑色眼眸。

「纓娘。」

他聲音喑啞，聽得馮纓背脊又軟又麻，只是這時候突然被人喊到名字，滿腦子混沌得只剩下迷茫。

「纓娘，」他握著她的手腕，滾燙的，帶著一股不容拒絕的力量。「我身上的毒，可能會傳給妳，所以……」他頓了下，將她的手拉到自己身上。「纓娘，妳來幫我。」

床幔放下，身上的衣服早已經不知在什麼時候被甩在了地上。

馮纓的神智在聽清魏韞說話的一瞬間清醒了大半，漂亮的臉孔轟一下就紅了。她那雙拉弓射箭都絕不會抖的手，一時間抖得厲害，下意識地就要抽開。

魏韞卻沒放開她。

論力氣，其實他不如馮纓，興許是因為在床上的關係，她不敢太用力，即便是想要抽回手，可因他緊緊握著，便只試了一下就放棄了動作。

這樣可愛的反應，叫魏韞喉嚨裡發出了一聲低沈歡愉的笑聲。

馮纓害臊得不行，臉上燒得滾燙，渾身僵硬一動也不動。

魏韞低下頭，濕熱的鼻息撲在她的臉上，聲音低沈喑啞，透著一絲令人心悸的溫柔。

「好纓娘，幫幫我。」

馮纓心底尖叫，幫……怎麼幫？

她出嫁前就簡單地翻過避火圖。那圖畫的人都走樣了，能認出幾個姿勢已經是極限，幫忙什麼的……只存在於上輩子看過的各種小說和……小電影。

可看著魏韞深邃的眼，馮纓眼一閉，牙一咬，到底放任他，把自己的手交給他把玩……

上輩子馮纓的這雙手做過很多的活，粗活重活也沒少碰，這輩子的「馮纓」從被兄長接到河西起，就開始慢慢碰觸刀槍劍戟。

她練了十幾二十年的兵器，手上的巧勁不是白練的，再加上上輩子的「博聞強識」，真碰上事了，即便技術生澀，手法尋常，可態度是一等一的認真。

魏韞靠坐在床頭，喉結不住的上下翻滾，身下的酥麻一直從尾椎竄上了天靈蓋，連頭皮都忍不住一陣陣的發麻。

等到他終於在天穹釋放，喘息著回落的時候，他一把拉過馮纓，滾燙的吻落在她的肩頭、脖頸以及雪白的豐盈上。

馮纓也在喘，下意識想要抬手去推，旋即想到手上黏糊糊的還沾了東西，動作當即一停。「我、我要擦手！」

魏韞喉結攢動了下，一面吻她一面低笑。「再等會兒。」

馮纓哎呀一聲，人已經被翻轉了過來，平躺在一側，緊接著，她看到男人矮下了身子……

不知過了多久，她遮住眼睛的手臂終於被男人挪開，露出一雙濕漉漉的眼睛。

男人似乎不覺得滿足，又在她身上細細密密地吻了一通。

可她實在是兩腿痠麻，半分力氣都使不出來了。「魏含光，我好累……」

他倆分明沒有做到最後，可是彼此間幾番紓解後，感覺像已經過了一個世紀這麼漫長。

馮纓腦子裡一團漿糊，只覺得剛才魏韞光用手和……就讓她成了這副模樣，要是真……她只怕要死去活來。

兩人也是真的累了，顧不上身上的黏膩，躺在床上瞇了好一會兒，這才有了力氣和精神。

馮纓體力恢復得快，趁魏韞還在閉眼休息，已經下床要水。

碧光和綠苔送水進屋，見她脖頸上的吻痕，碧光的臉都燒紅了。「姑……夫人，要不要搽點藥？」

馮纓摸了摸脖子，吐吐舌。

他倆在房裡的動靜不小，怎麼也瞞不過院子裡的人。等明日再看到她脖頸上的吻痕，只怕棲行院以外的人也都知道他倆做了什麼。

過了一會兒，馮纓一身清爽的重新回到床邊。魏韞已經靠坐起來，兩人目光相對，眉角眼梢都是笑意。

馮纓笑嘻嘻地湊過去，興許是因為已經情意相通的關係，她的膽子跟著大了起來，低頭從他的額頭、眼睛一路親下去，最後在唇上重重地蓋了幾個章。

「我抱你去泡澡！」

她躍躍欲試，魏韞哭笑不得。

這種事後被抱去泡澡的感覺，就彷彿是他們夫妻倆交換錯了身分。

明明按道理，該坐在床上渾身無力的是她才對……

馮纓向來是想一齣是一齣，魏韞沒來得及拒絕，人已經直接被抱了起來。

雖然大老爺們被人抱起來說出去挺丟人現眼的，可一來抱的人是自己的媳婦，二來也不是頭一回了，魏韞竟也生出了不如習慣的想法。

浴桶裡的水已經換過了，因是要給長公子用，水裡照例加了些養生的藥材。

往日裡魏韞泡澡，在旁伺候的多是長星和渡雲，丫鬟們是近不了身的，先前馮纓和魏韞的關係也還沒到能這麼近身的地步，所以這一次還是頭回她待在屋裡，看著他泡澡。

夏天的水溫不會太高，她才把魏韞抱到浴桶旁，鼻尖就聞到了奇怪的氣味。

魏韞正打算讓馮纓去外頭等著，就見她突然皺起了眉頭。

「怎麼了？」他問。

「你先等會兒。」

她說完話，轉身跑走，不多會兒，拿著燭臺又走了回來。這邊本就有燭火，多加了一支更顯得亮堂。

她拿蠟燭湊近浴桶，半個身子往下趴，順便伸手在水裡攪了攪，收回手放在鼻尖聞了聞。

「妳發現了什麼？」魏韞問。

「這氣味有點奇怪。」馮纓道：「你往常沐浴，都是這種氣味？」

「不太記得。」

因他身子不好，太醫才特地開了專門泡澡的草藥包給他，裡頭的草藥也都是經過精挑細選，不是尋常藥鋪可以買得到的。

他每次沐浴，都由專責的下人燒水，並且泡過了藥包才會把水送來。藥浴的氣味有些重，加上太醫時不時會更動草藥包裡的藥材，所以他對最後的氣味沒有具體的印象。

馮纓抿了抿唇。「這味道，有點像我先前挖到的那些藥草渣子。」

想到這裡，警戒心起，她當即拿了衣裳，先把人給裹上。

「這水不能用，我讓碧光另外再備一桶。」

她動作又快又乾脆，一吩咐下去，碧光很快就燒了新水送來，順道還召來了長星和阿嫿。

「我要妳盯著的那兩個人，近日可有沒有什麼行動？」聽著屏風後頭魏韞的呼吸聲，馮纓擰起的眉頭稍稍鬆開一些，低聲問阿嫿。

阿嫿回道：「這幾日那個胖子一直老老實實的待在府裡，管事交代什麼就做什麼，出入正常。倒是那個瘦子，晚上溜出府和人見過幾回面，不過只是去賭了幾把，也沒什麼特別的動靜。」

「今晚輪到誰盯梢？」

「是胡笳。」

馮纓頷首，轉頭看向長星。

長星一臉茫然，見她看過來，問道：「夫人深夜召見，可是有什麼要緊事？」

「正是要問你，長公子平日藥浴用的草藥包裡頭，正常配的都是哪些藥材？」

長星沈默，懷疑地看著她，長公子平日任何用藥都是機密，他不會隨意透露。

馮纓知道他防著自己，無奈地起身，走進裡屋，抬手在屏風上輕輕叩了幾下。「魏含光，他是你的人。」

屏風後傳來男人的低笑。

「長星，夫人問話，你如實回答即可。」

長公子發話了，長星只能應喏，將藥材悉數報了一遍。

馮纓聽著，越發沈默，良久，她才接著道：「將今天用的草藥包和尚未用的都拿來看一下。」

長星和阿嫿一塊兒離開，不多會兒，長星一人帶著東西回來了。

兩袋草藥包，一袋濕漉漉的，一袋仍舊乾燥。

馮纓擦了擦手，直接伸手解開兩個袋子。

她不大認得草藥，但一一比照下來，還是能看得明白兩袋草藥包裡裝的，是一模一樣的藥材。

長星遲疑。「夫人是發現了什麼不對勁嗎？」

馮纓沒有作答。

「你先回去。」屏風後，魏韞繞了出來。

長星雖有不解，仍是恭敬地退下。

魏韞出來的時候，馮纓正想得出神，半垂的眼睫濃密得像是兩把小扇子，臉上紅潤有光澤，還沒乾的頭髮如同海藻般濃密，略顯凌亂地散在身後，鬢邊的烏髮貼在臉頰上，襯得她一張臉粉白粉白，不過巴掌大。

「發現了什麼？」他在馮纓身邊坐下，伸手捏了捏她嬌嫩的臉龐，聲音放輕，透著淡淡的笑意。「怎麼眉頭皺得這麼緊？」

馮纓回過神，抬頭看他。

魏韞目光溫柔。「不管妳發現了什麼，咱們都已經有準備了，所以，妳不需要有太多的擔心。」

馮纓先是點點頭，然後摟過他的脖子親暱地蹭了蹭他的臉，嘴裡嘟囔道：「咱們在明他在暗，總是得防著點，我讓阿嬗她們盯著那兩個小廝這麼久，除了埋在樹下的藥渣包，什麼破綻都沒找著，那幕後主使者實在是……太小心了些。」

魏韞攬著她，嘴角帶起冷笑。「那人是想要慢慢弄死我，自然會處處小心，免得我一下去了，反倒叫他敗露了身分。」

馮纓摟著他的脖子搖頭。「可做反派的，總有被正派打倒的時候，我一定會把那個人揪出來。」

魏韞胸口滿滿都是感動，眼底盈滿笑意，在她唇邊親了一下。「那下官就拜託馮將軍了。」

他笑著喊「馮將軍」，馮纓聽得也是渾身舒坦，當即捧著他的臉，在他臉上重重地回親了幾口。

「不過，我真的聞得出來，你平日裡用的草藥包氣味和今晚最開始那桶水的氣味不一樣。」

被回吻得快要喘不上氣來，馮纓趕忙往後退了退，睜著濕漉漉的眼說著。她摸了摸發疼的嘴唇，一個勁地把話題往別處引。

「我想那個下藥的人一直在盯著咱們院子，白天黑夜的盯著，但凡你要沐浴，他就隨時可動心思在草藥包上動手腳。」

就在這時，阿嬗的聲音在門外響起。

「夫人，可否出來一下？」

馮纓知道有事，忙從魏韞的懷裡退離，出了房間。

好一會兒後，她才回到裡屋。

魏韞察覺到馮纓的情緒有了變化，抬眼看過去。

「怎麼了？」

馮纓是空著手出去的，回來的時候手裡倒多了一袋十分眼熟的東西，還潮乎乎的，沾著泥巴，離得近了，還能聞到上頭泥土的腥味和淡淡的草藥味。

「又是那兩個人埋的？」猜到那是什麼，魏韞下意識地抬手摁了摁額角。

馮纓急忙把東西往桌上擱，關心地問：「怎麼了？你又不舒服了？」

她語氣焦急，面上寫滿了緊張擔憂，魏韞趕忙按住她伸過來的手，十指相扣，道：「沒事，是那兩個小廝嗎？」

馮纓嗯了一聲。

魏韞抬手又按了按額角。「大半夜的，倒是煩勞他們還盯著棲行院了。」

馮纓擰起眉頭。「他們前腳埋下東西，胡笳後腳就挖了回來，方才阿嬗和碧光已經查驗過了，和之前我挖到的是一樣的藥材。」

「沒事，總能抓到馬腳的。」

魏韞看了眼包著的草藥，喚來長星將東西遞了出去。

馮纓去洗了把臉，正滿腹心事地準備去小榻上躺著，就聽見坐在床邊的魏韞咳嗽了一聲。

她回頭，男人指了指屋內的燈。「還沒吹熄。」

馮纓應了一聲，走過去吹熄蠟燭，正要轉身，腰上被長臂攬過，她沒忍住驚呼，整個人被抱了起來，重新放倒在床上。

馮纓眨了眨眼，心裡還壓著事，一時半會兒還沒能反應過來。

魏韞低下頭。「往後小榻上的被子可以撤了。」

他不說別的，就好像隨口一提，說完了就沒再出聲，平躺在她身側，沈默了下來。

也不知過了多久，馮纓的腦筋倒是清醒了，身邊的魏韞無聲無息，安靜得連呼吸都彷彿不存在，她忍不住動了動，側過身去看他。

雖然有問題的洗澡水魏軀並沒有用，而且近幾日他也沒發過病，但是一想著就在剛才他們還……她不自覺擔心他的身體吃不吃得消，別是睡著睡著又發起燒來……

馮纓越想越擔心，小心翼翼湊過去。

蠟燭熄了，屋裡只剩下那點月光，她看不大清。

她沒辦法，只好抬起上半身，又往他臉上湊了湊，她剛湊到魏軀臉前，魏軀忽然把手一伸，摟過她的腰，直接扣進懷裡。

「妳在做什麼？」他低下頭，鼻子在她肩窩裡蹭了蹭。

馮纓下意識鬆了口氣，小聲說：「想看看你有沒有不舒服。」

「我沒事。」

她的手放在魏軀的胸前，纖細的手指握起又鬆開，身子也放鬆了下來。「我真的好擔心。我總覺得，那個要害你的人，就在這個家裡。」

「為什麼這麼說？」魏軀閉著眼問，語氣平靜。

馮纓抿了抿唇。「你對二房和三房的動靜都那麼清楚，就證明魏府上上下下其實都有你的眼目。你……這樣防備著所有人，卻還是有人能三番兩次害到你，那人，一定與你關係匪淺。」

「這麼想似乎很有道理。」魏軀輕笑。

他無聲地拍了拍馮纓的背，得到報復的一口咬在肩頭。

「你別不放在心上。」馮纓瞧見自己留下的那口牙印子，迅速垂下眉眼。「那人這麼做，想必是恨極了你，可實在是太古怪了，他要是真想殺你，怎麼不下一些見血封喉的劇毒，倒要這樣慢慢拖著？」她最想不明白的就是這點。

作為一個現代人，她用十幾二十年參透了《孫子兵法》，可就是想不明白這下毒者的心理。

「我們在河西與敵軍對陣的時候，無論是正面迎擊還是暗地下毒，都是往狠裡動手，只要不是虐殺，沒有什麼對錯。」

但是這個要害魏韞的人，下手猶豫不決似的，好像不打算要魏韞的命，只不過他身上的毒，時間久了，侵入五臟六腑，還是會早早送掉性命……

馮纓忍不住咬牙。「這人真煩！」

魏韞發笑。「其實沒多少關係，如今知道他下毒的方式，總歸能再防上一防。」

「可那人就在家裡，如果換了別種花樣，只怕就很難防了。」

馮纓氣惱魏韞的不在意，握拳在他胸口捶了兩下。

她力氣不小，怕傷著人，故意收著力道，卻聽見魏韞低笑，一時間又氣惱了起來。「你別笑！魏含光，我跟你說，你這樣去河西，什麼時候被人害死都不知道！」

「所以，得多依仗馮將軍保護我啊。」

一片漆黑裡，馮纓聽見魏韞低沈的笑聲，沒忍住，也「噗哧」笑了起來。

「行吧，我的大腿給你抱！」
馮纓也不說話了，眼一閉，窩在魏韞的懷裡就睡。
到底之前有些受累了，不一會兒，她已經昏昏欲睡，半夢半醒間，恍惚能聽見頭頂傳來一聲慢悠悠的輕嘆。
最後，馮纓也不記得自己究竟是什麼時候睡著的。
第二天早上，雞才打過鳴，馮纓就打著哈欠睜開了眼。
她這一覺睡得極其踏實，一覺醒來仍舊保持了昨晚的姿勢，魏韞的手臂還環在她的腰上，衣襟半敞。
馮纓盯著他的睡顏看了會兒，這才輕輕將腰上的手臂挪開，從他懷裡小心翼翼地退出來。
她掀開被子下床，赤著腳，躡手躡腳往外走。
門外碧光已經起早在幹活了，見她起來，忙和往日一樣端來洗臉水。渡雲見狀想要進屋，被馮纓攔住。「長公子還在睡。」
「已經醒了。」
魏韞的聲音突然從門後傳來。
馮纓扭頭，果真見魏韞穿著中衣站在了門後。

「把鞋穿上。」他伸出手臂，手裡拎著一雙鞋，鞋面繡花，鞋底本來沾著的泥不知道什麼時候已經被擦得乾乾淨淨。

馮纓吐吐舌，老老實實地穿上鞋。

「我等會兒去練會劍，你今日還要進宮嗎？幾時回來，要不要我去接你？」

「不用接。」

早膳是新鮮的魚粥，不燙，正好入口。

馮纓肚裡空空，幾下吃完，一邊去拿劍，一邊回頭問，見他搖頭，便也沒多留。

她倒是想多練會劍，可惜有人不給她機會。

魏韞前腳才走，不多時門房來了人通報，說是馮家有客登門拜訪。

馮纓抿了抿唇，一旁的胡笳不滿地叫了起來。「怎麼又是馮家？三天兩頭的來，專給姑娘找不痛快。姑娘，要不我去把他們打出去？」

胡笳可沒有什麼不打女人的自我約束。她說要打出去，甭管來的是男是女，她還真的敢動這個手。

不過馮纓沒打算讓胡笳動手。

她還是去了花廳，果不其然見到了祝氏。

為什麼說是果不其然呢？

馮纓心下腹誹，大抵是因為知道馮奚言的臉皮還沒那麼厚，心眼沒那麼多。

「雲岫啊，快來見過妳二姊姊。」

祝氏沒帶馮凝和馮蔻，身邊除了眼熟的幾個丫鬟婆子，就只跟了一個漂亮的陌生姑娘。

馮纓大大方方地打量。

那姑娘年紀看著十六、七歲的樣子，一張巴掌臉，杏眼修眉，膚白貌美，想必走到哪裡都是一道亮眼的風景。

只是身上的穿著打扮，卻樸素得很。

聽祝氏喊那姑娘叫「雲岫」，馮纓挑眉。「這是哪家的妹妹？」

祝氏笑著把那姑娘往前推了推。「是我嫡親弟弟的女兒，名喚雲岫，是那什麼『雲無心以出岫的雲岫』。」

雲岫，祝……雲岫？

馮纓以拳擊掌，眼睛發亮，忙將祝雲岫從頭到腳又打量了幾個來回。

乖乖，原書女主角啊！

季景和未來的媳婦！

嘖嘖，果真是女主光環，即便是一身簡單打扮，仍舊掩不住美貌。難怪書裡頭男女主角心意相通後，能披荊斬棘，一路向上。

換作是她，遇上這麼一位美嬌娘，也恨不能拚盡全力往她面前雙手送上最好的東西。

祝雲岫也在打量馮纓。

她在祝家過的也算是錦衣玉食的生活，可祝家這樣的地主人家，跟忠義伯府怎麼也比不了，她年歲漸長，爹娘覺得留她在老家，十有八九還是得嫁給同樣是地主的人家，至多是揀個秀才嫁了。

可萬一秀才要是考中進士，又極有可能拋妻棄子，另娶新婦。

於是思來想去，爹娘就把她送到了忠義伯府，想讓如今貴為忠義伯夫人的姑姑能幫著在平京城中找一高門勛貴嫁過去。

她到了忠義伯府，聽到被談論最多的是那位已經年過二十五方才出嫁的二表姊。

旁人言語中的二表姊和眼前的人，看著完全是兩種樣子。

她只覺得馮纓身材頎長，雖無女子的嬌美，可英姿勃發，別有豔光，衣飾樸素，卻暗藏華麗，應當價值不菲。

「雲岫見過縣主。」祝雲岫低眉垂目行禮問安。

馮纓愣了下，旋即笑道：「也是，真要論起來，妳同我的的確確沒什麼關係，喚我一聲縣主也是應該。」

「怎麼沒關係，這可是有關係得很。」祝氏笑吟吟上前。

她是那種前腳跟妳吵完，後腳為著自己的目的照舊能厚著臉皮同妳說笑、奉承妳的人。

「纓娘，雲岫雖然姓祝，可說起來也算是妳的表妹。妳做姊姊的，總得多幫襯幫襯。」

祝氏笑道：「那個，纓娘啊，能不能……能不能再往進宮的名冊裡加一個？就再加一個雲岫。妳看咱們雲岫生得多好，又知書達禮，溫文爾雅，就算是被哪位皇子看中了做個妾，那也是極好的。」

什麼？做妾？

馮纓瞪圓了眼睛。

書裡沒說女主有被送進宮的事啊！

她去看祝雲岫，後者臉頰微紅，看起來竟好似對進宮也有幾分意動的樣子。

所以……是書裡哪部分出岔子了嗎？

女主角不是應該和男主角情深意長，哪怕不是一見鍾情，也該……不被富貴迷眼，一心只求真愛？

半晌，馮纓收回了視線，看著祝氏道：「我看祝家表妹生得極好，又出身不低，與其給不知道哪位皇子做個妾，倒不如擇一門當戶對的佳婿好。」

祝雲岫猛地看過來。

祝氏忙拍了拍她的手背笑道：「纓娘，妳這話說得是這個理，可誰不知道，給皇子王爺當妾，哪是那些平頭百姓的正妻可以比的？」祝氏看著花廳內的擺設，嘖舌道：「況且，纓娘，妳看看這屋子，布置得多好啊，這器皿擺件哪一樣不是平頭百姓一輩子都攢不夠錢買的？今兒個要不是正好有這個機會，我也不會求到妳面前來不是？」

祝氏一邊回憶一邊嘆氣，她當年可不就是先嫁了個門當戶對的鄉紳。「這門當戶對有門當戶對的好處，可咱們祝家的門第真要門當戶對起來，那也只能嫁個地主鄉紳，一輩子跟田地打交道，哪像纓娘妳，一嫁就嫁進魏家這麼好的人家。」

祝氏不忘給祝雲岫說各種好話。「纓娘，妳雲岫妹妹知書達禮，模樣也好，這真要是進了哪位皇子或者王爺的後院，一定立馬得寵，再過個一年生下孩子，最少也能是個側妃吧。到那時候，妳和女婿不也在朝堂上有了更多的助力嗎？」

她說得頭頭是道，聽起來十分有道理。

馮纓心底卻已經翻了幾個大白眼。見祝氏還要再說，她笑著攔了下來。「可我夫君今早已經進宮去了。那名冊上再加幾位妹妹的名字倒是勉強能塞下，要是再加祝家表妹……」

「那就把馮荔的名字撤下來！」祝氏脫口而出。

馮纓下意識看了眼祝雲岫。

唔，女主角好像不覺得頂替別人的位置有什麼不對。

「七妹妹也到年紀了。」馮纓道。

祝氏忙看了祝雲岫兩眼，道：「纓娘，七丫頭才多大，不著急，再養幾年也行的。再說了，就七丫頭那性子脾氣，要是真進了王府，指不定還得拖累咱們忠義伯府呢。」

祝氏是個自私自利的小人，馮纓一貫有這個認識。

但要是說馮荔會拖累忠義伯府，她倒覺得是個笑話。先不說馮荔有重生這麼一個金手指，就說性子，馮凝和馮蔻可也不是什麼好脾氣。

「雲岫啊，妳二姊姊雖然也才回京城還沒一年，不過慣常是個愛玩的性子，這城裡頭角角落落她摸得清清楚楚，姑姑年紀大了，不愛玩，城裡有什麼有趣的地方也都不知道，妳就跟著妳二姊姊，讓她帶妳去城裡到處逛逛。」

祝氏嘴上這麼說，一雙眼睛直直盯著馮纓看。

馮纓上不上街倒也無所謂，不過看祝氏這副樣子，實在是格外有趣。

她笑吟吟地回看，就是沒打算順著祝氏的意思應下來。

祝氏果然尷尬地抽了抽嘴角，摘下荷包遞給祝雲岫。「雲岫，這荷包妳拿著，上街之後要是見著什麼喜歡的，妳就……妳就買下來，別太客氣……」

馮纓簡直快要笑死了。

那荷包看著鼓鼓的，祝氏遞出去的時候，整張臉都扭曲了起來，估摸著是覺得肉疼得厲害。

也是，自從她出嫁，要走了她親娘的所有嫁妝，還讓馮奚言他們夫婦賠了不少銀子之後，忠義伯府的日子想必已經沒從前那麼痛快了。

「走吧。」

馮纓笑著讓人送走祝氏之後，回頭看了看，祝雲岫就站在身後三四步開外的地方。

「祝家妹妹，我帶妳上街逛逛去。」

七夕早過，可平京城街市上依舊十分熱鬧。

畢竟，這裡是天子腳下的皇城。

馮纓帶祝雲岫上了街，身邊自然還帶了碧光、綠苔，以及幾個正好輪值的女衛。

胡笳正好錯過，馮纓應允回頭給她帶些好玩好吃的，她這才乖巧聽話，留在棲行院內。

馮纓給胡笳買了好些好玩的玩具，泥塑的胖大福、巴掌大的走馬燈，還有能吹出鳥叫聲的哨子……不多時，跟在後面的女衛們雙手拎滿了東西。

不光是給胡笳的，還有所有小姊妹們都有份。

馮纓又進了家書齋，饒有興致地在認真挑新出的話本。她不愛看那些之乎者也一堆大道理的書，倒是更偏愛各方遊記和話本。

即便她沒空往書齋跑，魏韞也會叮囑書齋定時把每月新出的遊記和話本，送到魏府任她挑選。

她捧著一本遊記，粗略翻了幾頁，餘光便瞥見祝雲岫正背過身，偷偷擦著額邊的汗。

馮纓是個能走的，既然是祝氏的意思，要她帶祝雲岫上街逛逛，她自然是要「逛逛」的。

顯然，祝雲岫不行。

七月的天，任誰在太陽底下走上幾分鐘，都會汗流浹背。祝雲岫額頭上已經布滿了汗珠，熱得都快脫妝了，她身邊倒是帶了個小丫鬟，一路走一路還給打傘搧扇子，可惜都沒用。

馮纓在書齋裡打量了一圈。

夏日裡能用冰的，要麼是大酒樓，要麼就是平京城裡頭那些有頭有臉的大戶人家。書齋這樣的商鋪，老闆自然捨不得用冰，所以一入夏，除了實在沒辦法的書生，就只剩一些替主子來買書的下人。

這裡太熱，再待下去，只怕女主角就要熱暈倒了。

「外頭太曬了，不如我們去附近食肆坐坐，吃點冰涼快涼快？」馮纓放下書，好生詢問意見。

祝雲岫笑容端方。「我是頭一回來京城，也不知哪裡能吃到冰，縣主說去哪兒就去哪兒。」

馮纓做出一副十分滿意她識趣的樣子，帶著人就出了書齋，途中路過一家食肆，門前用枋木和各色花樣圖案紮成牌樓模樣，邊上還插著幾面幌子，既有食肆的名，也有裡頭的特色。

一行人往食肆裡走，一樓坐滿了食客，夥計便引著她們上了二樓。

因是天氣炎熱，怕吹不著風，二樓不少門板都卸了下來，方桌椅凳就擺在圍欄內，往下看，便是平京城繁華熱鬧的大街。

馮纓先坐，祝雲岫這才跟著坐下，一旁的夥計已經動作麻溜地送上了店裡常備的茶水和小食。

「這家的冷淘在城裡很有名。」馮纓依著人數，要了幾碗冷淘，又招呼夥計送來幾盞酪漿，一併遞到祝雲岫手邊。「往後妳留在這裡，可多出來逛逛，尤其是這夏天，吃點涼的，心頭也暢快些。」

祝雲岫低聲謝過，文文靜靜地舀起一勺送進嘴裡。

一口下肚，果真涼爽。

再抬頭，見馮纓看著自己，祝雲岫猶猶豫豫開口。「縣主……」

「祝家妹妹想當貴人妾？」馮纓此時已將手邊的冷淘吃完，手裡另外握了一盞店家附贈的烏梅飲。

一開口，便直接問了於旁人而言十分直白的問題。

祝雲岫正舀了一勺冷淘，聽得她如此一問，手一抖，掉回碗裡。

「祝家妹妹家裡可有姨娘？」馮纓又問：「那些姨娘在祝家日子過得如何？是穿金戴銀，吃香喝辣，還是主母不慈，內訌不斷？

「祝家妹妹前頭底下可有庶出的兄弟姊妹，他們的日子又過得如何？」

祝雲岫一下子沒了話，只看著馮纓久久出神。

馮纓起了身，一眼瞥見樓下，隨後轉身伸手摁下了想跟著站起身的祝雲岫。

「我只是去方便一下，祝家妹妹繼續坐著吃就是。」

馮纓說得含蓄，說完便逕自離開，祝雲岫自然只能留下，一碗冷淘卻怎麼吃都沒了先前的好滋味。

門外這時候突然傳來尖叫……

馮纓在食肆後院站了不少時候，她當然不是真去茅房方便。

方才在樓上，她一眼就見到了樓下正在爭執的幾人，順帶著也看見了站在巷子裡沈默地看著自己母親和舅舅爭論不休的季景和。

季景和這人，除了野心勃勃，一定會上位這點外，餘下的在她心裡已經崩得離原著十萬八千里了。

以至於，再看祝雲岫的……崩壞，馮纓也不覺得有太多的奇怪了。

畢竟，書是書，是平面的文字；而人，是活生生的，是立體的，多面的。

只不過為著劇情不至於崩壞得太厲害，馮纓總還是想試一試，看看男女主角相遇後還能不能照著原劇情發展下來。

書裡原本的劇情是什麼來著？

馮纓回到了裡頭，她的人早已聽從她的叮囑只留下一人護著祝雲岫，餘下眾人都隱於人群裡。

屋外，圍滿了看熱鬧的人。

屋內，一片狼藉，祝雲岫緊緊摟著一個嗚嗚哭泣的婦人，身側的丫鬟嚇得臉色發白，女衛則拔刀擋在她們身前，再往前點，是季景和，腳邊趴著個粗壯的男人，還有一個跌坐在地上，臉上有大大的一塊瘀青。

馮纓仔細看了一眼，是朱老大和朱老二。

「這是怎麼了？」

馮纓進門，女衛手中的刀沒有放下，神情依舊緊繃。「這幾人在門口欺凌婦人，祝姑娘心善下樓出聲勸阻，卻被那兩個男人出言不遜。姑娘見他們還要對婦人動手，就將婦人拉進屋內，不料兩人硬闖，還想對姑娘動手。」

馮纓點點頭，看向季景和。

女衛又道：「是季大人把那兩個男人打倒在地的。」

「先讓不相干的人都散了。」

馮纓了解情況後，隨即下了命令，女衛得令，當下與手忙腳亂的夥計一道將門口看熱鬧的人群都驅散。

許是因為人群散了，被祝雲岫護著的季母突然嚎啕大哭。

馮纓眉心一跳，心下有股不祥的預感，連忙問向季景和。「你與伯母都在這，那小妹呢？你們把小妹一個人留在家中？」

季景和別過臉去，沈默不語。

季母哭喊道：「他們把小妹帶走了！他們把小妹帶走了！」她靠著祝雲岫，拳頭不住地捶自己的胸口。「小妹是我的命啊，他們怎麼能這麼做！」

「這位大嬸，妳別哭，小心哭壞了身子。」祝雲岫急匆匆勸慰，饒是如此，季母仍舊哭嚎不休，連店裡的夥計都忍不住探頭打量。

馮纓這會兒終於想起來，原書中男女主人公的相遇是個什麼劇情了——

朱家兄弟手頭緊，為了能寬裕一些，偷摸著把季小妹賣給了鄰縣一戶正在給剛病死的兒子找陰親女童的地主，季母悔不當初，與兄弟發生爭執，遇上女主路見不平，再然後就遇上了趕來找人的男主。

「小妹現在在哪？」馮纓顧不上這兩人還會不會走劇情線了，一腳踩在朱老大的手背上，張口就問。

朱老大疼得嗷嗷直叫。

「小妹無事。」季景和伸手攔了下。「我已經接回來了。」

馮纓詫異，就見他轉身扶過季母道：「小妹應該回家了，我們也回去吧。」他說著雙手抱拳，向祝雲岫鄭重道謝。「多謝這位姑娘。」

他說話的時候，馮纓注意到了他從頭到尾沒有抬頭仔細看過祝雲岫，視線一直向下。

祝雲岫忙不迭擺手。

不過一會兒工夫，季景和帶走了季母，順帶也讓人把朱家兄弟拉走了。

食肆這裡的狼藉還未清理，馮纓自然不會讓祝雲岫繼續待在這裡，一行人隨即離開。

只是才出店門口，就見前面不遠處，滿臉是淚的季母突然掙脫季景和的攙扶，揚手一巴掌打在了他的臉上。

「我其實從前也想過要嫁個書生，或者門當戶對的人家。」馮纓正看著，身邊的祝雲岫這時候突然出聲。

她回頭，祝雲岫已經收回了視線。

「可如果嫁的夫君一輩子鬱鬱不得志，至多只能當個小官，甚至在家中做不了主，做他的正妻還不如去貴人面前拚一把，爭個寵愛什麼的。縣主，妳不懂，像這位公子這樣的人家，不管是從前還是現在，我是怎麼也不會嫁的。」

馮纓若有所思，腦海中本就模糊不清的原書已經直接被打上了叉。

第十九章

魏韞從宮裡回來，因進宮名冊的事被魏老夫人半路攔下盤問了好一會兒，這才放他回房。

棲行院內，一切如常，唯獨馮纓靠坐在廊柱下睡著了。

一旁的綠苔打著哈欠，一下一下打著扇，碧光也在旁伺候著，滿臉的猶豫，糾結在「要不要喊醒她」和「天氣這麼熱應當不至於著涼生病」的來回情緒中。

比起丫鬟的擔心，馮纓倒是睡得香甜。魏韞回來看到這一幕，笑了笑，輕著腳步走近，伸手拍了拍她的後背。

馮纓原本睡得有些東倒西歪，這一下霍地坐正，警覺地睜開眼就往邊上看。發現身邊的碧光和綠苔一臉懵，她這才注意到站在身前的魏韞。

「你回來啦！」

馮纓放下心來，懶懶地打了個哈欠，眼皮耷拉，眼角都掛上了淚珠子，絲毫沒有外人面前颯爽英姿的模樣。

她拿腦袋頂著柱子，望著院子又打了個大大的哈欠，聲音也顯得有些沒精打采的。「你今天在宮裡待好久。」

「太子與陛下發生爭執，我被他們父子拉著各陪坐了一會兒。」魏韞半蹲下身，慢條斯理地解釋道。

「怎麼吵起來了？」馮纓瞇了會兒眼。「舅舅們總說太子表哥性情溫和，即便是少時也鮮少和其他皇子一樣會同人爭吵，他們拉著你，那還真是躲都躲不了。」

她神情慵懶，像是沒了骨頭，說了幾句話就又垂下了眼皮。

「魏含光，我妹妹的事你同表舅說了沒？你今天不在，馮家又來人了，我那後娘從娘家給我帶了個表妹回來，生得倒的確好看，人瞧著也十分聰明的樣子。」

她將頭搖了搖，想讓自己清醒些，有些用力，瞧著像是在搖撥浪鼓。

「可惜，我後娘的意思是想讓她也上那個名冊，回頭給哪位皇子王爺做妾。」

剛說完，她身子往前一撲，一頭栽進魏韞的懷裡，兩臂一伸，抱住他的腰。

「唉，這名冊難道是我寫的不成？今天想加這個誰，明天想添那個誰，不如直接發到各家，叫他們自個兒把未出閣的閨女全寫上去，回頭站成一排，由著人當貨物一般挑挑揀揀好了。」

馮纓說著，有些惱了，還往魏韞胸前咬了一口。

「你說，你們這些當官的怎麼這麼煩人？人家小夫妻倆好好的，陛下和皇后也好好的，非要把自己閨女往人床上塞，一個個明明是能做正妻的，卻都不給她們做。」

魏韞低頭，看著胸前留下的痕跡，哭笑不得。

碧光在一旁不知如何是好，上前想要扶過自家主子，卻見魏韞輕輕擺了擺手，然後手臂一收，把人直接從地上抱了起來。

馮纓眯眼。「做什麼？」

「把隻太陽曬糊塗了的小野貓抱回屋去。」

「你才小野貓。」

「是是是，我是小野貓。」

魏韞從容地將人抱回房，然後回頭吩咐。

「去拿些解暑的藥丸來。」

碧光轉頭匆匆忙忙拿了解暑藥來，另外又端了杯酸梅湯，一併送到床邊。

魏韞好聲好氣哄著馮纓把難吃的藥丸吞下肚，這才把盛在琉璃盞中的酸梅湯捧到她面前。

「妳七妹妹的事不必擔心，梅姨娘新看上的那人我去問過了，雖不是什麼高門顯貴的子弟，但勝在用功，來年秋闈必中進士。」

「馮荔的事我倒是不擔心，梅姨娘向來審時度勢，自然清楚什麼樣的人家才更適合自己女兒。你也喝。」

魏韞將酸梅湯餵到她唇邊，馮纓就著他的手，淺淺地喝一口然後推了推。

「忠義伯府知道他們夫人的打算嗎？」

「應該是知道的，這是大事，我那後娘還沒這麼大的膽子，敢瞞著我爹背地裡做這一齣。」

「那就再加上去。」

「這麼隨意？」

馮纓喝了大半杯酸梅湯，不肯再喝，魏韞把剩下的都喝了，這才道：「妳當陛下和太子是為了什麼爭執？後宮幾位妃嬪為了能將家中小輩往名冊上多添幾個，日日往皇后面前去，又使各種方法圍堵陛下，陛下沒法，索性她們想加幾個就加幾個，左右不選就是。」

名冊本來不過薄薄幾頁，如今從十三歲到二十三歲，幾乎將朝臣和各世家勛貴的女兒都囊括其中。

「這到時候只怕是要挑花眼……」馮纓忍不住感嘆。

魏韞低笑。「別的沒什麼，就怕到時候皇后娘娘還召妳進宮湊這個熱鬧。」

他會這麼說，還真不是隨口猜測而已。

慶元帝早有意向，想讓馮纓到時進宮一塊兒看看，不說幫著挑人，就是看個眼熟也方便日後的交際。

「我可不湊這個熱鬧。」馮纓忙不迭擺手。

她的反應實在太好猜，魏韞笑著將手伸過去，輕輕握了握她的手掌。

馮纓順勢按住他的指頭，笑嘻嘻道：「你說，等宮裡選人的時候，我們去山莊裡住幾天怎麼樣？」

山莊自然指的是他們泡溫湯的盛家山莊。

七月的天，泡溫湯那是不能的，但山莊周圍風光秀麗，不失是個避暑的好去處。

魏韞知曉山莊那兒的情況，聞言想了想，確定如今手頭沒有什麼要緊的事，當下便答應了下來。

馮纓一聲歡呼，捧著他的臉就熱情地親了一口。

她親完就要跑，卻被人直接拉了回來，摟在懷裡，非要她認認真真的親才肯罷休。

挑選世家女的事，姑且稱之為選妃吧。

選妃的日子一天天臨近，一直到了前幾天，馮纓這才經由碧光的提醒，後知後覺地想起再過幾日就是給諸位皇子親王選妃的日子了。

當然，這裡頭的重點分明是慶元帝和太子的後宮。

馮纓一晚上都在為明天出發去山莊做準備，到最後，要不是魏韞把人撈上床，只怕她能光著腳在屋裡莫名其妙地忙上一整晚。

第二天一大早，馮纓就拉上魏韞出門了。

臨走前，她把一封信交給了門房，言明要是忠義伯府的七姑娘來找她，就把信給她。

那信還特意用火漆封了口，薄薄的一封，也不知寫了什麼隱秘的東西。

「妳給馮七姑娘留了什麼？」

馮纓看向魏韞。

他們坐在馬車中，因是夏日，兩邊的窗帷捲起，只垂掛了一層能透進風來的輕紗。魏韞就坐在一旁，手肘微抬，給她倒了杯茶水遞到手邊。

馮纓笑了笑，摸摸鼻尖。

「就是幾句話，告訴她我去山莊避暑了，有什麼事等我回來再說，讓她切莫生氣。」

「妳怎麼篤定她會生氣？」

馮纓往後仰，倚靠上車內軟枕。「忠義伯府一定還瞞著讓祝家妹妹一道選妃的消息，馮荔又是個大大咧咧的，要是知道了，只怕早跑過來質問我為什麼要幫祝氏。」

她留下那封信，就是想逗逗馮荔。

知道她的小心思，魏韞哭笑不得地搖頭。

等馬車抵達了山莊時，魏府的門房已把那信交到了來找她的馮荔手上，至於馮荔有沒有被逗得直跳腳，那就不知道了。

馬車往山莊門口一停，曾伯和曹婆子就迎了出來，見他們夫妻倆下了馬車，連忙要行禮。「長公子、縣主……」

馮纓攙了曾伯起身，笑嘻嘻地讓綠苔把給他們老夫妻帶的藥酒抬進門。

「縣主每回過來都帶這麼多東西。」曾伯感激不已。「我就一看門的，還是給縣主看的門，縣主這樣實在是太客氣了。」

馮纓開口就笑。「那曾伯多給我們做點好吃的。」她掰著手指數。「什麼冷淘、雪月桃花、杏花酪，我想吃的太多了，曾伯看看怎麼方便就怎麼做吧，我們興許還要在山莊裡多住幾日。」

她一說要多住幾天，曾伯立即樂呵呵地笑了起來。

之後幾天的日子果真閒適。

馮纓和魏韞名下的山莊田產遍布各地，馮纓手裡的多是從生母處繼承的嫁妝，至多還有盛家舅舅們貼補給她的幾套宅子；魏韞的則大多是這些年私下掙來的，不過有些不好放在明面上，於是出遊最好的選擇，自然還是落在了這座山莊裡。

夫妻倆出行，身邊各自都帶了不少人，於是上山打獵、下水摸魚，馮纓通通都不缺伴。至於魏韞，自然被安置在最安全的地方，等著她把那些兔子、野雞，魚啊蝦啊往他跟前送。

比起馮纓滿腦子只想著吃肉吃魚，魏韞的日子顯然過得更有情調一些。

華燈初上，碧光伺候馮纓漱洗更衣。

她黃昏的時候又進了趟山，出來渾身是汗，左手提著綁作堆的山兔野雞，右手抱著一大捆開得正豔的花。

山兔和野雞自然是送去了廚房，那些花則是特意採了送給魏韞的。

等她漱洗完，換了身家常衣裳，散著黑鴉鴉的長髮，坐在西邊窗下擦頭，魏韞抱著一只天青色的刻花長頸瓷瓶進了門。

瓶中插的花是她在山裡瞧見的，不是什麼價值千金的名貴品種，甚至顯得有些俗豔，此刻叫魏韞這麼一裝飾，竟是分外嬌豔欲滴。

「要命了，你怎麼能這麼厲害！」馮纓跳下地，披著還濕漉漉的頭髮就跑了過去。

魏韞低頭，能看到她黑髮掩映間露出的半張側臉。她興沖沖地伸手去摸瓷瓶，一雙眼亮晶晶的，充滿了好奇。

「哎呀。」她叫了一聲，抬起臉，眉眼彎彎。「天賦這東西果然重要，我從前跟著大舅母學過一回插花，大舅母捂著臉就說我可能天生就適合到處跑跑跳跳。」

她說著，直起身，學著大舅母的口吻說道：「纓娘看樣子還真是咱們盛家的姑娘，跟蟬音當年一模一樣，插花能把一株牡丹都插成狗尾巴草了。」

她自嘲起來，忍不住自己先樂樂。

魏韞跟著笑了起來，攬著她吻了好幾下，半晌才鬆開人，卻是抬手摸摸臉，揉揉唇，恨不能立即把人往榻上帶。

馮纓被吻得只能靠著人直喘氣，餘光瞥見碧光早早退了出去，還貼心地關上了門，立馬得寸進尺地把人往床榻方向帶。

魏韞沒來由的覺得想笑，等到她作勢要把人往後推，這才雙臂一撈，將人摟住。

雖然沒笑出聲，但聲音裡已是藏不住的笑意。「乖，不鬧了，妳頭髮還是濕的。」

在平京城這大半年的時間裡，馮纓的頭髮又長了很多，濃密烏髮，每次洗完想要擦乾總要費上很多工夫。

等擦乾頭髮，她也累了，哪還有再鬧的心思，索性往床上一滾，閉眼就睡。

這一回，魏韞笑出了聲音，躺下的時候，側身把人攬進懷裡，也不怕熱，就這麼抱著，很快一起入夢。

第二天早上，天還沒亮，馮纓就醒了。

床邊空落落的，她伸手摸了一把，還帶著溫度，分明是才起身出去不久。

她犯懶了，在床上打了幾個滾，就聽見門外傳來動靜。回頭看，是魏韞進門來，再等他掀了簾子進到裡屋，額上的汗便被她一眼瞧見。

她打了個哈欠。「你起得真早。」

她話音落，興許是聽到了動靜，不一會兒碧光和綠苔端著銅盆和牙粉進屋，服侍她晨起。

馮纓在床榻上又偷了會兒懶，想到今早還沒練箭，這才爬了起來，漱口洗臉，然後坐在銅鏡前等著碧光為她梳髻。

綠苔捧了妝匣和首飾匣過來，那裡頭裝的都是這半年來魏韞送她的各色簪子和珍貴好看的首飾。

她平日裡只肯戴一、兩樣，有時乾脆什麼也不戴。

馮纓隨手就挑了支光裸的玉簪，然後忍不住閉眼打了個哈欠。

玉簪被人拿過，動作生疏地插進髮髻裡，末了，還動手扶了扶髮髻。

她閉著眼，耳朵敏銳地聽見綠苔偷笑的聲音，睜開眼，就在銅鏡裡撞見了正在為她簪玉簪、神情略顯狼狽的魏韞。

綠苔在旁傻笑。「姑娘戴著真好看。」

馮纓愣怔片刻，銅鏡裡，一向被碧光梳得整整齊齊的髮髻，亂糟糟的惹人發笑。

魏韞以拳抵唇，咳嗽兩聲。「是為夫手生了。」

「魏含光，說是手生，我倒覺得更像是你在報復我前幾天磕你端硯的仇。」馮纓笑著哼了一聲。

「我是這麼小氣的人嗎？」魏韞伸手，掐了把她的臉。「宮裡來人報訊了。」

馮纓愣住，旋即看了看窗外的天色。

這麼早？天都還沒亮呢。

她一雙眼明明白白寫著不解，魏韞解釋道：「昨日宮裡選人，因為人數眾多，所以花了不少工夫，到黃昏才最後定下人來，今早城門一開，陛下的信使就出城過來了。」

「都選定了誰？」

「陛下的宮裡又進了幾位貴人，東宮則進了九位奉儀。」

貴人和奉儀在天家父子的後宮中都只是很末等的封號，有的甚至連宮中女官都不如。陛下不說，就東宮進的那九位，想來是太子無可奈何下隨意丟出的位置。愛進不進，隨意拉倒。

思索了一下之後，馮纓問道：「胡家、忠義伯府，還有魏家怎麼樣了？也被挑中了？」

「妳有位妹妹被指給了五皇子做侍妾。」

來報信的是張公公的一個乾兒子。小太監聰明伶俐，將當時的情景有聲有色地說了一遍，尤其是提起忠義伯府那位行五、湊巧被指給五皇子的姑娘時，搖頭晃腦，不住咋舌。

那姑娘的品行說不上太好，原先似乎就與五皇子相識，於是那日還同五皇子私下見了面，好一番情意綿長。

五皇子一時腦熱，似乎是答應了許她側妃之位，後來見了其他姑娘，後悔不已，便又央求陛下選了別家姑娘為正妃、側妃，將忠義伯府那位五姑娘變作了侍妾。

聽魏韞提起馮蔻，馮纓目瞪口呆。

「居然是她。」馮纓搖搖頭。「她的脾氣還比我那四妹妹更差一些，這到手的側妃就這麼沒了，估計還有得她鬧騰的。」

不過想來也是。昨日進宮的那些姑娘們，哪一位不是平京城的名門貴女，就是再差點如忠義伯府這樣的身分，女兒進宮想必也打扮得非比尋常。

這麼多漂亮的姑娘們聚在一起，五皇子就是一時被馮蔻迷了眼，一個轉身，又能再撞上其他更漂亮的鮮花。

他們夫妻倆為了躲開皇后的邀請，特地跑到了山莊裡。那來報信的小太監口才很好，生怕他們錯過昨日的精彩，鉅細靡遺地將當時的情景同魏韞說了一遍。

某某大人家的女兒學人纏足，從未在人前下過地，因為進宮只能步行，走沒兩步路就被送了回去。

某某將軍的大孫女進門的時候沒留神，被自己的裙子絆了一跤，又正好被從小不對頭的某家姑娘撞見，於是兩人大吵一架，結果就是被皇后都訓斥了一番，沒有挑中。

諸如此類的趣事，多的簡直一口氣都說不完。

魏韞自然不如那小太監會說故事，他只揀了幾件事問，問完便沒再繼續聽。

馮纓瞇了瞇眼，看著他。「宮裡來人應該不只是報這個信吧？是不是表舅宣我們進宮？」

魏韞抿唇微笑，手指屈起，親暱地刮了刮她的鼻子。「嗯，陛下召見，不過不急，用過早膳後再出發。」

早膳是曹婆子做的粥。

自從馮纓回山莊之後，莊子裡的日子就好過了起來，自然連帶著吃食也比從前更豐盛了。

一碗粥，是熬煮了一夜，又放得溫熱了才擺上來的，香香甜甜，很是開胃。

馮纓把一碗粥喝得乾乾淨淨，那頭的魏韞早已經放下手裡的筷子，笑著看她有滋有味地用膳。

她把碗一放，伸手就抓他袖口。「我忘了問，祝家那位妹妹，還有府裡的其他兩位被挑中了沒？」

魏韞垂眸看她。「她們都落選了。」

落選的意思是連哪位皇子的侍妾都沒被選中，不過這樣也好。

馮纓想，起碼在宮裡露了臉，要是那些娘娘們記住了誰，指不定就會將人同自家小輩牽個姻緣，那樣多少還是做正妻。

至於女主角，陰差陽錯的，應該會有機會再和季景和遇上吧。

「還要再用嗎？」魏韞指了指馮纓面前的空碗。

其實並沒有吃飽的馮纓想了想，怕在進宮的路上不方便，到底還是放棄了再吃一碗粥的打算。

用過早膳後，長星那邊已經套好車。

平京城裡人人都知道慶元帝十分信任盛家，更是對從河西回來的清平縣主萬分喜愛。

於是這日開城門起，便見宮裡去了一批又一批的人，催促著將在城外山莊裡躲清靜的清平縣主和魏長公子接進宮去。

不知道的，還當宮裡是發生了什麼要緊事。

馮纓和魏韞不慌不忙。

她倒是想要騎馬，只是擔心魏韞的身體，索性還是一起坐了馬車，搖搖晃晃地回了城。

她也沒換什麼隆重些的衣裳，不過是在今早的髮髻上，另外又簪了幾根釵子，腕上還戴上了鑲金玉鐲，扣起了金臂釧，整個人便跟著光華閃耀了起來。

出門前，她拿劍舞了一段，鐲子和臂釧被劍光一閃，格外亮眼。

不過馮纓的好心情在馬車距離皇宮越來越近的時候，慢慢也收了起來。她聽到馬車外有人在互道恭喜，湊巧前頭堵路，叫她就這麼聽了一耳朵。

那兩人也不知是哪家的下人，在大馬路上就喜孜孜地互相恭喜家裡的姑娘要入東宮了，其中一個膽子大的，竟還脫口而出，說太子妃身子已敗，日後的東宮還不知要看哪位主子的臉色，說不定就是自家姑娘。

馮纓沒忍住，叫女衛過去訓誡。

太子妃胡氏這些年兢兢業業、友愛妯娌，對帝后十分孝順，又謙遜得體、溫柔勤謹，對太子後宮的側妃侍妾們也向來十分公平公正。宮廷上下裡裡外外，即便太子妃先前多年未曾生育，也從未有人去挑剔過她的不足。

之後大皇孫出生，朝野上下更是沒了底下那些細碎的言語。

直到這次小皇孫出事，以胡家為首的老大人們才開始對她流露出不滿。

這分不滿顯然沒有瞞過任何人，不然一個下人怎麼有膽子敢在大街上說出這麼自負又野心勃勃的話來？

這分底氣，顯然是他們的主子給的。

到承元殿時，帝后早已等候在其中，白玉棋盤擺在正中，夫婦二人正一邊閒話家常，一邊對弈。太子與太子妃也在一旁作陪，只是太子妃身後還有一人，看著頗為眼生。

馮纓一進殿，目光就落在了那人身上。

珠翠環繞，滿身的寶光閃耀，彷彿恨不能把整座金山銀山往身上戴。比起天下身分最尊貴的兩對夫婦，她似乎更顯得富貴寶氣。

魏韞走在前面，一進殿就停下了腳步，轉身伸出手。

馮纓收回視線，看了看他，想也沒想直接把手遞了過去。

「就這幾步路，纓娘怎麼也要含光牽著才走？」

慶元帝落子，笑著打趣兩人。

馮纓笑嘻嘻往魏韞身邊靠。「我大舅舅說，表舅剛成親那會兒，走哪都要牽著表舅母走。」這個表舅母自然指的是如今的皇后娘娘。

慶元帝瞪了她一眼，瞥見皇后掩唇低笑，指了指她，笑罵道：「臭丫頭。」

他去看魏韞，微微點頭。「含光的精神看著越發好了。」

魏韞的神色一如往昔的沈著平靜，唯獨看著馮纓的時候，眼角眉梢都滿是笑意，是那種發自心底的溫柔歡愉。

「自從娶了這丫頭，你怎麼也跟著偷懶起來了，跑出城去一住就是好幾日？」慶元帝哭笑不得。他一貫十分看重魏韞，視如己出，如今看他身體日漸康復，越發覺得高興。

「是臣喜靜。」

魏韞張口就是解釋。

慶元帝恨鐵不成鋼地看他，又對馮纓招了招手。「纓娘過來。」

馮纓走上前。

慶元帝指了太子妃身邊的那個姑娘道：「妳六舅舅年紀不小了，也該娶妻生子。這位是太子妃娘家的姑娘，姓胡，閨名雙華，日後就是妳的六舅母了。」

「可是舅舅並不打算成親。」馮纓直接道。

她家六舅舅最是放浪不羈，如果不是生在盛家，和兄長們一起背負著盛家的責任，估摸著六舅舅會選擇去當一個游俠，行俠仗義，劍走江湖。

至於成親？

六舅舅身邊有春風樓的青娘在，對六舅舅來說，這就足夠了。

至於世家小姐，大抵從未出現在六舅舅的選擇範圍裡。

「不成親可不行。」皇后出聲。「這世上哪有不成親的道理？含光不也是遲遲不肯成親，如今你們倆不也好得很？」

慶元帝在一旁十分贊同地點頭。

馮纓卻是滿臉茫然。

所以，這本書，不是什麼男主升級流，其實是大齡男女青年被逼婚實錄吧？

從宮中回到魏府，魏韞換了身常服便去了書房。

他陪著在山莊小住的那幾日，幾乎是放下了手裡所有的事，於是一回城，立即便有手下人找了上來。

馮纓一貫不管他私下究竟在做些什麼，只吩咐了小廚房，記得將幾人的飯菜送進書房。一直到深夜，書房的門還關著。馮纓打了幾個哈欠，歪在榻上瞇眼小憩，不多會兒，便伴著院外蛙聲睡了過去。

也不知是過了多久，朦朧中聽到房內有人走動的腳步聲，她驀地睜開雙眼。

魏韞正走進裡屋，腳尖朝著小榻的方向，顯然是見她睡著，想過來看看。

她下榻簡單地洗了把臉，上前幫他寬衣。「餓了沒？廚房說你怕書房沾上油氣，和他們都沒吃多少東西，要不要現在再用點？」

魏韞低頭在她臉上親了親。「是有些餓了。陪我一塊用些。」

馮纓也沒推拒，吩咐廚房煮了點好消化的宵夜，再配上酸梅湯一塊送了上來。

房裡原先只點了一盞燈，這會兒盡數亮了起來，將夜裡的屋子照得恍如白晝。夫妻倆坐在桌旁，簡單用過宵夜後又聊了會兒白日宮裡的事。

對於帝后改行紅娘這樣的行為，馮纓雖然明白他們的好意，可也沒有當著面應承下來，而是三番兩次提起這個決定該由六舅舅自行做主。

其實，天子賜婚，即便是盛家也不能拒絕。

只是對象是胡家的女兒……

想到那位站在太子妃身後，明顯同太子妃關係並不親近的胡家姑娘，魏韞覺得，慶元帝未嘗不是想借盛家的手，為難胡家的意思。

夜色到底已經很深了，夫妻倆很快就寢。

翌日，睡到卯時，馮纓睜開眼的時候聽到屋外傳來了魏韞的說話聲。她側過臉望了望空蕩蕩的床鋪，就聽見一句「今日不去點卯」，然後是房門開關的聲音，緊接著便是熟悉的腳步聲。

她閉上眼，半張臉埋在床榻上，覺得身側床鋪一沈，男人帶著一身熱氣躺了上來。

她沒忍住，動了動。那人伸手摸了摸她的臉，低聲道：「陪我再睡會兒。」

睡肯定是睡不著的。

等魏韞的呼吸又趨於平緩，顯然重新入睡，馮纓這才睜開了眼睛。

夏日的風吹拂過院子，窗外樹枝沙沙作響，屋裡的光線有些明亮，顯然今日是個明媚的好天氣。

她抬手隔空臨摹魏韞的眉眼。

她頭一回見他的時候，他坐在一輛馬車裡，俊美的模樣叫人過目難忘。六舅舅長得也好看，可惜河西的風沙把六舅舅摧殘成了一塊風乾的臘肉，以至於她見到魏韞的時候，驚為天人。

成親這大半年，同一張臉看了那麼久，她還是覺得魏韞長得真好，是那種叫人百看不厭的好。

這眉毛，這眼睛，要是將來他倆有了孩子，能有三分長得像他，就一定會是個漂亮的娃娃，迷倒萬千少男少女的那種。

大概是腦子一熱，馮纓情不自禁湊過去親了親他的鼻尖。

親完一口，越發口乾舌燥，忍不住又在他唇角親了一口。

睡著的人這時候卻突然睜開雙眼，毫不猶豫地抓著她的腰，一個天旋地轉，把她摁在了身下，低頭吻上唇瓣，繼而舌頭撬開了她的齒關，熱切地索取。

馮纓只遲疑了一瞬，想著自己好像還沒刷牙來著。但很快，她就很沒出息地拋下了這個沒情調的想法，雙臂一伸，摟住魏韞的脖頸回應起來。

長吻結束，魏韞俯身在她耳邊臉頰處啄吻，馮纓癢得厲害，伸手在他喉嚨上摸了兩把。

只兩把，魏韞摁住她的手，咬牙道：「又胡鬧。」

他倆自從確認關係後，最親密的舉動因為礙於魏韞的要求，只能停留在互相撫慰上，要不是每回都能明明白白感覺到他的反應，馮纓都忍不住要懷疑是不是自己的魅力不夠。

事實證明，她的魅力是足夠的，阻隔他倆進一步發展的除了魏韞身上的毒，還有就是這個世界欠缺某種避孕的成人用品。

十分不介意賴床的清晨來個簡易版的晨起運動，馮纓摟著魏韞就要再親他，偏這時候房門被敲響，門外碧光喊，說是胡家姑娘過來了。

馮纓想了一下，才想起來這位不日就要指給六舅舅的胡家姑娘叫什麼名字。

胡雙華，好像是這個名字來著。

胡雙華在花廳裡坐了很久。

她先去拜見了魏老夫人，又同魏家幾位夫人問安，這才被引到花廳裡吃茶。原先還以為很快就能見著那位清平縣主，哪知她一盞茶都喝完了，人還不見蹤影。

盛家養大的女兒，也就這點規矩了。

馮纓姍姍來遲，後腳還沒邁進花廳，就聽見胡雙華先開了口。「纓娘怎麼來得這般遲？」

馮纓聽了這話，擺擺手，讓碧光將茶水點心放下，心裡頭直接翻了個白眼。

「雙華妹妹未曾讓底下人送來拜帖，所以家裡也沒個準備，這茶水點心什麼的，都尋常了些，妹妹隨便吃點。」她說完，口氣客客氣氣地問：「對了，妹妹用過早膳了沒？若是還未用，這茶水可不能喝，容易生病。」

胡雙華說：「纓娘，我如今怎麼說也是妳六舅舅未過門的妻子，論理也該是妳的長輩了，妳不能直呼長輩的名字。」

馮纓愣住，旋即哭笑不得。

拜託，還沒過門呢，就先擺起長輩的譜了？

馮纓端起茶盞，微微笑著，就是不答話。

胡雙華皺了眉，捧起茶盞抿了一口，茶水還含在嘴裡，她就忍不住悄悄打量起馮纓。

明明是忠義伯府那種根本沾不上世家邊的小門小戶出生，靠著盛家平白得了個縣主的稱號，居然還敢不給她面子？

胡雙華從前就不喜歡馮纓。

魏家要給魏長公子沖喜的消息才放出來的時候，胡雙華也是想過的，可胡家哪裡會同意。

這城中那麼多的世家，那麼多的姑娘，哪一個不是對魏長公子心生傾慕？可魏韞的身體是真的不好，誰都不敢冒這個險，最後就讓忠義伯府撿了便宜。

胡雙華從那時候起，就越發不喜歡馮纓了。

雖然未能如願地嫁給魏韞，而且陛下給指婚的對象，那位盛家六爺聽說年紀已經很大，可家中長輩都覺得這門親事並不差——年紀大會疼人，而且等盛家前頭幾位爺都沒了，盛家的權肯定是要落在這位六爺手裡的。

唯一的缺憾，就是聽說那人身邊有個花樓裡的女人長年陪著，也不知私底下是不是已經有了庶子。

馮纓感覺得到胡雙華的視線一直落在自己的身上。

她被人看習慣了，絲毫不在意這種感覺。等了許久，才聽見胡雙華輕輕咳嗽一聲，開口問道：「纓娘，盛六爺在河西，可有、可有子嗣了？」

馮纓看過去，她忙說：「我也不是不能接受庶出，盛六爺這些年在河西，身邊總是要有人伺候，不管是通房丫鬟還是外頭女人生的都沒關係，我作為主母，一定會照拂好那些孩子。」

「哪兒能呢。」馮纓笑笑。「六舅舅可沒打算要孩子。」

她話音落，就注意到胡雙華愣了一瞬，臉色頓時難看了起來。

「怎麼能不要孩子？」

「盛家男人在戰場上不懼生死，可如果人死了，留下孤兒寡母，豈不是害了人一輩子？六舅舅就是為了這，才一直不肯娶妻生子。」馮纓多看了胡雙華一眼，試探地問：「雙華妹妹想要孩子？」

「當然。」胡雙華立刻答道，她咬唇。「孩子肯定是要的，難道盛家……盛家不想要香火了不成？」

其實這話已經不適合未出閣的姑娘家說了，馮纓是無所謂，胡雙華後知後覺回過神來，一張臉漲得通紅。

「我不是那個意思……那六爺身邊有沒有什麼通房丫鬟，或者、或者別的女人？」

馮纓偏著頭，不說話。

胡雙華臉色難看。「纓娘，長輩問妳話，妳怎麼不回答？」

馮纓的神情徹底冷了下來。「雙華妹妹，這門親事雖然是陛下賜婚，可我六舅舅還沒答應。妳這麼追根究柢地問，是不是太沒規矩了一些？」

胡雙華愣了一下，忙說：「妳這是什麼意思，我是妳的長輩，妳怎麼能這麼同我說話！」

馮纓在胡雙華的臉上多看了一眼，問：「胡家的規矩，就是讓未出閣的姑娘上趕著給人做長輩？」

拉扯上胡家，胡雙華這才回過神來，頓時尷尬不已。

魏韞這時過來，胡雙華看著他們夫妻倆耳語的樣子，滿臉失落，想問盛家六爺是不是也是個這麼溫柔的人，可對上他們夫妻的眼睛，話到嘴邊立刻吞了回去。

胡雙華到底沒有久留，馮纓沈默地送客，一回頭立馬修書一封，讓人快馬加鞭送去河西。

她不喜歡胡雙華，但並不厭惡她。馮纓更討厭的還是胡雙華背後那個害死了小皇孫的胡家。

她向來是個不愛抱怨的人。

回平京這麼久，每一次的書信往來，她都沒向盛家提過這裡的不好或是魏家的不好，報喜不報憂，這是一貫的事。

不過這一回，洋洋灑灑，幾頁紙的抱怨，馮纓絲毫不帶遮掩地表露出自己對胡家的不滿。

半個月後，由慶元帝派往河西宣旨的天使不敢怠慢，快馬加鞭地趕回了平京，一道回來的，還有盛六託付的一封寫給清平縣主的信。

馮纓拆了信。

薄薄一頁紙，上頭龍飛鳳舞，是她六舅舅豪放的字跡。

好嘛，六舅舅直接認了這門婚事，不過提了一個要求，必須要新娘遠嫁河西，方算禮成。

馮纓樂了，笑著倒在魏韞的背上。

胡家想嫁女進盛家，為的其實就是要盛家的兵權。

可一個遠嫁女，哪還能受娘家的控制？

她舅舅，想了一個絕妙的好主意。

盛晉站在城門口，和他大哥盛州隔了兩丈遠，一身灰撲撲的明光甲，半張臉都是被濺上去的血水。

盛大將軍騎著高頭大馬，一身鎧甲也滿是血水，瞇著眼睛看著他半晌。「你做得很好。」

盛晉舔舔乾裂的嘴唇，承北的日頭在入了夏之後，恨不能十二個時辰都掛在天上。他瞇著眼看他大哥，抬手摸了把嘴角。「羌人的老皇帝是不是快死了？他底下的這幾個兄弟最近可不太平。」

盛大將軍手裡的馬轀繩稍稍緊了一點，那匹馬原地踏步，拿頭拱了拱盛晉。

「探子的消息是快死了，所以這次來的是羌人的三皇子，野心勃勃，倒是想一口氣拿下鄙城，好回去在老皇帝面前討個好。」

鄙城在承北最偏角，向來與關外那些凶悍的游牧部族無關聯，鄰邊僅有一個依水而居的小小部落，都是群老幼孤寡，因此多年來相安無事。

是以，盛晉去鄙城辦事時，手裡只帶了自己的一隊親兵，卻不想，羌人會突然攻打鄙城。

而當時盛晉不過才帶了五百親兵，即便是加上鄙城的兵力，也不過才兩千兵。

羌人氣勢洶洶，他帶著兩千兵守住鄙城城門，奮勇抵抗了一天一夜，終於等來了盛大將軍親領的援軍。

「你做得很好，守住了鄙城，守到了援軍。」盛大將軍下馬，看著最年輕卻也已經不年輕的弟弟額頭、臉頰上血水混著灰塵，伸手拍了拍他的肩頭。「纓娘要是知道了，一定會捶胸頓足，後悔沒能跟你再並肩作戰一場。」

盛晉仰著頭，不緊不慢的說：「這事沒啥好後悔的。」

盛大將軍點點頭。「的確。這也不是什麼好事，能不遇上自然是最好的。」

盛晉揉了揉肩膀。他這次手下親兵折損過半，其中還有幾個是從纓娘留在河西的女衛中調來的好手，如果讓她知道了，只怕面上說著馬革裹屍，轉過身還是得紅著眼眶哭上一場。

「算算日子，你的信應當已經送到纓娘手裡了。」盛大將軍道。

盛晉瞇了瞇眼，眼前閃過一堆堆雕梁畫棟的建築，和一個個珠翠環繞的佳人。「纓娘不喜歡胡家，陛下也不喜歡。」

「但胡家不一定會為了一個女兒，放棄拉攏我們。」

「那就看胡家那個女兒有多大的能耐了。」

盛晉沒好氣地掏出脖子上掛的玉髓，狠狠摸了一把。

盛大將軍抬腳往他屁股上踹，打得羌人屁滾尿流的定遠將軍當即摔了個狗啃泥。

「你既然喜歡青娘，就把人娶回來，盛家又不是只看門第的人家。」

盛晉在地上翻了個身，仰面望天。「我這條命遲早有一天要丟在戰場上，何必讓她當這個寡婦。」

「你怎知道她不願意當這個寡婦？」盛大將軍踢了踢他的腰。「你一把年紀，老就老了，死就死了，她可還年輕漂亮著，沒名分，你要是突然沒了，你當那些虎視眈眈盯著她的人，不會趁你不在把人撕了？」

「我不是還要娶胡家那個女兒嗎？」

「你心裡清楚，陛下不會真讓你娶了她的。」

從河西來的信，不光馮纓收到了，慶元帝自然也收到了。

兩封信沒什麼差別，為的就是不想多寫什麼東西，以免中間有人偷看出了岔子。

慶元帝收到信的第二天，就讓皇后將胡家女眷召進宮中，那日太子妃也在旁作陪，親耳聽見皇后唸過盛家的書信，又說陛下覺得既要成夫妻，就沒道理讓妻子留在京城，與丈夫相隔萬里，想要問問胡家要遠嫁河西，可有給女兒準備什麼東西。

胡家自然是肯的。

平京城中的盛家三房手裡沒多少兵馬，甚至不少子孫棄武從文，壓根不被胡家看在眼裡。他們早有打算，胡家姑娘要麼為天子妾，要麼入東宮為太子妃固寵，然後再從沒選中的人中，尋一個機會嫁進河西盛家。

但胡家更希望盛六爺能被調回平京。

畢竟盛六爺如果回京，京中甚至是宮中安危定然會交由他守衛。這一支軍隊，可比遠在河西的兵馬更重要，而且就在他們的眼皮底下，許多事也會更方便一些。

如馮纓所料，從宮裡傳來的消息表示，胡老夫人果真答應了送胡雙華遠嫁。

只是胡雙華說什麼都不肯，在宮裡當場就同家裡人鬧了個不愉快。她甚至嘴裡還喊話，埋怨胡老夫人當初沒讓她與魏長公子合八字，白白錯過了一門上好的姻緣，害她不光要嫁給一個可以當她爹的男人，還要孤身一人遠嫁，去那窮困潦倒的河西。

這事是東宮的人傳來。馮纓簡直氣笑，偏生魏韞又在書房與人商議要事，她在床上翻來覆去，好不容易睡著了都沒能把人盼回來。

於是第二天早上，她早早醒來，見身側男人睡得香甜，一個翻身，騎到了他的身上。

她微微俯下身，捏著嗓子喊他。「魏含光，起來了。」

魏韞皺了皺眉。

馮纓抿唇，繼續放柔聲音。「我昨晚又去翻了個話本子，學到了點東西，是你藏在櫃子裡的那本喔。」

魏韞終於將眼睛睜開，半瞇著眼看著騎坐在自己身上的馮纓。

馮纓微俯著上身，絲毫不知自己一覺醒來，略顯寬鬆的衣襟半敞著，露出裡頭月白色的肚兜，一片春光美不勝收。

「學了點什麼？」

魏韞多看了兩眼，這才把目光放回到她的臉上。

馮纓立刻直起身子。「聽說人家雙華妹妹埋怨家人，說害她錯過了與你的上好姻緣。長公子，你怎麼想？」

「那是誰？」魏韞伸手捏了捏馮纓的耳垂，另一隻手摸上她的腰身，聲音微啞。「我的上好姻緣，不是老天爺送到手邊的沖喜小嬌妻嗎？」

馮纓瞪眼，拍掉他在肋骨上下游移的手掌。

魏韞瞧她這副突然吃乾醋的模樣，笑了，道：「胡家就是願意送他家姑娘的八字來，我爹也不敢收。」

他說完，見馮纓還要再說，伸手摁著她的脖頸往下一壓，咬上想念了一夜的唇瓣。

馮纓試圖把人推搡開，卻已經一個翻身，從騎坐的姿勢被人壓在了床榻上，唇邊溢出男人的低笑，還有他一本正經的問話。

「纓娘，妳還沒說妳學了點什麼？」

馮纓有些心虛地想要爬走，突然腰上多了一條手臂，整個人直接被拖了回去。

房門外，剛剛輪值的綠苔呆呆地望著天。

有婆子來問幾時用早膳，問了兩遍，她這才低下頭歪了歪腦袋，掰手指算。「半個時辰……哦不，還是一個時辰吧。」

那就不是早膳，要改用午膳了。

還不等婆子開口，屋裡頭一聲驚呼，傳出曖昧的聲響，婆子老臉一紅，忙低頭應聲。

「那、那就一個時辰、一個時辰……綠苔姑娘，一個時辰後，老奴再來問問。」

半個時辰後，馮纓渾身是汗，閉著眼，一腳揣在魏韞的小腿上。
「你好煩。」她嘴上說煩，心裡頭卻是不自覺地撒嬌。
魏韞下床，聞聲低頭親了親她的髮頂。「妳不是很舒服嗎？」她閉著眼嬌嗔的模樣，不論看了幾回都不叫人生厭。
馮纓哼哼兩聲，說：「熱。」
魏韞笑笑，喊人送來熱水，就抱起她去屏風後沐浴。
只是這一洗，又是半個時辰。
碧光帶著綠苔進屋收拾的時候，從屏風後一路到床榻上，到處都是水，至於那對夫妻倆，正面對面站著，互相幫對方換上乾淨的衣裳。
「你也不攔著點我。」瞧見魏韞脖頸上的抓痕，馮纓羞惱地把他衣領正了正。
魏韞低頭，動作熟練地抓住她的手指。「攔著做什麼？等以後毒解了，這些都得從妳身上討回來。」
馮纓瞪眼。
她自問是個臉皮厚的，床笫之間的那些事雖然沒做到最後，可也互相主動了不知多少回，身上留個抓痕什麼的，明明只是……怎麼被他說出來，曖昧地叫人心頭亂跳。
「這個時間了，你還要進宮嗎？」她趕忙轉移話題。
魏韞笑笑。「不去。」

他是不進宮了，宮裡卻在這時候送了請帖出來，說是皇后要宴請各位皇子親王以及被賜婚的諸位世家姑娘。

第二十章

照著帖子上寫的日子，馮纓跟魏韞進了宮，拜見過慶元帝後，馮纓獨自去承元殿給皇后請安。

往承元殿去的甬道上，她遇上了太子妃。

有些日子不見，馮纓驚覺太子妃竟憔悴了許多，眼中的頹色愈發濃重。

馮纓抿了下唇，問：「表嫂最近可還好？」

太子妃抬手摸了摸自己的眼角，自嘲地笑了，說：「老樣子罷了，不過是一想到小皇孫，我這心頭就疼得厲害。」

慶元帝到底沒叫胡家得逞，儘管還給胡家留著面子，將胡雙華賜婚給了盛六爺。可誰不知道盛六爺那樣的人物？就是真把人娶了，也不一定會讓胡家的目的得逞。

「我知道妳這丫頭想說什麼，妳太子表哥日後還會有別的孩子，但他始終是我的夫君。」太子妃笑笑，摸了摸馮纓的臉。「妳倒是看著神色不錯，魏長公子他一定十分疼愛妳。」

馮纓難得害臊。

想著那人夜裡時不時翻那些亂七八糟的書，說什麼要活到老學到老，她就恨不能搧自己一巴掌，問問自己當初怎麼就非要……非要招他不可。

在皇后的承元殿約莫坐了不過半個時辰，前頭慶元帝便讓張公公過來請皇后和諸位夫人們一道往宴廳去。

因此次設宴，實則是為慶賀諸位皇子親王納妃，因此來的也都是被挑中女兒的世家。

這些人大多都見過馮纓，但也有些從前在外任職方才調回平京的公子們，還不曾見過她。

馮纓今日略施粉黛，穿的是一身鴉青色的半臂，裡頭是縹色的上襦，底下配了杏黃的長裙，簡單的髮髻，搭著漂亮的頭飾，走起路來大大方方，誰不往她身上多看兩眼？

那些原本認識她的人只隨意看了眼，回頭卻見身邊的人一雙眼睛直愣愣地盯著人看，尤其是發覺她梳著婦人髻，再問嫁予何人為妻，皆露出了惋惜的神色。

「這般美人，怎麼偏偏就嫁進了魏家？」

馮纓對旁人的想法向來沒什麼興趣。剛才在承元殿，她已經跟著太子妃與不少夫人們見過，也同各家的姑娘頷首打過招呼，於是這回進了宴廳，她絲毫沒有再與人寒暄的想法，徑直朝著魏韞所在的地方走去。

魏韞是臣子，座位理當與諸位皇子親王遠一些，但興許是因為他極得慶元帝和太子看重的關係，他的位子，就靠在太子一側。

馮纓過去的時候，他們君臣正談笑著。

太子支著下巴，宴席還未開始，他還沒擺出平日裡恭謹大方的太子架勢，一見人來，撩起眼皮先替魏韞打抱不平。「纓娘怎麼才來？」

「呵，我家這位姊姊可是慣常會拿腔作勢，如今成了縣主，連我爹爹都請不動她了。」

這聲音冒得突然，好在宴廳內因著人來人往，多在彼此寒暄，反倒是幫著遮掩住了這個聲音，沒引起太多人的注意。

馮纓回頭，一眼就看到坐在不遠處的馮蔻。

納妾和納妃不一樣。納妃要仔仔細細走那三媒六聘的程序，即便是皇子親王也是如此，畢竟娶進門的是名正言順的妻子，而不是如同玩物的侍妾。

馮蔻是被作為侍妾，一頂轎子抬進五皇子宮中的，五皇子如今還未封王，皇后的意思是今秋五皇子續娶正妃後，才會帶著女眷從宮裡搬出去。

以同樣是皇后所出的三皇子為例，陛下對其十分寵愛，十二歲便封了豫王出宮立府，十五歲娶了正妃和兩位側妃，另外還納了幾個侍妾，如今膝下一子四女，全都十分得陛下喜愛。

五皇子這般二十餘歲還未封王的，實在已是少見。

眼下看來，住進宮裡的馮蔻，絲毫沒有認識到自己僅僅只是一位並不得寵的皇子侍妾，反倒頗有些趾高氣揚的樣子。

「這人是誰？」

聽到馮蔻的聲音，太子連目光也未瞟到她身上，只頗有些不耐煩的敲了敲桌面。

馮纓笑笑，不說話。

馮蔻卻倨傲地抬了抬下巴，走到太子跟前行禮。「太子殿下，妾身是五皇子宮裡的人，也是纓娘的妹妹，說起來，妾身還得喊殿下一聲表哥呢。」

她一邊說，視線卻往一旁的魏韞臉上瞟。

當初人人都以為魏長公子快死了，不願當這個寡婦，生生就錯過了這麼好的一個機會。現下再看，哪裡還看得出將死之人的模樣。

馮蔻心裡實在懊悔，幸好她遇上了五皇子，五皇子知冷知熱，又慣會憐香惜玉，儘管沒能讓她當成側妃，可那也不是殿下的錯。

說到底，都怪馮纓！要不是她在皇后面前說了話，她到手的側妃之位怎麼會被別人搶走！

馮蔻心底憤恨，手下就不自覺地揪起衣袖。

那點自以為無人知曉的小動作，被馮纓清清楚楚看在眼裡，直接笑了起來。「妳再看下去，信不信我直接把妳的眼珠子挖出來，給妳家五殿下泡酒喝？」

這威脅，乾乾脆脆，不帶絲毫客套謙虛。

那頭的魏韞分明是聽見了她的話，卻只是笑笑，連點驚詫都沒有。

馮蔻驚呼一聲，忙扯過袖子就要擦眼淚。「姊姊怎麼能說這種嚇人的話……」

「我見妳恨不得把眼珠子貼在我夫君臉上，我以為妳是不想要眼睛罷了。」馮纓恍然。「原來妳是要的啊，那妳剛才是在貪圖我家夫君的美色嗎？」

馮蔻臉上的表情有些僵了。

馮纓頷首，神色不變，繼續胡說八道著。「我這人吧，從小到大，是我的就絕不大方。不過要是眼珠子不想要了，我也能大大方方收下，當然，不論收下之後還是送回去，都絕不會大方到黏我夫君身上的。」

她頓了頓，才繼續說：「對了，今天這宮宴，妳是怎麼混進來的？」

馮蔻臉上的表情已經變得有些難看了，一旁有人忽然出聲。「纓娘，妳這樣好沒道理，妳妹妹話還沒說上兩句，就叫妳一連回了數句話。」

馮纓扭頭去看，竟是胡雙華。

胡家這一回沒能成功地把姑娘送進宮裡，卻還是在宮宴上討到了一席之位。

馮纓雙眸澄澈一片，眉眼彎彎，帶起淺笑。

「我也不過是隨口說說，畢竟眼珠子泡酒這種事，只有蠻夷才會做。我們盛家，遇上膽敢覬覦親人的傢伙，手不乖就砍手，嘴不乖就割舌，挖眼珠子什麼的，實在是太過血腥了，不好不好。」

她說著搖搖頭，滿臉「妳怎麼能這麼說，實在是太過分了」，彷彿剛才說要拿眼珠子泡酒的壓根就不是她的模樣。

馮蔻氣得發抖，揚手想要打她巴掌。

馮纓冷眼看著，在她手掌落下的一瞬間，擋開她的胳膊。

「蔻夫人。」馮纓蹙眉，喊了一聲。「這裡是陛下設宴的地方，不是忠義伯府，妳想怎麼撒潑，想怎麼顛倒黑白欺負弟弟妹妹，那是妳的事，少來招惹我。」

「妳們在做什麼？」

她們方才說話，因著宴廳裡聲音嘈雜，並沒有引起旁人注意。

但偌大的一個宴廳，總還是有人想往太子身邊湊，於是這一湊，便正好撞上了這一幕。

說話的是位武將夫人，出身不高，當年那位大人娶她的時候，平京城裡的世家無不嘲笑他們夫婦二人，偏這麼多年過去了，夫人連生六個女兒，那位大人身邊更沒多出一個女人來。

這樣一來，平京城裡的世家夫人們對她更是多了不少話題。

偏這位夫人是個脾氣直的，萬事不藏，想說什麼就說什麼，瞧見馮蔻要搧馮纓巴掌，夫人立即喊了起來。

「我記得妳，妳不就是忠義伯府家的姑娘嗎？妳這姑娘膽子倒是大，這是宮裡，妳居然敢在這裡動手？」

「我沒有！」馮蔻咬牙切齒，想從馮纓手裡掙脫開，奈何她那點力氣根本不夠看。

武將夫人哼哼冷笑。「妳這樣的小姑娘，我看得可多了，人模人樣的，偏就喜歡勾引別人丈夫……」

這話說得太過難聽，可誰都不敢上前幫上一把。

一來，那武將夫人本身就是個麻煩；二來，前頭還有馮纓呢，太子和太子妃也在邊上，他們誰過去了都要被記上一筆。

「五弟。」

太子這時候突然出聲。

馮蔻驚得差點咬著自己的舌頭，回頭瞧見方才還和未來側妃眉來眼去的五皇子滿頭是汗地走了過來，忙掐了自己一把，逼出紅紅的眼眶，嬌聲道：「殿下，你看哪……」

「五弟，如果管不住自己的女人，就讓母后教教你。」太子接過太子妃貼心倒好的茶，垂著眼簾道：「你把宮裡的侍妾帶到宴廳，委實太沒有規矩了。」

五皇子擦了擦汗。「皇兄教訓得是，皇兄教訓得是。」

那頭的帝后顯然也注意到了這邊，正指著這裡同張公公說話。五皇子有些站不住了，哪還管如今對馮蔻是不是正得趣，忙拽過她另一隻胳膊就讓宮女把她趕緊送回去。

馮纓順勢鬆開手，就見馮蔻一個踉蹌差點摔倒，而後兩個宮女一左一右不給她說話的機會，扶著就把人往宴廳外帶。

說是扶，那動作實際上和架著沒多大差別。

武將夫人心直口快，見人走了，撇了撇嘴。「魏夫人，這種姑娘，妳可別以為是親妹妹就不會纏上妳家裡頭的男人。」

她往後頭瞥了一眼。「就是嫁人了也得防著。」

五皇子已經去前頭向帝后賠罪了，張公公自然沒有再往這邊過來的必要。馮纓謝過武將夫人，身子一轉，挨著魏韞坐了下來。

馮纓剛剛坐下，忽聽魏韞隨口問了一句。「我是妳的？」

「難道不是？」馮纓偏過頭看他，唇邊的笑掛得高高的，絲毫不覺得自己的話有什麼問題。

魏韞低笑。

如果不是環境不合適，他真的很想拉過她，親吻她這張膽大妄為、什麼話都敢往外頭說的嘴。

馮纓嘻嘻一笑，偏偏膽大，猛地湊過去在他臉上親了一口。

她動作太快，宴廳裡的人大多沒有注意到，等她一回頭，太子妃滿臉羞紅不敢往她這再看一眼，太子則伸手點了點她。

馮纓輕吐了下舌頭，案席下，她伸手勾了勾魏韞的尾指，然後被男人回握住，很快十指相扣。

儘管案席擋住了不少人的視線，可馮纓、魏韞夫妻倆的柔情密意，便是瞎子也看得見。

而且，人家是貨真價實的夫妻倆，感情正好，任誰都說不出難聽的話來。

「這小輩一個個都成家立業了，眼瞅著是我們老了。」皇后望著馮纓笑，目光落在胡老夫人身上，特意道：「人年紀大了，總是會不合時宜地執拗了些，有的時候呢，又毫無原則地去寵溺家中的小輩，絲毫不知別人實際上是怎麼看待自己，怎麼看待孩子。」

「皇后娘娘說得是，這上了年紀，總會多為小輩考慮，生怕小輩受了哪點委屈，這要是做長輩的能幫上忙，恨不能把星星都摘下來，捧到她跟前。」胡老夫人連忙道。

皇后意味深長地多看了胡老夫人兩眼，之後的宴席都沒有再與胡家人說過半句話。

皇后不去理睬胡家，胡家卻顯然沒有放棄趁著這個機會，多和其他世家的夫人太太們聊聊。

「忠義伯府的這位二姑娘，原來生得這般好。」有剛回平京的公子藉著喝酒的姿勢，同邊上的故交好友低聲交談。

好友目光在馮纓身上一轉，道：「生得好也沒用，這人是個厲害的，你又降服不住。」

當初馮纓回京，誰家不曾生出過那一星半點的心思？

可心思才冒頭，就見她動手教訓了人，這麼潑辣厲害，誰家敢娶？

「怎麼降服不住？女人嘛，不就是那點事……」

兩人說話的聲音其實並不大，相反的，壓得很低，那公子哥一邊喝著酒，一邊往馮纓臉上瞥，忍不住就瞇起眼舔了舔嘴角。

然而下一刻，一道冷冷的目光投了過來。

戾氣十足。
兩人身上一冷，忙往前頭看過去，不偏不倚，魏長公子就在那冷冷地看著他們。
「在看什麼？」
馮纓原本探過身在一旁同太子妃說話，轉過頭來見魏韞正看著前面，挨過去挾了一筷子糕點放他手邊。
「是在看哪家的美嬌娘呢，還是在看什麼？」
魏韞含笑搖頭。「旁人家的美嬌娘，哪有我家娘子生得好？」
「那是。」馮纓洋洋得意。
魏韞低頭看她笑得恣意，伸手把她往懷裡摟了摟，周圍沒人注意到這邊，倒是叫他們夫妻倆又親暱了下。
馮纓笑得推了推他的胳膊，壓低聲音問：「你還沒說你到底在看什麼呢？」
「那邊有人在看妳。」
「誰？」馮纓扭頭去看對面，男男女女，都是各世家的人，有幾張陌生的臉孔從眼前一晃而過。「沒發現呀。」
「哦，那就是我看錯了。」
魏韞微妙一笑，略偏著頭，將馮纓因為亂動而斜斜掛在頭上的簪子往裡扶了扶。
他就知道。

他家夫人向來對那些手不能提、肩不能挑又一臉文弱長相的公子哥沒有興趣。

「纓……夫人……」胡雙華慢慢走到他們案席前，絞著帕子一時猶豫不決。

馮纓擺擺手，打斷她的話。

「妳可以喊我魏夫人、馮夫人、縣主，或者馮將軍，就是別喊纓夫人。」馮纓懶懶地看著她，嗤笑一聲。「不知道的，還以為我是哪家的侍妾。」

她家五妹妹現在可不就是被人一口一個「蔻夫人」的喊著嗎？

胡雙華脹紅了臉。「我知曉縣主不喜歡我，可有些話我不得不說。」

「能不說就別說。」

馮纓放下酒盞，看胡雙華擺著一副受人欺負的樣子，心下越發不喜。

她就是不喜歡胡家人，也不喜歡搞不清楚狀況的胡雙華。胡家想說什麼，儘管在宮外說，這裡是宮宴，不是讓他們胡家人撒潑的地方。

「縣主雖已成親，可到底是婦道人家，怎麼能和丈夫一道，在人前如此這般親暱？分明就是傷風敗俗！」

馮纓目瞪口呆。

胡雙華這話，她還真是氣也不是，不氣也不是。那些世家小姐們所學的禮儀裡，的的確確有不能與丈夫在人前行為過密的教育。

可那和她有什麼關係？

她要是不和魏韞感情好，難道要白白便宜其他人，聽那些人面上笑盈盈，嘴裡卻缺德地說閒話，猜測原來他們夫妻倆也沒什麼感情?!

馮纓笑了笑，笑容玩味。「妳不盯著我看，怎麼知道我傷風敗俗？難道，雙華妹妹是在……嫉妒？」

胡雙華呆了一呆，臉色刷白，差點尖叫，後頭有個男人上前一步走了過來，伸手就一把將她的嘴給捂上了。

馮纓打量著男人，男人則看向魏韞。「魏長公子別來無恙。」

魏韞頷首。「原來是胡校尉。」

聽到對方也是個校尉，馮纓下意識多看了兩眼。

對方也姓胡，又這麼護著快要失態的胡雙華，顯然也是胡家的人，最起碼，同胡雙華的關係應該不算遠。

看身材，的確是個練武的人。

那人打了招呼，鬆開手，胡雙華立即就喊了聲「三哥」。

「縣主。」胡三按下胡雙華的手。「盛六爺捎回平京的信我們也看了，六爺希望妹妹過門之後能去河西，胡家上下亦覺得理當如此，只是，妹妹畢竟是我胡家嬌養大的女兒，不知縣主能否勸勸六爺，讓六爺先回平京，待行過禮後再帶妹妹回河西去？」

馮纓問：「胡校尉在哪當差？」

「衛河。」

胡三沒回話，魏韞在旁作答。

馮纓「哦」了一聲，笑了。「衛河啊，是個風光秀麗的好地方，這幾十年聽說都是太太平平的，連個冒傻氣的山賊土匪都沒有。」

衛河離皇陵很近，近到什麼程度呢？因為皇陵周圍一帶的治安，用馮纓的話說，是好到爆的那種程度，以至於衛河等地，幾十年太太平平，最大的問題可能就是小偷小摸。

皇陵周圍駐軍除了日常訓練和巡邏外，經常做的事就是幫著老百姓抓牛、救貓和撈狗。

馮纓今天這話說得其實有些誅心，胡三臉色微變，馮纓就好像壓根沒注意到一般。

「如果有機會，胡校尉倒可以去河西看看，你知道大啟的邊境是個什麼情況嗎？你知道承北一帶，每年要遭受多少次外族的侵擾？河西之外，又有多少游牧部族在一邊放牧，一邊覬覦著大啟？

「你又知不知道，就在不久前，離平京城千萬里外的鄖城遭到羌人突襲，殺傷搶掠？我六舅舅帶著兩千兵力，好不容易才守住了鄖城，沒叫羌人再往前一步。」

馮纓深吸了口氣，冷臉道：「在這樣的情況下，你們還想要我六舅舅為了男女私情，丟下邊關不管，特意回平京一趟？」

你們胡家怎麼這麼大的臉！

「這是怎麼了？」皇后突然出聲。

一旁的太子妃伸手拉住了馮纓，魏韞也起身，將人擋了擋。

「只是與胡校尉隨意聊了聊。」魏韞口吻很淡，旁人是聽不出來其中的不悅的，只當他是說了一句尋常的話。

太子往胡家兄妹臉上看了兩眼，同皇后笑道：「前些日子，教坊司新排了一支舞曲，父皇母后，不如讓她們上來助個興。」

皇后哪會說不好，舞姬們當即有序地進了宴廳，原本站在各處言語的眾人都回到了各自的案席前。

馮纓自覺是個沒什麼舞蹈審美的人，她看了看舞，有些無趣地低頭去抓魏韞的手玩，魏韞看她一眼，一言不發地寵著，由著她把玩。

也不知是誰先起了頭，陸續有被挑中的世家姑娘上前，或彈琴、或吹簫，竟在帝后面前拚起了才藝。

馮纓這才生出了興趣，偏這個時候，胡三站了出來，稱願意舞劍助興。

「……」馮纓回頭。「這人娶妻生子了沒有？」

「正妻病逝三年，胡家正在為他準備續弦。」魏韞道。

馮纓撇嘴。「他這架勢，看著就好像是要在母雞跟前表現自己的公雞，雄糾糾，氣昂昂。」

別家都是姑娘出場，為的是在將來的夫婿面前好好表現自己，爭取能多得一些尊重或寵愛。

胡三一個大老爺們……

馮纓心下還在腹誹，就聽得一聲「當心」，一把劍忽地飛了過來。

她不作他想，幾乎是下意識地抓過案席上用來分肉的小刀，直接丟了過去。

劍身被擊中的一瞬，有一些稍稍的偏開，馮纓沒有遲疑，一把扯過身後的垂簾，手一揮，一罩，一兜，終是在劍傷到魏韞的前一刻，「咣」一聲砸在了桌上。

簾子已經被劍捅穿，即便是砸在了桌上，劍頭仍能看見鋒芒。

所有人都僵在原地，驚恐地看著那柄被甩飛的劍以及……差點被傷到的魏韞，和挺身護夫的馮纓。

「怎麼回事？」慶元帝大怒。

太子旋即走到馮纓身旁，拿起劍，呈送到慶元帝面前。「方才舞劍的時候，劍脫手了，幸好有纓娘在，不然含光……恐會出事。」

「舞劍的劍怎麼會飛出去？」慶元帝拿過劍，打磨得十分光亮的劍身在燭火下，不時還能折射出銀光來。

「是臣疏忽了！」胡三單膝跪地，抱拳認錯。

馮纓瞥了眼胡三，轉身問：「含光，有沒有傷到？」

魏韞搖頭。「我沒事。倒是妳，手上的傷沒事嗎？」

馮纓後知後覺，這才發現自己的手指間有被小刀割開的一道傷口，血水流出，她絲毫沒有發覺。

她隨手抹了一把，去看胡三，忽然笑了。「胡校尉今日是沒吃飯，還是平日裡就骨頭軟，所以連把劍都握不住？」

胡三怔了一下，顯然沒料到她居然會這麼直白地問出這種令人難堪的問題。

「興許只是手滑。」魏韞的聲音平平靜靜，全然不像是剛剛經歷了生死一刻的感覺。

馮纓扯開嘴角。「是啊，手滑。」

胡三垂眼。「是在下的錯，還請縣主責罰。」

帝后都冷了臉，太子也沈著臉不說話。

「當然是你的錯，要責罰你的卻不該是我。」馮纓道。

胡三驀地抬頭。

「嗤。」馮纓笑了，說：「難道很意外嗎？從你鬆開手，讓劍飛出去的時候，你脖子上的這顆腦袋其實也跟著飛出去了。」

她伸手一指。「此刻是宮宴，那裡坐著帝后，這裡坐著太子及諸位皇子，周圍還有那麼多的大人。胡校尉，手軟就不該拿劍顯擺，要知道，在這裡你不論傷了誰，都不是你們胡家能擔得起的！擔得了一次，你以為胡家能擔得了一輩子？」

她走上前微微彎腰，胡三還跪著，神情已經變了色。

「胡校尉，你真當我不知道你想對誰動手嗎？你不敢衝著我來，就衝著魏含光去，你是不是以為能給我一個警告？」

馮纓微微笑，直起身前，丟下最後幾個字。

「你們胡家，就是一個笑話。」

胡三渾身一震，猛地抬頭去看帝后。

慶元帝的臉上陰雲密布，就連皇后，也是滿臉惱怒。

他忽然遲疑起來，遲疑自己剛才做的一切，是不是真的……擋不住？

那日的宮宴過後，平京城接連下了幾天的雨。

淅淅瀝瀝的過了四、五日，終於越下越大，逐漸有了瓢潑之勢。

饒是大雨瓢潑，卻依舊擋不住胡家那位三公子的腿，三不五時就要往魏家跑一趟。

魏家的男人們大多在朝中任職，家裡很多時候只有女眷。胡三是小輩，登門拜訪自然要拜見魏老夫人，一來二去的，老夫人越發喜歡他，以至於見著馮纓都免不了說上幾句。

要麼說她小氣，別人這般誠懇道歉，卻還躲著不肯原諒別人；要麼就勸魏韞，勸他同胡三和好，別傷了兩家的和氣。

馮纓實在不耐煩，索性拉上魏韞躲去了山莊。

出發那日的天氣意外得好，沒有烏雲，更沒有雨。

夫妻倆共乘一輛馬車，悄無聲息地出了城。等到胡三又登魏家拜訪時，馬車已經到了山莊，曾伯更是歡歡喜喜地送上了一籃的荔枝，高興地讓馮纓多吃些。

魏韞不知讓手下人去太子跟前說了什麼，之後的日子裡，他就一直待在山莊裡，什麼地方也不去。

至多是陪著馮纓在莊子裡轉轉，看看今夏的田裡都有哪些果子能上桌吃了。

轉眼，半個月過去了，夫妻倆深居簡出，就彷彿把平京城的一切都拋棄了一般。

魏家來過人，有魏陽的，也有康氏的，不過大多沒說上幾句話，便被夫妻倆請了出去。

而這時，朝廷裡發生了巨震。

巨震的開端，是那位一貫夫妻和睦的武將夫人家裡，突然多了個嬌俏的姑娘。

武將夫人和武將的感情，是有目共睹地好。大大咧咧的夫人，粗中有細的丈夫，這個組合不知道明裡暗裡羨煞了多少人。

武將夫人雖然大大咧咧，可對於丈夫，一貫最是體貼不過，於是武將前腳從營裡回來，後腳她就備好了洗澡水。結果她才轉身去廚房，準備給丈夫再盛點酸梅湯，就聽見丫鬟急匆匆跑來的腳步聲。

廚房離正房還有些路，丫鬟跑得急，連氣都喘不勻，只說是正房出了事，具體是什麼事，卻是連半句完整的話都說不清楚。

武將夫人生怕出了什麼大事，於是帶著一群丫鬟婆子，甚至還有家丁，浩浩蕩蕩趕到了正房，只見一個姑娘跌坐在地上，渾身濕透，輕紗似的衣裳緊緊貼在身上，前凸後翹，一不留神就叫人眼珠子黏了上去。

再看從房裡出來，冷著一張臉，從頭到腳濕答答，卻拿一床被子緊緊裹著身體的武將，眾人這時候還有什麼不明白的？

等到武將夫人上前抓著那姑娘的胳膊，狠狠給上幾巴掌，她就尖叫著什麼都說出來了——

這姑娘是跟著回娘家的武將長女一道來的客，姓胡，是胡家庶房的庶女。

武將夫人把人關了起來，把長女狠狠訓斥了一頓，派人聯繫胡家，哪知道胡家那頭竟派了人來，說這姑娘日後就是武將的人了，留著給夫人做牛做馬、為奴為婢都沒關係。

武將夫人哪會願意，直接把人送去了京兆尹處。

京兆尹不敢接手這個燙手山芋，武將夫人也不怕，又不知從哪裡找了位好多管閒事的御史，直接在慶元帝面前參了一本。

隨之而來的，是有人向慶元帝呈上了厚厚一疊關於胡家野心勃勃的證據，那些證據寫得明明白白，都是胡家某房某女嫁於某世家公子為妻，又或是成了某位大臣的姬妾。

這一查，不得了，胡家各房這些年藏著的庶出女兒一大群，有些是親生的，有些則是從外頭買回來特意培養，專門送人做妾的。

胡家簡直就像是揚州那些調教瘦馬的人家，朝野上下，竟是處處都有胡家姑娘的影子。

事情一出，胡家上下立馬開始疏通各路關係，畢竟他家說得好聽是女兒眾多，家世門第在此，難免要與許多世家通婚，但說得不好聽一些……分明就是胡家別有用心，暗中在各處安插上自己的眼線，意圖結黨營私，圖謀不小。

此事暴露之後，胡家傾全家上下之力頻頻打探宮裡的消息，可皇宮那等地方，哪是他們輕易可以打通的？原先買通的幾個小黃門因著身分不夠，事情冒頭後很快被揪了出來，無聲無息地就被處理了。

胡家左等右等，等不到宮裡的消息，只好往東宮去動作。

可太子妃身體抱恙不便見客，太子也早已下令誰也不准驚擾了太子妃休養，於是這一條路又被堵死。

最後胡家沒辦法，只好想辦法與皇后身邊的一個女官搭上關係，想託女官幫忙問問陛下究竟是個什麼想法，言語間，不免承諾，將來讓家中最有前途的兒郎娶了女官為妻。

那女官在皇后跟前也不算多得信任，才剛準備將自己聽到的消息傳回胡家，就被人捂住了嘴帶走了。

不多日，胡家男人上朝的時候，御史臺的摺子便如雪花般從慶元帝的御案前砸到了他們的臉上。

結黨營私、把持朝政、禍亂刑制、以色謀權、欺男霸女、魚肉鄉民，甚至還有說他家閨門不睦、閨門不肅的，幾乎所有能夠想像到的罪名，盡列其上。

胡家喊冤，可偏偏證據確鑿，就是連個辯解的可能都沒有。

牆倒眾人推，風風光光了上百年，出過一位皇后、兩位貴妃，子孫百年來名聲顯赫的胡家就此傾頹。

慶元帝一向雷厲風行，加之此次還有太子等人徹夜不眠地細查，終是將胡家上下定了罪——

胡氏全族流配滇州，出嫁女亦然。胡氏黨羽皆官降三級，不得再為京官。

不過幾日，那些嫁進高門的胡家女就被夫家逐出了家門，一封封休書，證明了兩家關係的斷絕。

可沒有人說那些人家心性涼薄。

畢竟這世上女人無數，這些世家子弟日後憑著身家總還是能再娶妻納妾的。他們寧可背負罵名，也好過被胡家牽連。

太子妃也主動請求太子休妻，但太子怎麼都不肯，甚至還在慶元帝的宮前連跪兩日，懇求恕太子妃無罪。

太子妃自然無罪，帝后只是意思了下，讓太子妃禁足東宮，可誰都明白，什麼禁足，那不過就是一個讓太子妃養好身體的藉口。

另一邊，在清點胡家人口的時候，有人發現胡家少了一個未出閣的女兒。

這個消息傳來的時候，馮纓正坐在院子裡吃荔枝。

盛家在嶺南有片荔枝園，從前山莊落在馮奚言手裡的時候，荔枝園那頭從不往平京城裡送荔枝，眼下馮纓拿回了莊子，嶺南的荔枝便一批批的快馬送到山莊裡，最是新鮮不過。

不過荔枝多食容易上火，魏韞一直盯著她，每日只准她吃上一小籃，多的半顆都不准她吃。

聽說胡家不見了的那個女兒正是胡雙華，馮纓一口荔枝差點卡住喉嚨。「她怎麼會不見了？」

魏韞剝著荔枝，見她差點卡住喉嚨，轉身把手上的荔枝送進自己嘴裡。

「抓人那日太過混亂，一時沒能把人清點清楚，這才叫胡雙華趁亂溜了。」

馮纓皺了皺眉。「她一個嬌娘子，手上沒點功夫，跑出去能做什麼？就不怕被歹人抓了去？」

「大約是有人幫忙，不然她也不敢一個人逃跑。全族一起流配，如果路上沒有死，到了滇州起碼還能安安穩穩地活下去，但眼下，一旦抓到，後果就不是責難這麼簡單的了。」

馮纓嗯了一聲，望著院子裡鬱鬱蔥蔥的翠柏，無聲地嘆息。「我其實挺討厭她的，她要是落了個什麼淒慘的下場，我一點兒也不會同情。不過，還是希望她別就這麼死了。」

胡家倒了，平京城裡還沒那麼快恢復平靜。朝堂上的那些缺口正是要填補上的時候，太子那頭遞了消息，叫他們夫妻倆晚些再回去，省得被那些到處鑽營的傢伙擾了清靜。

馮纓樂得如此，夫妻倆爬爬山、遊遊湖，小日子過得不比在魏府裡差。

但這些時間，也的確是有不長眼的人來過山莊。

卻不是找馮纓的，一個兩個都衝著魏韞來。

畢竟，誰都知道，魏長公子儘管身體羸弱，卻是陛下和太子面前的紅人，說出去的話也較之旁人更有分量一些。

可惜了，因著馮纓，這些人回回求見魏韞，十次有八次是連門都進不去的。

即便有兩次進了門，卻只得憋了一肚子的尿，急匆匆跑了出去。

畢竟，他們夫妻倆不是賞花去了，就是去附近的村子裡看戲了，有次甚至還跟著附近的獵戶去山上打獵了。

這也就罷了，這一日，有人特意挑了黃昏的時候登門拜訪，那看門的老頭卻笑盈盈地說縣主和長公子去山裡了！

「這時候進山做什麼？」

「說是夜裡要看螢火蟲。」

「……」

這般情調尋常人自然無法理解，反正馮纓現下正是興致滿滿。

夕陽墜下山後，漫天的霞光收攏了起來，天色變得暗沈。

馮纓興致勃勃地提著燈籠，和魏韞一道走在山間。

「聽說夜裡附近有很多螢火蟲，如果天氣好，不用等天黑，傍晚的時候就能出現。亮晶晶、綠瑩瑩的，特別好看。」

馮纓想起上輩子沒能見過螢火蟲的遺憾，一聽說這邊山上夜裡有很多螢火蟲，當即就要去找。

她也沒打算用什麼紗袋裝起來做螢火燈，就看一看，看一看就心滿意足了。

「我長這麼大，還真的沒看過螢火蟲。」

聽見魏韞的低笑聲，馮纓哎呀叫了兩聲。

魏韞笑了笑。「妳要是喜歡，就常來看，就怕妳看過了，覺得不是想像中的模樣，便後悔上山看了。」

「怎麼會……誰在那裡！」

前頭有螢火，再遠點，隱約有一個纖瘦的人影搖搖晃晃扶住了一旁的樹幹，魏韞下意識想要護住馮纓，沒想到馮纓膽子奇大，已經先一步提著燈衝了過去。

燈火之下，那人抬起臉來，露出瘦得快要凹陷下去的面龐。

馮纓嚇了一跳，叫道：「三兒？」

馮澈這個人名氣並不大。明明和季景和是同期入的翰林院，這幾年卻始終是坐在翰林圖畫院待詔的位置上，沒有挪動過一星半點。

季景和已經升遷，他卻還是一個小小待詔，在慶元帝面前並不露臉。馮奚言和祝氏也罵過他沒用，可他毫不在意，只認真做著手裡的事。

馮纓上回見他的時候，還是在忠義伯府。梅姨娘幸災樂禍地說他和祝氏這對母子鬧了矛盾，起了分歧。

那時候看他的臉色就已經不大好，今次一見，也不知是螢火的關係，還是因為燈籠和夜色，他的臉色顯得更加難看了。

馮澈扶著樹，踩在幾塊故意疊高的石頭上，肩膀上好像還掛了什麼東西，整個人搖搖欲墜。

馮纓趕緊上前，伸手一把將人拽了下來。

哪知他連站穩的力氣都沒有，輕飄飄地就被拽到地上，還沒等馮纓說話，人已經跌了下去。

馮澈的長相是清秀俊逸的，略帶了些不屬於男人的陰柔，但也不會顯得太女氣。可他突然一摔，馮纓去扶的時候，卻見他兩眼發紅，眼角泛淚，竟是一副梨花帶雨的模樣。

「你在這裡做什麼？」馮纓說著，抓過掉在地上的繩子。

魏韞順手接過燈籠，幫她照著，這一照，還真讓她看出了點什麼。

「白綾？你從哪裡搞到這種東西的？」

馮纓把白綾扔到地上，伸手掐抓馮澈的臉。

「三兒，你拿著這玩意兒，大晚上的在山裡頭是想做什麼？尋死啊？」

馮澈紅著眼眶，被掐了好幾下愣是沒喊疼。

馮纓瞥了眼飛過來的零星幾隻螢火蟲，嘆氣。「我呢，今晚是打算來看螢火蟲的，但是現在，好興致全都被你攪沒了！告訴你，你要是不老老實實跟我解釋清楚你在做什麼，我就讓你就算尋死也不能安安靜靜的走。」

「二姊，妳不能這麼霸道！」

「那是因為你沒見過大哥。」馮纓拍拍他的腦袋。「要是讓大哥知道，你居然夜裡跑到我們娘親的山莊附近尋死覓活，大哥能從河西殺回來狠狠打你一頓。」

馮纓的確沒了看螢火蟲的興致，和魏韞一道把馮澈帶回山莊後，才發覺他竟是連飯都還沒用過。

於是廚房開始忙碌起來，水房裡也燒上了沐浴用的水。

好一陣兵荒馬亂之後，坐在中堂的馮纓終於見到了如同被遺棄的小奶狗一般頹然的馮澈。

她的目光從沐浴好的他那蒼白凹陷的臉上，轉移到披散開的頭髮上，又接著落到他被丫鬟挽起的袖子上。

然後，馮纓屈指，敲了敲矮几。「吃吧！吃飽了我再問你話。」

馮澈登時有些愣，不過到底是挨不過肚子餓，低下頭，慢吞吞地往嘴裡送了一口飯。

三碗粥、兩碟菜，再加一碗冷淘，被他吃得乾乾淨淨。

一直到放下碗，馮澈抬起頭，這才撞上了馮纓的目光。

「行啦，三兒，老實交代，你到底是想做什麼？割腕死不成，所以出來找個山頭吊死自己？」

馮澈不說話，馮纓衝他微微一笑，手一伸，直接拉過他的手，拔高袖子，露出手腕上幾道陳年舊傷。

「馮小三，你說說，你這傷是怎麼來的，為什麼割腕？」

馮澈變了臉色，想要拽回手，可馮纓是誰，哪能這麼輕易讓他得逞。

「馮小三，你最好老老實實交代，不然我不介意現在立即派人送你回忠義伯府！」

縱然夜色已晚，屋裡點著燭火，光線並不如白日裡的明亮，馮纓依舊看得清馮澈的臉色有多差。

「我……」馮澈動了動唇，看著好像有些說不出話來，片刻後方才閉上眼，艱難地吐出了第一句話。「爹最近又納妾了。」

基於馮奚言那個喜好美色的糟老頭納妾已是常事，馮纓絲毫不覺得這是問題的癥結所在。

馮澈低下頭，只道：「那人是胡家姑娘。」

「誰？」

「胡雙華。」

馮纓騰地站了起來，魏韞伸手拽住她。「妳現在去能做什麼？」

「抓了人，送她流配！」馮纓咬牙，對著馮澈恨恨道：「馮奚言不怕死，你娘也不怕死了不成？他這叫窩藏朝廷欽犯，是欺君之罪！他想死他自己去死就行了，別禍害梅姨娘和府裡的下人！」

胡家還沒被流配，慶元帝將此案全權交到了太子手裡，由太子督辦。

雖然有朝臣提出太子妃是胡家女，唯恐太子徇私舞弊，可慶元帝依舊我行我素，太子也依然冷著臉嚴查著胡家的每一筆爛帳。

胡家少了一個胡雙華，平京城裡目前最新的消息，是太子已經下令命人全城搜捕。

連馮纓自己都沒想到，胡雙華竟然會躲進忠義伯府。

就憑她倆互相不喜歡對方的關係，論理胡雙華就算要躲也該避開忠義伯府躲。

「人是爹帶回來的，說是在路上撿到，就好心帶回家了。可我瞧著，分明是爹他見色起意，先欺負了她，才叫她不得不依附咱們家，而且多半，爹還威脅過她。」

「你娘呢？就這麼讓人進了門？」

馮澈苦笑。「我娘？二姊，妳知道胡雙華塞了多少銀子給爹娘嗎？整整三箱金子。妳知道的，我娘是個沒遠見的，不過只是納個妾，就能平白無故得三箱金子，我娘怎麼可能會不答應？」

那三箱金子是胡家藏在某個地方的，也不知胡雙華怎麼會知道，為了不被沒收繳入國庫，她直接把金子的所在之地告訴了馮奚言。

於是三箱金子就這麼偷偷地被搬進了忠義伯府，入了馮奚言的私庫。

見他這麼一副模樣，馮纓也只能沒了脾氣，畢竟馮奚言夫婦倆犯的錯，又怎麼能算到他的身上？

有金子，有漂亮的女人，對那對夫婦而言，不過就是多一口飯吃的事情。更何況，一個姨娘，只管藏在後宅內院，又不必在前頭招待賓客，怎麼也不會被人發現朝廷欽犯的身分。

這分天真的勇氣，馮纓連槽都吐不出來。

臉和命一起不要的一對蠢夫妻。

「如果是不滿胡雙華，你可以選擇報官讓人帶走她，為什麼自己要尋死？」馮纓決定不管馮奚言的死活。「她在忠義伯府做了什麼？」

胡家倒了，胡雙華與六舅舅的婚事自然就不作數了，她雖然好奇胡家究竟怎麼做到讓胡雙華一個人逃出來的，但眼下更重要的，是問清楚馮澈的問題。

她看著面前的青年，看他纖長濃密的眼睫垂下，遮擋住眼中大半的情緒。

馮澈猶豫了一瞬。「爹的身體近年來不大好了，家裡幾位姨娘和丫鬟，如今都不大服侍他了。」

馮奚言的長相不差，加上一身不同於鄉間小民的氣度，的確能招惹不少女人，馮澈說他也有了難以言說的隱疾，馮纓絲毫不懷疑有假。

她還在忠義伯府的時候，就常聽幾個伺候過她爹的通房丫鬟說，她爹這兩年不管是祝氏還是芳姨娘的房裡都去得越來越少了，有時候即便是去了，多半也不做事。

這麼一來，也就能明白，為什麼馮奚言雖然在外頭也的確還有別的什麼女人，可這幾年仍是沒有一個帶著孩子進門來的。

「胡雙華進門幾日後，突然讓丫鬟攔了我，姿態扭捏地說喜歡我，想要同我……歡好。我噁心至極，訓斥了她。」

「但她沒有放棄對不對？」馮纓意味不明地瞇起了眼。「馮奚言不能用了，如花似玉的美嬌娘想要懷上個孩子，假裝是他的種，保證自己被發現後看在孩子的面上不會被抓走流配，於是她挑中了你。」

馮澈茫然不安地看著重新坐回到自己面前的馮纓，隨後低下頭，捂住了臉。「是，她給我下藥，想要誘我上……我砸了房裡的滴漏，驚到了丫鬟，然後她們……她們都看到她衣衫不整地坐在我的房裡，那個女人……那個女人哭著說我強迫她！」

祝氏從某些方面來說，的確是馮奚言的求而不得和真愛。所以馮澈長這麼大，還從來沒有挨過打。

但因為胡雙華，他被狠狠打了一頓，直接大病一場。

「二姊，我想死，是真的想一死了之，可是在家裡，有那麼多人盯著，我死不了，所以我才……」

馮澈哽咽。

馮纓卻在這個時候伸手按住了他的手腕。「但是這個傷是陳年舊傷。」

馮澈垂眼，一言不發。

馮纓收手，往後靠上魏韞的臂膀。「三兒，你身上有古怪。」

這個距離並不遙遠，馮纓能清楚地看到馮澈臉上一分一毫的變化。

「三兒，你不要對我撒謊，現在唯一能幫到你的，可能只有你姊還有你姊夫了。」

「二姊……」馮澈動了動唇，聲音竟有些發顫。「二姊能否屏退左右，我、我有一物須給妳看看。」

馮纓有些疑惑，但還是照著他說的，讓身邊伺候的丫鬟們退了出去。

中堂沒有門，碧光和長星等人便都退到了遠處。

「你要給我們看什麼？」

馮澈低著頭站起身。

馮纓看著他。

下一刻，他的手解開了腰帶，竟作勢要將褲子褪下來。

馮纓還沒反應過來，就見那褲子一下子掉了下去，露出他修長纖瘦的雙腿。

這也就罷了，馮澈的動作還沒有停，脫了外頭的褲子，他連最裡頭的那一件也往下脫。

馮纓終於回過神來。

「你……」她話到嘴邊，眼睛已經被人直接捂住。

剎那間，什麼也看不見。

——未完，待續，請看文創風895《歪打正緣》3（完）

2017年3月出版

琢玉成妻

文創風 499~500

玉不琢，不成器，
身分低微配不上他？
沒關係，待她將自己磨得發光發亮……

世態冷暖無常，兩情遠近不渝／畫淺眉

人家穿越是金枝玉葉，玉琢穿越是真的好累，
爹早逝、娘軟弱，還有個小弟要照顧，
她一面維持生計，一面和鄉里打好關係，這生活還算過得去，
但這田裡的稻子，總是長的不如意。
幸而上天眷顧，讓她結識了朝廷校尉鍾贛，
有了這貴人相助，她終於解決了收成問題。
日子漸漸寬裕，麻煩卻也接連而來，
先是鍾贛私下表露情意，可門第差距令她無法答應；
後是大戶威逼出嫁沖喜，仗勢欺人讓她滿是怒氣。
對前者，她逃之夭夭；對後者，她直言相拒，
無奈奶奶竟抬出孝字要迫她屈從，
好在他及時出手相助，讓她鬆了口氣，沒想到他卻乘機來個當眾求娶？!
既然他一片真心，她也不再逃避，
誰知半路殺出程咬金，朝他潑髒水，還要賴他負責做夫婿？!
哼！這般欺辱她的男人，她怎麼能不還點顏色？

三生有妻　實乃夫幸／踏枝

2020年9月出版

聚福妻

她萬萬沒想到，重生後最難的不是發家致富，
而是幫自己找個——不怕被剋死的好丈夫?!

文創風 882 1

重生的姜桃只想求個能走跳的健康身子，孰料老天爺開了個大玩笑——
她因命格帶凶被當成掃把星，生個小病就被抬進山上破廟自生自滅。
幸虧她懂得採藥養身，不但救了小白貓作伴，還救下苦役沈時恩。
病癒下山後，她打算靠著前世習得的高超繡藝撫養兩個弟弟，
可伯母們居然説動祖父祖母，打算隨便找人把她嫁了，替姜家解厄？
嫁就嫁，既然嫁誰都是賭，不如設法嫁給在廟裡看對眼的沈時恩吧！

文創風 883 2

成家後，姜桃的日子過得有滋有味，可她的廚藝卻完全走味——
煮的蛋是焦的、菜是爛的，做個飯居然險些燒了廚房啊……
幸虧沈時恩出得廳堂入得廚房，在他支持下，她的繡活生意越做越好，
巧手穿針繡出一家人的富足，孰料懂事聰明的大弟卻鬧出逃學風波，
原來他受她先前的掃把星之名所累，被同窗取笑，連老師病倒都怪他。
唉，古代家長也難為，她定要想出辦法，替無端受屈的大弟討回公道！

文創風 884 3

重新安排好弟弟們跟小叔上學的事，姜桃旋即被另一個消息震驚了——
原來她收養的雪團兒不是貓，而是繡莊東家苦尋的瑞獸雪虎?!
如此因緣下，她與繡莊合作開了十字繡繡坊，卻因生意紅火招來毒手，
見沈時恩帶著小叔解圍，姜桃越發不懂，為何出色的丈夫會淪為苦役？
可沒待她想清楚，便在沈時恩因故出遠門時遇上地牛發威，
且縣城因這突如其來的急難缺糧，她該如何幫助鄉親度過危機呢……

文創風 885 4

沈時恩果然不是一般的苦役，而是受了冤屈的當朝國舅爺！
瞧小皇帝親自來接沈時恩回京，姜桃自告奮勇擔下招呼之責，
結果小皇帝先震驚於她的黑暗料理，晚上又被雪團兒嚇得急召護駕，
隔天她喊賴床的弟弟們起來吃飯，竟一時不察拍了小皇帝的龍體……
如此招呼不周卻弄拙成巧，小皇帝因重溫家庭和樂之感而龍心大悅，
她總算鬆了口氣，這下上京平反夫家冤屈，可就容易多了呀～～

文創風 886 5 完

沈家陳年冤屈得雪，姜桃原以為能輕輕鬆鬆當個國舅夫人，
可該回本家英國公府的小叔卻因長年不在京城，失了父母寵愛，
姜桃氣壞了，如果英國公夫妻不珍惜這個好兒子，國舅府自會替他撐腰！
然而考驗又至，來朝研議邊疆商貿的番邦公主瞧中小叔，帶嫁妝上門，
但兩國素無秦晉之好，生意又談得不順，小皇帝為此頭疼萬分，
她該如何讓朝廷制勝，又幫心儀公主的小叔抱得美人歸呢？

文創風
894

歪打正緣 2

國家圖書館出版品預行編目資料

歪打正緣 / 畫淺眉著. --
初版. -- 臺北市 : 狗屋, 2020.10
冊 ; 公分. --（文創風）
ISBN 978-986-509-151-4（第2冊：平裝）. --

857.7　　109012754

著作者	畫淺眉
編輯	黃淑珍　李佩倫
校對	陳依伶
發行所	狗屋出版社有限公司
地址	台北市104中山區龍江路71巷15號1樓
電話	02-2776-5889～0
發行字號	局版台業字845號
法律顧問	蕭雄淋律師
總經銷	知遠文化事業有限公司
電話	02-2664-8800
初版	2020年10月
國際書碼	ISBN-13　978-986-509-151-4

本著作物由北京晉江原創網絡科技有限公司授權出版

定價260元

狗屋劃撥帳號：19001626

網址：love.doghouse.com.tw　E-mail：love@doghouse.com.tw